Nada como leer en tu idioma.

El amor que nos queda

Sudaquia
editores

New York, NY.

Colección Sudaquia

El amor que nos queda

Fernanda Reyes Retana

Sudaquia Editores.
New York, NY.

Dedicatoria

A Diego, por cuidarnos en el momento más vulnerable, cuando él también era casi un niño.

A Marisa, porque juntas viajamos al espacio, inventamos el país más maravilloso, orquestamos mudanzas imposibles y en las noches, escuchaba mis primeras historias.

A Eduardo...todo.

Hermelinda

Nadie hubiera podido prever
el conjunto de circunstancias que
como gotas pesadas de lluvia
se sucedieron esa tarde.
Imposible calcular
semejante acumulación
y su posterior desbordamiento
ocasionado por esas hojas secas
que por no verse se olvidan
y aun así estorban.

Hermelinda cerró la puerta y se recargó en ella; a lo lejos, el sonido del último auto se perdía entre las calles empedradas. En la casa todo estaba vuelto al revés: los muebles fuera de lugar parecían desorientados; aquel florero con rosas que tras un empujón se precipitó contra el suelo, era una imagen de lo que había sucedido y las flores que antes contenía orgulloso, yacían desahuciadas. ¿Qué es más importante? ¿El florero? o ¿Las flores? Se preguntó Hermelinda mirando el destrozo.

Caminó evitando los pedazos de cristal y el agua que podría hacerla resbalar, con la sensación de que los muros, la terraza, hasta el Bosque de La Primavera a lo lejos, permanecían vibrantes por tanta ofensa proferida, por tanto miedo y como buscando un responsable se enfrentó al enorme retrato, colgado en el muro principal de la sala: ahí estaba la abuela Lucía con su actitud altiva; su rostro joven y aun así, endurecido; ese hilo de perlas que, pegado a su cuello parecía ahorcarla, a ella y a toda esa familia desde hacía tantos años.

—Bueno —enfrentó a la imagen—, parece que ya estás logrando que todos terminen como tú —declaró amargada, pero un minuto después giró la cara y se alejó.

Empezó por rescatar las flores levantando cada una por el tallo: "Todo va a estar bien", les prometió, como si fueran niños ateridos esperando el regaño de la madre, y con cuidado las metió en otro florero. Empujó los sillones para volverlos a su lugar y comenzó a llevar los platos, las copas, los platones de comida, todo a la cocina, para limpiarlos y guardarlos, y al terminar se iría a su casa sabiendo que Aurora le llamaría en cuanto tuviera noticias.

Lo que más le molestaba no eran los restos de dieciséis comensales, sino que los platos quedaron casi llenos. Tantos días preparando aquel banquete de cumpleaños, para terminar tirándolo a la basura. Mientras desembarazaba los platos recordaba su conversación con Aurora:

—Quizá no es buena idea que preparemos pavo en este verano tan caliente —le sugirió, pero no hubo caso.

Hermelinda sabía que el pavo de Navidad, con el aderezo de historias, ternuras y resentimientos hacia la madre, no caería bien en el ánimo de esos hermanos tan distanciados.

—Si me dicen algo, les diré que es lo único que sé cocinar —respondió Aurora divertida, y a Hermelinda le pareció tan extraño ese argumento porque sabía que sería ella y no Aurora la que prepararía la cena.

Siguiendo una conversación consigo misma, al tiempo que guardaba la comida restante en el refrigerador, Hermelinda recordaba ese vestido anaranjado que se puso su patrona y hasta en el maquillaje en los ojos y los labios, ella que siempre anda de cara lavada y parece no tener más ropa que sus uniformes de doctora.

—¿Tú crees que a tus hermanos les gustará ver que utilizas el vestido de tu madre?, ¿a tu papá no le va a molestar?

—Mi papá no se va a dar cuenta, y en cuanto a mis hermanos… —respondió Aurora, alisándose frente al espejo la seda naranja fuego—, no me importa lo que digan.

Mientras levantaba el mantel y limpiaba la mesa, llegaba a la conclusión de que el peor error fue aprovechar el cumpleaños de don David para darle la noticia a sus hermanos. "Habla con cada uno en privado", le recomendó también, pero era inútil decirle nada porque cuando a Aurora se le mete una idea, no sabe ver ni escuchar. Hermelinda lo volvía a lamentar, al tiempo que regresaba a la covacha el enorme platón del pavo y las pinzas para sujetarlo.

Inconsciente de las intenciones de su hija, don David estaba encantado con la fiesta; el viejo parecía niño esperando un regalo cuando la hija le dijo que celebrarían su cumpleaños, "Como cuando estaba mamá entre nosotros", le ofreció, y don David pidió que le tuvieran lista su camisa de franela verde y los pantalones verde olivo, "los de fiesta", le aclaró a Hermelinda como si ella no lo supiera.

Unos días antes, Hermelinda limpió el candil de cristal que colgaba en el comedor, con la fe de quien se ampara en su amuleto más potente. Le quitó el polvo y la opacidad a cada una de las gotas, para que pudieran brillar, reflejarse unos y otros. Todo fue inútil, esa noche, levantando los restos de una fiesta que no fue, Hermelinda veía el brillo estéril del candil iluminando todo el espacio; ahí estaban las cuentas multiplicándose por la luz proyectada de unas en otras, pero ya no estaban los hermanos para verlo... para verse.

El evento empezó cuando llegó David, el mayor de los hermanos, formal y cumplido, tocó la puerta justo a la hora indicada; sin embargo, no parecía muy contento de estar ahí. Desde que murió su madre entraba a la casa familiar con la incomodidad de alguien que irrumpe en un espacio ajeno y no ve el momento de escapar; las conversaciones con el padre eran breves y concretas: preguntaba por su salud y quería saber si necesitaba algo.

Mientras les servía café o cuando les abría la puerta, Hermelinda notaba que entre esos dos hombres no había una broma o complicidad, nunca un recuerdo ni un cariño. Su esposa Livia era todo lo contrario, ella entraba a la casa como desfilando ¿esperaba vítores? y nunca perdía la oportunidad de hablar con Hermelinda para recordarle que, si quisiera trabajar en otra casa, "No olvides que con nosotros tienes las puertas abiertas". Con ellos también llegaban sus dos hijas: delgadas como garzas, cara de bebe y mucho maquillaje, pantalones con agujeros y la mirada conectada cada una a la pantalla de su celular.

La segunda que tocó la puerta fue Lucía con sus tres hijos, que ya eran más altos que ella. El marido tan ausente como bien peinado, llegó más tarde. En cuanto Lucía entró por la puerta, cabello perfecto y vestido impecable, como todos los días, pero ése, además, con su collar de perlas cerrándole el cuello, Hermelinda comenzó a calcular de qué tamaño sería el encontronazo entre esas dos hermanas cuando Aurora les informara de su decisión.

Camilo fue el tercero, pero el más ruidoso, gritando fiesta desde la puerta, con Bruno su hijo pequeño y desconfiado, que no quería despegarse del padre. A Hermelinda le pareció mal augurio que apenas pisara la terraza, que era en donde los demás se habían reunido para tomar un aperitivo, hablara exaltado, soltaba risotadas exageradas: "¡Dónde están los tequilas!, ¡hoy vamos a festejar...!". Cuando entró hasta la cocina para saludarla y decirle que estaba feliz de comer cualquier cosa que ella hiciera, Hermelinda quiso tranquilizarse recordando que atrás de tanto aspaviento, Camilo seguía siendo aquel muchacho dulce que alguna vez fue. Pero se equivocó.

El pavo se secó en el horno, porque Blanca, la más pequeña de los hermanos, que ya tiene un hijo que participa en una liga de futbol infantil, y un marido que habla muy ahuecado el español, quizá porque es francés, llegó tarde. Eso fue culpa de Camilo, que no le avisó de la comida como Aurora le pidió. La Blanquita, rubia, espigada y nerviosa, entró furibunda a la casa, mal trayendo un ramo de flores que seguro compró de camino frente al cementerio y que le estampó al hermano en lugar de saludo, como queriendo con ese gesto cobrarse la ofensa de haberla olvidado.

Todos estaban en guardia, a la defensiva, ¿cómo iban a comer así? Desde que Hermelinda entró al comedor empujando el carrito con el dorado animal de más de diez kilos, el hambre que David había anunciado, no pareció impulsarlo a levantarse y servirse pavo. Camilo, por su parte, ni siquiera aplaudió como los otros, pero quizá su desgana no tenía que ver con la de David, cada uno rechazaba esa comida por razones diferentes, "Atrévete, a lo mejor te gusta más de lo que recuerdas", lo desafió Hermelinda al oído, para que sólo Camilo escuchara. Lucía no comió porque desde la adolescencia había dejado de comer, y Blanca seguramente seguía con el coraje acogotado, así que seguro el hambre se le quitó. En cuanto a Aurora, Hermelinda sabía que hasta que no soltara la noticia no se le abriría el apetito. Por eso quizá, solo paseo el puré de manzana y las pedazos de pavo, mientras don David, su padre, aseguraba que el pavo estaba suave, y festejaba lo suntuoso de la salsa o el punto del suflé. Cuando el viejo hubo terminado su comida, y antes de que Hermelinda llevara el postre, Aurora se levantó de la silla:

—Quiero informarles, aunque sé que no es mi obligación hacerlo —dijo la doctora y levantó la barbilla, como apalancándose con esa verdad—, que he decidido donar el retrato de la abuela Lucía al Museo Regional de Jalisco.

El anuncio entró seguido por una onda de silencio que detuvo todas las conversaciones, hasta el viento que llegaba del Bosque de la Primavera amainó. Todos quedaron mudos, desconcertados, como si Aurora les hubiera dicho algo muy extraño, inconcebible, o como si nadie se hubiera imaginado que el retrato de la abuela Lucía tuviera otro lugar más que el centro de la sala, el más importante de la casa.

Después de unos segundos que parecieron eternos, la primera en reaccionar fue Lucía, con esos ojos cafés, su piel clara, de nata, el cabello negro en un moño perfecto, y ese día, hasta el hilo de perlas que le apretaba el cuello; con su belleza y porte, Lucía era una reproducción viva del retrato de la abuela Lucía, pero quizá por el nerviosismo o la sorpresa se veía frágil, apresurada; comenzó asegurándole a la hermana que ella no podía decidir eso; después la acusó de envidia y celos eternos y, quizás ante la indolencia de Aurora, terminó revelando secretos, ofensas que seguramente los otros hermanos no conocían o habían decidido olvidar. Lucía tan callada siempre, estaba decidida a lanzar cualquier golpe, aunque fuera el más bajo para detener a Aurora.

Probablemente Aurora sabía que algo así sucedería, y con más amargura que asombro, le fue contestando una a una las afrentas. Las hermanas empezaron soltando las típicas ofensas infantiles: "lo que pasa es que tú eres fea", declaraba Lucía. "Pues tú eres muy tonta", respondía Aurora. Poco a poco los golpes eran más duros: "Tú siempre nos has tenido envidia", aseguraba Lucía, "a mamá, a mi, hasta a la abuela". pero Aurora no se acobardaba: "¿envidia de ti?, si eres una inútil...",

Era evidente que las hermanas tenían muy bien delimitado su campo de batalla, habían estado ahí muchas veces y conocían sus golpes. En un principio, David, Camilo y Blanca, sus conyugues, hasta don David y los nietos: sólo miraban a esas dos hermanas pelear como niñas, pero con el rencor macerado de adultas.

Hermelinda huyó a la cocina, aunque los venenos llegaban hasta allá, y fue cuando escuchó a Blanca con voz aterciopelada, como quien es capaz de volar sobre el pantano sin mancharse, pidiéndole a las hermanas que buscaran otra ocasión, ellas solas, para arreglar sus asuntos, y David, nervioso, quizá por tanto descontrol, les recordó que estaban ahí para festejar el cumpleaños del padre, ochentainueve años, que no lo arruinaran. Fue ahí cuando don David, sintiéndose quizá respaldado por sus hijos, les dijo: "Sus hermanos tienen razón, den ejemplo, piensen en mis nietos por favor".

Las hermanas en contienda parecieron entrar en razón o quizá solo era vergüenza, se sentaron y Hermelinda aprovechó el impás para salir de la cocina llevando la bandeja del postre: merengues cubiertos de crema chantilly y fresas, el favorito del homenajeado. Sabía que el azúcar ayudaría a aligerar la amargura que provocó, junto con la imagen del retrato de la abuela Lucía, esa discusión de hermanas. Casi sintió que lo había conseguido, cuando vio cómo Camilo se metió a la boca una cucharada grande con merengue y la crema se le desbordó por la comisura de los labios, y no le molestó, complacido pasó el bocado, se limpió con la servilleta y comenzó a contar anécdotas graciosas de su trabajo como arquitecto.

Los nietos, aprovechando quizás el respiro que el cese a las hostilidades les permitió, se levantaron sigilosos y, aunque tuvieran edades muy distintas, en ese momento compartían una misma molestia y un mismo objetivo: escapar. Se pusieron de acuerdo casi a señas, y Juan Carlos, el mayor de Lucía, pidió a su padre las llaves para llevar a sus primos a dar una vuelta por Pinar de la Venta en la camioneta que recién había comprado.

Don David no pareció notar cómo sus siete nietos desaparecieron de la mesa, fue esa discusión la que lo dejó pensativo, ni siquiera probó el café que Hermelinda le había puesto enfrente, con dos cucharadas de azúcar, como a él le gustaba.

Lucía se levantó de la mesa, ella no comía postre, por eso era más difícil que se serenara, y salió a la terraza, la brisa del Bosque de La Primavera comenzó a correr agitando su vestido, como pidiéndole que jugara un momento, que se relajara, pero Lucía no lo hizo y después de unos minutos regresó al comedor, e interrumpiendo una anécdota de

Camilo sobre unos albañiles y una viga en un octavo piso, dijo:

—A ver, papá —comenzó decidida. Al verla venir, Blanca se removió en su silla y Camilo intentó una señal a la hermana, mientras Aurora se quedó congelada con la boca abierta y la cuchara rebosante de crema y fresas a medio camino; David se enderezó, como si fuera necesario estar preparado para volver a detener una embestida de odios. Lucía, sintiendo quizá la presión, aclaró: "Sólo quiero saber lo que él opina, ésta sigue siendo su casa, ¿no es cierto? A ver papá, ¿estás de acuerdo en que se lleven el retrato de la abuela Lucía de tu casa?, ¿tú qué quieres?".

Hermelinda respiró, ésa era una buena señal, dejando de lado la pose de reina ofendida Lucía actuó con esa objetividad que utilizaba más como un arma secreta que como una virtud. Conocía a Aurora, por eso recurrió al padre y, con él, a la presión moral que representaba. Sólo la opinión de él podría impedir que Aurora se deshiciera del retrato de la abuela Lucía.

—Quedamos en que ya no se hablaría del retrato —soltó por fin Camilo, pero don David, que evidentemente ya había comenzado a reflexionar su respuesta, lo interrumpió.

—Nunca quise a su abuela Lucía —declaró el viejo y el silencio que se produjo fue absoluto—. Lucía Solís fue una mujer egocéntrica e insatisfecha —las palabras pesaban—. Una combinación terrible —aclaró con ironía—. Estaba convencida de que su hija existía sólo para complacerla y... quizá fue cierto —después de un profundo suspiro continuó—: Todo lo que hizo su madre, lo hizo pensando en agradar a este ser insaciable, a quien el mundo le debía; hasta después de muerta la vieja, mi Raquel se vestía, hablaba y hasta comía pensando en lo que ella le diría: si la hubiera mirado con orgullo por su gusto exquisito, por su clara inteligencia, o con desdén, por alguna debilidad de carácter.

Apoyando las manos, una en el respaldo de la silla y la otra en la mesa, el viejo se levantó y caminó hacia la sala, con la mirada fija en el retrato de la abuela Lucía, parecía que quería enfrentarla, decirle por fin sus verdades, cara a cara. Buscó dónde sentarse y escogió el sillón sin brazos, su favorito, que desafiaba directamente al retrato, pero a la distancia.

—No era una mujer feliz. Se quejaba de todo y siempre encontraba un culpable para sus desgracias: la vida insulsa que construyó, el poco éxito económico de don Manuel, no digamos la viudez... hasta la muerte de su hija tenía un culpable. Cuando llegó a vieja era insoportable —Don David bajó la cabeza, la historia parecía continuar doliendo en su recuerdo y, con ello, certezas olvidadas volvían a su mente—, por alguna razón extraña, desde muy joven, su madre estuvo segura de que ella sería capaz de hacerla feliz, de que lo que ella pudiera lograr en su vida provocaría en la vieja la plenitud que nunca alcanzó por sí misma. Se esforzaba en mantener su figura y su belleza, no para que los otros la halagaran, sino para que doña Lucía recordara esa belleza legendaria que tan pronto se había extinguido; estudiaba, se preparaba, se involucraba en trabajo de beneficencia, sólo para que la otra sintiera orgullo por su estirpe, como si la vieja algún día hubiera hecho algo por alguien. "Todo lo aprendí de ti mamita", le decía mi Raquel y era la peor de las mentiras, pero la vieja aceptaba el halago y hasta lo repetía.

De pronto, don David regresó al presente, a su pequeño auditorio que lo miraba asombrado. Hermelinda nunca conoció a la abuela Lucía, pero sabía que algo raro había entre esa madre y esa hija; seguramente para todos los hermanos, incluso para los tres cuñados, ésta era una revelación que nunca hubieran imaginado.

—Y ustedes se preguntarán: ¿por qué permití que conserváramos esta pintura? —la expresión del viejo cambió, se tornó más dulce, más suave—. Tener ese retrato entre nosotros hacía feliz a su madre, por eso nunca me opuse. Aunque debo confesarles que todas las noches, cuando llegaba a casa y ustedes dormían, yo pasaba a su lado y le hacía señas obscenas con las manos. Cada día una diferente —una carcajada festiva surgió del fondo de su estómago. Niño que revela una travesura nunca descubierta—. Después de que mi Raquel se fue, la veo distinto —otra vez una pausa, quizás asombro—. Hasta me gusta. He descubierto tantos rasgos de ella en este retrato. La vieja ya no la tortura con sus exigencias. Ahora todas las mañanas que estoy solo en casa, con café en mano y sentado en este mismo sillón, converso con mi Raquel, sin mirar a mi suegra, por supuesto —y al aclarar esa excepción, sonrió con picardía—, le comparto mis pensamientos y ella ya no necesita demostrarle nada a nadie... y me escucha.

Camilo hizo un chasquido con la boca que terminó en un gesto amargo, Hermelinda no supo si le dolía la soledad del padre o la suya propia.

Con las manos en el regazo y la espalda encorvada, como si de repente cinco años más le cayeran encima y los ochentainueve se volvieran noventaicinco y le pesaran de golpe, el viejo continuó:

—Tú me preguntas si quiero deshacerme de este retrato —agregó mirando a Lucía, que ya se había sentado en el sillón a su lado—, y la verdad es que no sé. Su madre me pidió que les contara la historia que esconde, lo más tarde que pudiera, y quizás esto es lo más tarde que puedo —añadió enigmático.

Blanca y su esposo también se sentaron cerca del padre, en el sillón de enfrente; sólo Aurora guardaba distancia, pero todos estaban expectantes, y Hermelinda, desde la cocina, no perdía detalle. Incluso los pájaros del bosque parecieron callar para escucharlo.

—Éste no es un retrato común, como los hay muchos: el trabajo de un artista local alimentando las pretensiones aristocráticas de una familia. Éste lo pintó un artista muy famoso, Murillo —frunció el ceño, quizá buscaba en su mente el nombre, y después de unos segundos, desesperado, agregó—: el del agua, ése.

—Murillo el del agua —preguntó Camilo con precaución—: ¿te refieres a Gerardo Murillo, el doctor Atl?

—Sí, ése. Esta memoria... —se recriminó a sí mismo.

Camilo abrió los ojos asombrados, David se removió en su asiento. Todos dejaron de ver al viejo y miraron el retrato, como si hasta ese momento se los estuvieran presentando.

—Parece ser que una tarde —continuó el viejo—, Murillo vio pasar a la hermosa Lucía Solís y la siguió para saber en dónde vivía y, sin más, tocó a la puerta, se presentó y le pidió a su bisabuela Trinidad, viuda ya en ese entonces, permiso para pintar a su hija, pero no se lo dieron, así que estuvo apostado en la acera de enfrente, asechando su ventana durante tres días, hasta que consiguió que le dejaran pintarla y aquí está —dijo levantando el brazo como quien muestra una obra en el muro de un museo.

—Pero papá —acotó Blanca en voz baja, como si temiera destrozar un trofeo de familia— Gerardo Murillo nunca vivió en Guadalajara, sólo nació aquí.

—Sí —respondió el viejo, molesto quizá porque lo interrumpieran—, pero estuvo aquí un tiempo, cuando huía de la Ciudad de México porque tenía problemas con el presidente Carranza... o eso me explicó su madre, ella lo investigó hace varios años.

—Wow —comentó Camilo—, lo que valdrá la pinturita, mejor hay que venderla y nos repartimos lo que nos den —añadió con una sonrisa apretada y ojos divertidos.

—No está firmado, por eso no es tan sencillo venderlo como un Dr. Atl —continuó don David sin darle importancia al comentario de Camilo—; dicen que no lo firmó porque salió de emergencia. Quizá ni siquiera está terminado.

—Pues yo lo veo bastante terminado —comentó Blanca mientras miraba el retrato, boca fruncida y ojos entornados, como queriendo entender mejor algo que no había visto antes —y sí, ahora que lo dices... sí veo que tiene el estilo del Dr. Atl.

—Pero, ¿han traído a algún experto?, ¿alguien que determine si es o no un Dr. Atl? —preguntó David.

—No —respondió el viejo—. Primero porque estuvo escondido mucho tiempo, sus tías abuelas lo odiaban. Según ellas, se habían quedado solteras por su culpa.

—¿La culpa del retrato o la culpa de mi abuela? —preguntó Lucía, extrañada.

—La culpa de los dos —aseguró el viejo, quizá con un poco de lástima—. Después, su madre tampoco tuvo interés, parece que necesitaba proteger un secreto, algo con la reputación de su abuela estaba en juego, nunca supe qué fue, pero conociendo las historias que corren sobre la vida amorosa del Dr. Atl, me lo puedo imaginar —con un gesto de desprecio agregó—: seguro de ahí le vino lo amargada. —Satisfecho, quizá por haber asestado un buen golpe a su eterna rival, el viejo volvió a sonreír con picardía.

—Quizá lo deberías pensar mejor, Aurora —dijo David—, por lo que nos ha contado papá. ¿No crees?

Atrás de David, Livia, su mujer, abría los ojos y asentía, como apoyando silenciosa el comentario del marido.

—Ya les digo, lo que hay que hacer es venderlo y repartirnos lo que nos den —dijo Camilo y soltó una risa que lo protegía del atrevimiento.

—Quizá yo lo querría también —declaró Blanca, y todos los hermanos la miraron extrañados. Seguro imaginaban cómo se vería esa enorme pintura en la estancia de muros amarillos y esculturas de papel maché, en ese pequeñísimo departamento del barrio de Santa Teresita.

Se produjo un silencio absoluto, un momento vacío de palabras, como aquel en que los pensamientos toman la palestra y no se puede más que atenderlos.

—No se confundan —dijo don David sabiendo quizá, que la información otorgada había ocasionado una revaloración completa del retrato—, los objetos que atesoramos en la vida son sólo paliativos, fantasías para el ego: poseer la biblioteca más grande no da inteligencia; una casa lujosa no garantiza un hogar; ni la joya más valiosa belleza... por supuesto, un retrato perfecto no hace una historia.

Ninguno de los hermanos escuchó ese consejo, testimonio de vida, que hubiera servido como viento firme para despejar las nubes tormentosas que amenazaban esa relación fraterna, porque, de repente, don David cambió el ánimo, comenzó a resoplar agitado, le faltaba el aire, parecía que quería agregar algo y sin embargo, no le salían las palabras. Trató de enderezarse, ahí mismo, ante sus hijos, en el sillón sin brazos, frente al retrato de la abuela Lucía pero se fue cayendo, como empujado por una fuerza determinada y suave, que lo apagaba lentamente hasta que llegó al suelo.

El primero que reaccionó fue David.

—Papá, papá —le gritó con voz gruesa, como si al llamarlo pudiera agitar su conciencia y hacer que se recompusiera, se enderezara y continuara hablando.

Aurora miraba al padre concentrada, quizás estaba diagnosticando al enfermo, así le había explicado a Hermelinda: empezaba por los signos más evidentes; la tranquilidad de la caída; la expresión grave, pero sin susto; los ojos girados hacia atrás. La doctora sin embargo, no se movía, parecía la estatua de un santo.

—¡Aurora, Aurora! —gritó Camilo casi al mismo tiempo que David—, ¡haz algo!

El arquitecto miraba aterrado. Su habitual indiferencia ante las urgencias del mundo desapareció: ojos desorbitados, las venas de la sien saltadas, todo él era tensión y angustia.

—Papá —fue Blanca la que se arrodilló para tocarle el pecho, darle pequeños golpecitos en la cara—. ¡Aurora! ¡haz algo! —le gritó impotente a la doctora.

Después de unos segundos en los que Lucía ya se había hincado junto a su padre, suplicándole que se despertara, Aurora reaccionó, les pidió que abrieran espacio, movieran los sillones, se hicieran para atrás: Primero le tomó la muñeca, después le puso la mano en el pecho, quizá para sentir el movimiento del tórax. La concentración de Aurora, la precisión de sus movimientos, seguramente tranquilizaron a los hermanos.

—Hermelinda trae mi bolsa, necesito la lámpara para revisar sus pupilas. Esto no está nada bien —dijo, quizá sin pensar en el espanto que ese comentario podría provocar en sus hermanos.

—Pide una ambulancia —ordenó David a su mujer y ésta salió corriendo en busca de un teléfono—. ¿Quieres que lo subamos al sillón? —preguntó a la doctora.

—No, sólo traigan una almohada, levántenle la cabeza —instruyó, y con desesperación gritó—: ¡Hermelinda! ¡¿dónde está mi linterna?!

—Aquí está —se acercó Hermelinda, lámpara encendida en mano, espalda encorvada y el brazo estirado, queriendo asegurarse de que el objeto llegara lo más rápidamente posible—: podría ponerle una hoja de romero en la oreja y así despertaría más pronto, ¿quieres que lo intente? — por desgracia para Hermelinda y quizá también para don David, Aurora no le hizo caso, e hizo un gesto con la mano para callarla.

—Ya llamé a la ambulancia, les expliqué de qué se trataba y me dijeron que llegarían lo más rápidamente posible —informó Livia, satisfecha de su eficiencia.

—¿¡La ambulancia!? ¿¡están locos!? —preguntó Camilo, asombrado—. No va a llegar; el tránsito está detenido en toda la avenida Vallarta hasta la carretera; es el primer sábado de vacaciones.

—Nosotros podemos... nosotros podemos llevarlo —propuso Blanca mirando a su esposo, el Francés, que asentía con la cabeza, animándola—: Aurora, vamos a llevar a papá al hospital, ¿estás de acuerdo?

Aurora no parecía escuchar nada de lo que los otros decían, hasta que le repitieron la pregunta.

—Aurora, ¿estás de acuerdo? —preguntó Camilo apurado—, ¿lo llevamos nosotros? Porque no podemos esperar a la ambulancia, la avenida Vallarta está detenida en el camino para acá.

La doctora se enderezó y decidió:

—Hay que salir ahora mismo.

—¿Sólo subirlo y llevarlo? —preguntó David, en guardia, mirándola atento.

—¡Sí!, ¡pero ya!, ¡ahora!

—¿Ya sabes a cuál hospital? — preguntó Camilo.

—Sí —respondió convencida.

Un cambio automático se operó entre los hermanos y, como si todo fuera parte de una coreografía mil veces ejecutada, cada uno tomó su lugar sin necesidad de que nadie orquestara. El objetivo era claro, levantar al padre desfallecido, vestido con su atuendo de fiesta: camisa a cuadros y el pantalón verde olivo. Tenían que sacarlo de la casa, subirlo a la camioneta de Blanca y llevarlo al hospital lo más pronto posible.

—Sujeten bien las piernas —indicó David a Lucía y Blanca, que reaccionaron sin dudar—. A la cuenta de tres lo levantamos para no lastimarlo.

Camilo metió los brazos por la espalda, David lo hizo del lado opuesto, equilibrando; Blanca se alineó con David, y Lucía con Camilo. A la cuenta de tres lo levantaron. Antoine, Juan Carlos, Livia y Hermelinda ya no tuvieron oportunidad de acercarse y se quedaron como abejas enervadas al rededor del panal, siguiéndolos. Aurora, un paso atrás, caminaba al mismo ritmo que ellos, mirando a su padre muy atenta, quizás atendía a su respiración, o a la tensión en sus extremidades, o a las facciones de su cara, algo que cambiara el diagnóstico que había calculado antes. Los hermanos Martínez Alcázar parecían un grupo de hormigas cargando una enorme hoja verde, diligentes, cooperativas, un solo afán y un solo objetivo. Cuando salieron de la sala, Hermelinda no supo si fue el brazo de David o la pierna de Blanca, pero el florero de cristal, con las flores rosas que Aurora había comprado, las favoritas de la madre, fue golpeado y perdió la vertical, precipitándose hasta el suelo, estrellándose en mil pedazos y lanzando las flores como palillos por todo el suelo.

—Allá esta nuestra camioneta —señaló Blanca excitada cuando ya pisaban la cochera, y hasta ese momento, Hermelinda, y seguramente todos los demás, conocieron la destartalada Van que Blanca y Antoine acababan de comprar. Ciertamente cabrían todos, ¿pero sería capaz de llegar hasta el hospital? Blanca, quizás adivinando el escepticismo de los hermanos anunció, respirando agitada, más aún por el peso del padre—. Está en perfectas condiciones, acaba de salir del taller, además, no es la primera vez que me toca ser ambulancia improvisada, se los aseguro.

No había mucho de dónde escoger, en ningún otro auto cabrían los cinco con el padre, casi inconsciente; además, Blanca estaba tan segura de la propuesta, y entre todos llevaban con gran esfuerzo al viejo por el suelo empedrado, que ninguno tuvo alguna opción mejor y lo subieron.

Livia se quedaría en la casa esperando la ambulancia, por si en verdad conseguía llegar velozmente, para acompañarla y pedir que alcanzaran a la camioneta de Blanca. Juan Carlos buscaría a los hijos y sobrinos, perdidos por las calles de Pinar de la Venta, y Antoine, el Francés, recuperaría a los dos pequeños, que también se habían ido en esa escapada de los primos mayores.

La camioneta, cargada con el enfermo y los cinco hermanos tomó camino, acelerando más de lo que sus pistones estaban acostumbrados, vibrando en todos y cada uno de sus sellos y láminas. Antes de arrancar, Hermelinda logró ver los delgados brazos de Blanca bajando el vidrio, rodeando el enorme volante, y escuchó cómo tranquilizaba al padre:

—No te preocupes papacito, en unos minutos estaremos en el hospital y verás que pronto te compones —arrancó.

Juan Carlos y Antoine se fueron muy rápidamente y, tras de ellos, unos veinte minutos después de que los hermanos salieran con el padre al hospital, Livia y sus hijas también se fueron explicando que no tenía caso esperar, que ella le llamaría a la ambulancia para que ya no viniera. Se despidieron dejando a Hermelinda con el trabajo de recoger lo que había quedado de ese fallido cumpleaños.

Cuando terminó de limpiar ya estaba entrada la noche, tenía que tomar su coche e irse, la ciudad estaba cada vez más insegura; sin embargo, se detuvo ante el candil de ocho brazos con sus gotas encendidas pero que no hacían brillar a nadie, y sintió pena, y como haciendo otro conjuro fue por las rosas que había rescatado y las colocó en el centro de la mesa... miró sus pétalos reflejando los brillos del cristal y sintió esperanza.

Cuando empezó a apagar las luces de la casa, se topó con el retrato de la abuela Lucía, se detuvo en su blusa azul, el moño negro, esos ojos que siempre le parecieron cargados de revancha, y recordando la historia que don David había contado, estuvo convencida de que, ahora sí, esa mujer dejaría pronto el lugar primordial de la casa, pero quizá no como Aurora lo había planeado.

Camilo

La ciudad vacía
amanecer con la lengua acartonada
el cerebro entumido
un domingo por la tarde.
Hay días laberinto, sinuosos, asfixiantes
sin el hilo, no se encuentra la salida.

Sentado sobre un cajón de madera, ¿o era una bocina?, sujetándose con una mano de la portezuela de la camioneta y con la otra estampada en la ventana, miraba a su padre inconsciente, lánguido, parecía tan indefenso, tan frágil. De pronto lo entendió, era una estupidez llevarlo al hospital en una camioneta destartalada, con su hermana inexperta como chofer de ambulancia. Se sintió tan furioso consigo mismo por no tener un carro más grande o por no haber tomado él el volante y controlar la situación. Sin embargo, no era momento de reclamar, cambiar los planes, lo importante era mantener la calma para llegar lo antes posible.

David, que como él se había sentado al fondo de la cabina sujetando la otra portezuela de la camioneta para prevenir, entre los dos, que éstas se abrieran y salieran todos expulsados, lo miraba, quizá con la misma pregunta. No podían hablar entre ellos porque, ya en la carretera, el ruido del motor forzado a su máxima capacidad, les impedía escucharse. Los cuatro, atentos al padre, se zarandeaban al ritmo de los volantazos, acelerones y amarrones abruptos de Blanca.

Lucía, con esas manos huesudas y frágiles acariciaba el pecho de su padre y movía la boca susurrando algo. Seguramente rezaba, era la única de los hermanos que practicaba ese hábito. Al mirarlo así de lánguido, presente pero lejos de ellos, Camilo también hubiera querido rezar, pedirle al dios de su infancia que no se lo llevara, que protegiera al padre, que lo protegiera a él, para que no lo dejaran solo, más solo de lo que ya estaba.

Aurora era la única que parecía saber lo que estaba haciendo: la quijada apretada, el ceño fruncido y la mirada afilada hacia un solo objetivo, ya no en el padre, sino en el enfermo que en ese momento necesitaba su atención. Tanto así que las sacudidas del camino no parecían violentarla. Camilo intentó seguir su ejemplo, mirar nuevamente al padre, tratar de entender por lo que estaba pasando y se preguntaba si el viejo se daría cuenta de la situación en la que estaba, y si era así, si podría sentir su miedo, el miedo de sus hermanos.

—No te estaciones aquí —gritó Aurora cuando Blanca intentaba detenerse en la antigua entrada del hospital—, la puerta de emergencias está a la vuelta.

Con otro volantazo, más pronunciado de lo necesario para el giro, la camioneta dio la vuelta, y apenas se estaban deteniendo y los tripulantes recobrando la vertical, cuando ya Aurora abría la puerta y exigía una camilla al guardia de la entrada.

Camilleros, enfermeras, una mascarilla que apareció de la nada. El padre, como fardo se dejaba transportar sin poner la menor resistencia. Al lugar también llegó una doctora que, sin quitarle la vista de encima al enfermo, con voz firme giraba instrucciones y su actuar era tan decidido que casi les hacía olvidar la juventud, imposible de esconder en ese cuerpo espigado y los ojos de mirada atenta. Decidido a no volver a dejar las cosas al azar, Camilo ya le iba a preguntar quién era, qué calificaciones tenía, o si un médico adulto llegaría para atender a su padre.

Aurora se lo impidió porque, sin darse cuenta, se interpuso entre él y la joven de bata blanca que con seguridad ya había tomado control de la camilla y, quizás, al sentir su presencia, se detuvo, la miró un segundo con una severidad que a Camilo sorprendió. Aurora iba a empezar a hablar, pero se quedó trabada, con la boca medio abierta, y cuando se tapó el ojo, Camilo supo que le estaba vibrando un párpado. Era algo que le pasaba desde niña cuando se ponía muy nerviosa.

Como si fuera capaz de verse a sí mismo a la distancia, Camilo comprendió la escena claramente: habían salido los seis a tropezones de una camioneta destartalada, cómicos de lo absurdo; Aurora casi le pasaba por encima para hablar con la doctora. Ahora, él no podía hacer lo mismo para rescatarla porque la doctorcita ésa pensaría que estaban haciendo una pantomima. Lo bueno es que el pasmo sólo le duró unos segundos, pero cuando logró articular, la voz se le cortaba un poco y la terminología se le olvidaba, o así parecía, porque, de repente, se detenía a media frase y después se le atropellaban las palabras.

Camilo sintió desprecio por su hermana, era muy claro lo que estaba sucediendo, a parte de doctora, Aurora era una mujer y las mujeres siempre fallan en el momento en que más se les necesita. Era como si la seguridad que había mostrado hasta hacía un minuto antes se le escapara y entrara completa en esa doctora de cara angelical y mirada de francotirador. No importaba, seguramente ella no se apanicaría, seguramente esa desconocida lograría sostener la tensión hasta el final y ayudar a su padre.

—¿Es usted hija del señor? — preguntó fríamente, evitando entrar en diagnósticos, sin soltar la camilla. Aurora le respondió desplegando su currículum, informándole que ella también entraría con el enfermo, pero la jovencita de bata blanca no pareció impresionarse, informándole a ella y todos—: Ahora vamos a pasar al enfermo a la zona de emergencia, nadie puede entrar con él, son políticas del hospital, por favor esperen aquí. Mientras tanto pueden ir llenando el papeleo de ingreso.

—Yo quiero entrar con el paciente, como le expliqué, soy doctora del Hospital Civil... —Camilo sintió tan inútil el esfuerzo de su hermana y hubiera querido decirle que se tranquilizara, que dejara a los profesionales hacer su trabajo, pero no fue necesaria su intervención, porque la jovencita cuerpo de bailarina y decisión de Defensa central de futbol americano, la atajó con un claro: "En cuanto lo estabilicemos y tengamos un diagnóstico saldré a avisarle a usted y a todos los familiares". Y, sin más, instruyó a la enfermera que intentaba acomodar los laterales de la camilla.

Aurora levantó las cejas, apretó los puños, la expresión endurecida de mujer que se ha abierto paso con los codos, esa que ponía desde niña cuando lo desafiaba a trepar el muro o ganarle en las carreritas, esa misma expresión competitiva se le dibujó completa y comenzó a buscar su celular:

—Que ni crea ésta que me hará a un lado. Yo voy a entrar a cuidar a mi padre.

Una camilla alta rodeada de enfermeras y la doctora/niña desaparecía tras la puerta de la sala de emergencias, ahí iba su padre inconsciente, frágil, como nunca lo había visto, y Camilo, al dejar de verlos, sintió un golpe de vacío, como si de repente el hospital, la calle, la ciudad, se hubieran silenciado por un instante, que pareció suspendido y estirado en el tiempo y sólo pudo sentir una ráfaga de viento frío que llegó de afuera atravesando el pasillo, dejándolo aterido, y Camilo lo supo: ésa iba a ser una noche larga.

Blanca se llevó su matraca a estacionar justo enfrente y regresó corriendo. Se acercó a la ventanilla de recepción en donde Lucía, estudiante aplicada, ya respondía las preguntas que la señorita de recepción tenía preparadas para ingresar al enfermo: Nombre completo, fecha de nacimiento, dirección. David también se acercó, ceño fruncido, boca apretada, como maestro de escuela en pleno examen; seguramente creía que todos necesitaban de su sabiduría para contestar un cuestionario de ingreso, y Camilo levantó las cejas, miró hacia otro lado, intentando ignorar el hecho de que su hermano mayor no podía evitar sentirse indispensable también para algo tan elemental. Hasta que la recepcionista del hospital preguntó:

—¿El enfermo tiene seguro médico? —Lucía y Blanca se miraron asombradas, buscando una la respuesta en la otra.

—Yo sé el nombre de la compañía, pero no me acuerdo del número de póliza—. Camilo trató de salvar la situación de un brinco— ¿Se puede encontrar un número de póliza por el nombre del beneficiario? —los tres hermanos esperaban la respuesta, mientras la señorita de recepción giraba los ojos con desprecio, como si esa pregunta estúpida se la hubieran hecho muchas veces.

—Necesito los datos completos del seguro para ingresar al enfermo —tomó aire y miró a los hermanos con impaciencia—; sin el número de póliza exacto no puedo ayudarlos.

Silencioso y triunfal, David deslizó sobre el mostrador de la recepcionista la tarjeta de afiliación del padre, hasta detenerla al centro de la mirada de todos. Camilo calculó que el hermano la había sacado de la cartera del viejo antes de salir de la casa y, convencido de que se necesitaba ser pendejo para llegar a un hospital sin los datos del seguro médico, se sonrojó.

La noche estaba llegando. Una hilera de ocho sillas azules pegadas al muro era el lugar designado para esperar noticias. Camilo las miró y miró el piso cubierto por una gruesa lámina de linóleo azul cielo, todo enmarcado por muros blancos. No se podría decir que era un salón amplio, más bien era un pasillo, y ahí estaba el mostrador, con la exigente recepcionista, la entrada a Urgencias y la conexión con las otras salas del hospital.

El lugar parecía gastado y Camilo dudó si ése era un buen hospital para llevar a su padre, mientras intentaba recordar qué hospitales estaban por la zona o cuánto tiempo les tomaría llevarlo al otro lado de la ciudad, donde habían construido unos más modernos, seguramente con mejores equipos médicos.

Mientras tanto, Aurora no había olvidado su objetivo: mirada de furia, labios apretados, manos crispadas, parecía mucho más enojada que unos minutos antes, cuando Lucía, para defender el retrato de la abuela Lucía, le soltó las ofensas más certeras. Ahora no veía a nadie ni nada, sólo la pantalla de su celular con el que, golpeteando con los dedos, quería encontrar a la persona que le diera la autorización que tanto necesitaba. Convencido de que no había nada que él pudiera hacer para ayudar, Camilo calculó que sería bueno que Aurora entrara con su padre, así uno de ellos estaría cerca para cuidarlo.

—Soy la doctora Aurora Martínez Alcázar, dígale que quiero hablar con él —se refería al director del hospital. Aurora giraba órdenes, con esa impaciencia tan típica de los médicos, seguros de que son ellos los únicos que saben lo que se tiene que hacer, y los demás sólo tienen la obligación de no estorbar.

—¿No nos habremos equivocado? preguntó Camilo a David, sin aclarar de qué hablaba, como si esa duda fuera la continuación de una conversación ya iniciada.

—El problema no es ése, el problema es cómo le haremos para sacarlo de aquí y llevarlo a otro hospital —Camilo se molestó, David ya estaba en el capítulo dos, cuando él apenas tomaba el libro.

—En cuanto lo tengan bajo control, lo sacamos —atajó Camilo con voz decidida, mostrándole al hermano que él también tenía algo que decir en esa situación.

Por supuesto que Camilo no comentaría sus temores con Lucía o Blanca, porque ellas lo pondrían más nervioso: seguramente compartirían sus dudas respecto a la doctora, tan joven, ¿estaría titulada? ; o si el hospital en su conjunto era la mejor opción para cuidar del padre. Lucía se encerraría en sí misma y terminaría con alguna frase lapidaria, de esas que angustian y no tienen solución, y Blanca haría cálculos más drásticos, descubriéndole a Camilo amenazas que no había visto. Mejor era mantenerse callado y dejarlas tranquilas, que no hicieran escándalo.

Cómo se parecía esa necesidad de rescatar, de proteger al padre para que no muriera, para que no lo dejara, a la aprensión que lo invadía unas horas antes, camino a la fiesta de cumpleaños, mirando por el retrovisor a su hijo Bruno sentado en el asiento de su jeep, pensando que tal vez ésa sería la última vez que lo llevara a un festejo de ese tipo.

"¡¡A qué hora empiezan a circular los tequilas en esta casa!?", gritó al entrar a la fiesta de cumpleaños del padre, sujetando firmemente la mano de su pequeño. Don David fue el primero en aproximarse a saludar, con la presteza del abuelo que sabe que sus oportunidades de ver al nieto son pocas y quiere aprovechar cada una. Sonrió y le sacó de detrás de la oreja un chocolate con papelito de plata, para después cargarlo y festejar el asombro.

—¿Cómo está el valiente de Bruno? —preguntó el abuelo con el niño en brazos.

—Nos vamos a ir a "nuevayor" —dijo Bruno, quizá porque era la idea que su mente intentaba entender, o quizá porque intuía que ese dato era importante y necesitaba soltarlo.

El abuelo rio complacido. Seguramente le parecía muy bien tener una conversación con el pequeño. Que le contara sus historias.

—Es una ciudad muy bonita, ¿Van de vacaciones? —preguntó el viejo, queriendo escuchar más.

—Mi mamá ya encontró mi nueva escuela, y regalamos mi camita porque ya soy grande y va a haber una fiesta, en donde ella se va a vestir como de princesa y yo voy a llevar un cojincito con unos anillos para Jayson y para ella.

La expresión del abuelo se convirtió en hielo, no quiso saber más, pegó al niño contra su pecho mientras miraba a Camilo con el ceño fruncido, y después bajó al pequeño al suelo para que se fuera corriendo a jugar con los otros. Camilo, sintiéndose descubierto, no supo qué decir.

—¿Qué significa eso que dijo tu hijo? —preguntó el viejo sin preámbulos.

Camilo sabía que lo importante en ese momento era bajarle el perfil al problema, que su padre no lo viera como un hombre al que le roban al hijo, él no lo permitiría, él lucharía por Bruno, así que no había necesidad de hacer drama. Después de darle un trago a la cerveza, que le supo tan amarga que tuvo que reprimir una mueca, le aseguró al viejo que no se fijara, que él no estaba preocupado, que ya trabajaba para poner las cosas en orden. Pero fue la expresión suspicaz de don David la que le hizo reconocer, sin decirlo, que quizá no era cierto, quizá sí; se iban a llevar a Bruno y él no podría hacer nada para evitarlo.

Ese problema lo tenía descompuesto desde hacía semanas. Justo unas horas después de que Aurora lo buscara para invitarlo a la fiesta de cumpleaños, salió a recoger a Bruno y ahí supo la noticia del matrimonio, con el imbécil ese del que sólo había oído hablar, pero nunca había visto. Fue ahí donde se enteró de la estúpida boda y, sobre todo, que se llevarían a su hijo. Ya llevaba días olvidando citas y el antiácido para el estómago se había convertido en su bebida favorita.

Sucedió en la casa que él le había comprado a Clara, en un condominio cerrado, con seguridad y guardia armada las veinticuatro horas del día. La compró antes de que naciera Bruno para que viviera ahí con su hijo, con el hijo de los dos y juntos lo cuidaran. Fue ahí donde se enteró, porque, como hacía cada vez que iba a recogerlo, abrió, y como si fuera su propia casa, entró confiado, pero se topó con ese pendejo que llevaba unos calzones rojos, largos, arrugados de cama, y preparaba en la estufa unos panqués para Clara, aunque ya era medio día, pero seguramente se acababan de levantar.

Bruno no estaba, el día anterior Clara le dejó un recado en su celular, para avisarle, pero Camilo ni se enteró porque su celular no tenía batería y se le olvidó cargarlo. Clara le explicó que el niño había ido a dormir a casa de su mamá, que le daba mucha vergüenza que conociera a Jayson de ese modo, mientras el gringo, con esa sonrisa cándida que rayaba en la estupidez, le extendía la mano y le ofrecía desayuno, ese desayuno que estaba preparando en su casa, en la casa que él había comprado para su hijo, para Clara, no para este cabrón que seguramente ya había aprendido cómo agasajarla y después llevársela nuevamente a la cama.

—No, gracias —respondió Camilo con cara de asco—, los panqués no son buenos para la figura —lo dijo pese a que él estaba en los huesos y ya el médico le había recomendado aumentar su masa muscular. Pero Clara tenía el problema contrario, unas caderas redondas de las que siempre se había quejado, y que a Camilo nunca le parecieron feas; pero quizá por ese comentario de él, ella las recordaría y ya no querría comerse esos panqués de mierda.

No tardó mucho en entender que tenía que irse, en realidad era lo único que quería hacer. Dijo adiós y pidió disculpas, como si tuviera que disculparse él, que le había pagado a Clara la operación de la vesícula, hacía un año, y que le ayudó a solucionar ante Hacienda todo el asunto de sus impuestos. Él tenía que disculparse e irse de ahí porque no era su lugar, era el de Clara y el de ese gringo huevón, y resultaba imprudente quedarse más tiempo.

Clara lo alcanzó en la calle, parecía consternada, le dijo que no había planeado que se enterara así, pero que ya había intentado varias veces citarlo en un café, o por lo menos encontrarse en casa para platicarle, y Camilo no había podido, o no había querido verse con ella.

—Contigo es difícil conocer la diferencia, ¿sabes? —concluyó bajando la mirada, aparentando docilidad, como si en realidad no lo conociera.

Desde el primer día que llegó a su casa se hicieron amigos, era compañera de Blanca y después se hizo amiga de Lucía y también de Aurora, cuando sus tres hermanas eran todavía proyectos de mujeres, y Aurora no sufría por la belleza de Lucía, y Blanca no emprendía batalla contra el mundo entero, y Lucía era la niña más feliz y ligera. En la época en la que los cinco subían a los árboles, jugaban a las atrapadas. Fue cuando Camilo la bautizó como la tortuga, aunque corría más rápido que él, porque cuando le tocó perseguirlo, él atravesó la sala aunque estaba prohibido, y Clara casi lo alcanza; pero no lo logró, porque descubrió el retrato de la abuela Lucía: "¿no me vas a alcanzar?", la desafió él impaciente, deseoso de seguir el juego, pero los ojos de Clara, custodiados por sus negras trenzas, se abrieron asombrados ante la imagen de la hermosa Lucía. "Parece una reina", atinó a decir. "Y tú, una tortuga que va perder el juego", gritó Camilo y ella reaccionó para alcanzarlo, pero no lo consiguió.

Ésas y otras imágenes de su historia le venían en estos días tratando de encontrar qué fue lo que no vio, que fue lo que hizo mal; mientras sentía cómo Clara azotaba con una bola de demolición la estructura de su propia existencia, y él no podía evitarlo. Ante ese comentario de "Contigo es difícil conocer la diferencia ¿sabes?", Camilo se indignó: si alguien sabía todo de él, tenía que ser Clara.

—No importa Clara —acotó con un dejo de desprecio aquella mañana —, a mí todo esto me parece muy bien —las tripas le hervían, pero no quería que se le notara, cerró la boca, tomó aire, había que bajarle el perfil a la discusión, que no se diera cuenta de que lo estaba matando—: una mujer bien atendida, es una madre más feliz y más guapa —dijo y levantó las cejas, torció la boca, con esa mueca procaz del que se imagina un acto sucio, pero divertido.

Craso error. El ánimo de Clara cambió. Camilo se dio cuenta, pero ya no podía tragarse las palabras que había dicho, y ella pasó de la conmiseración y el tiento, a la indignación, así, sin previo aviso. No le importó azotarlo con la noticia: se casaría con ese tarado; que llevaban ya tiempo de relación; que Bruno se entendía bien con él; que el pendejo ése, Jayson, tenía otros hijos, que vivirían todos juntos en Nueva York.

Tenía que protegerse, Camilo lo sabía y tratando de aplastar el espanto en el fondo de su ánimo, escapó, se subió al jeep negro, arrancó rápidamente y hasta sacó la mano por la ventanilla para lanzarle un casual adiós, convencido de que lo único que le quedaba era resistir el temporal, que no se le notara la furia, el miedo, ignorar ese ardor en el pecho, la traición de la que había sido objeto. Porque él y Clara tenían un proyecto de familia, y Clara se lo había pasado por los huevos al comprometerse con ese gringo imbécil y llevarse a su hijo.

Fue durante esos días que Aurora su hermana le había llamado, con el tono autoritario de una maestra de secundaria, para informarle de la comida de cumpleaños del padre y seguramente en esa llamada también le pidió que le avisara a Blanca. Pero a él se le olvidó por completo, porque llevaba más de dos semanas tratando de dilucidar cómo le haría para detener a Clara y todas sus estupideces, conseguir que no se llevaran a su hijo, para que su vida no se fuera por el caño.

Unos días después, ya más en control de su propio espanto y habiendo pensado bien la situación, Camilo la buscó para pedirle, para rogarle, que reconsiderara, que fuera razonable, que no podía quitarle el padre a su hijo, que si lo hacía, él no participaría en la vida de Bruno, se convertiría en una entretención de los veranos. Un proveedor. Un cheque que aseguraría la clase extracurricular de piano o el uniforme nuevo que solicitarían en el equipo de futbol. Él no quería ser eso, él quería ser el papá de Bruno, estar ahí para vitorear en sus partidos; para recogerlo de la escuela y llevarlo a comer pizza cualquier martes.

Sus argumentos fueron inútiles porque Clara, en vez de hablar razonablemente, lo atacó con historias de antes, restregándole en la cara todo lo que había hecho mal en los últimos veinte años. Llegó un momento en el que Camilo sólo veía cómo su boca no dejaba de moverse, mientras él calculaba que ésa era una estrategia típica de las mujeres cuando no entienden lo que se les está diciendo, o no tienen cómo refutarlo. Lo que lo sacó de sus casillas fue que lo acusara de que todo lo que estaba pasando era culpa de él, que ella le había ofrecido hacer esa vida que ahora iniciaría con el gringo hijo de su puta madre; que lo que más había deseado era formar con él una familia, cuidar entre los dos a Bruno y tener otros hijos, pero Camilo no había aceptado. Desesperado ante esas acusaciones tan injustas, Camilo no hizo más que defenderse cuando le gritó:

—¿Quieres decir que como no quise casarme contigo, es mi culpa que te encames y te vayas con el primer pelele que pasa?

Camilo tapó su boca con el puño cerrado, arrepentido nuevamente de lo que acababa de decir. Clara se fue sin despedirse y la conversación terminó sin vistas a ser solucionada.

Es cierto que no quería casarse ni con Clara ni con nadie. Para él, todo se arruinaba cuando las mujeres se sentían en control de la situación y eso era inevitable cuando se casaban. Lo había visto tantas veces con su madre. Para Camilo, lo mejor era que cada uno tuviera su libertad, su territorio, una familia disfuncional, pero armónica. En vez de casarse, joderse la vida uno al otro, para terminar divorciándose —porque él nunca dejaría que lo mangoneara una mujer— y ser una familia disfuncional y además en guerra.

Es cierto que las mujeres son unas interesadas, Camilo estaba más seguro de eso que nunca; si no consiguen tener control sobre su dinero, sus huevos, hasta su alma, se vuelven vengativas y desarrollan unos odios que nadie podría imaginar. Clara, ahora, como su madre antes, se lo habían demostrado, porque no lograron lo que buscaban: ponerlo de rodillas para hacer de él lo que ellas quisieran. Por eso lo habían abandonado.

—Pasaron a papá a la sala de terapia intensiva, no tienen todavía noticias pero me van a permitir entrar —dijo Aurora satisfecha, con su tono de voz seco, y sin soltar el teléfono, como quien no se desprende del arma que le sirvió para ganar la batalla—; encontré por fin al director del hospital y no va a haber problema. Ahora voy a pasar para cambiarme de ropa.

Los cuatro hermanos se levantaron y la rodearon, querían escuchar todos los detalles y, como Camilo, seguramente los demás sintieron un pequeño alivio, con Aurora cerca del padre, era como si un pedacito de ellos también estuviera ahí, cuidándolo. Lucía, que a excepción de cuando lo hizo en la comida del padre, nunca tomaba la palabra, dio un paso adelante y con una expresión mezcla de timidez y determinación, le pidió a Aurora:

—Dile a papá que aquí lo estamos esperando, dile que estamos todos, que esté tranquilo y se ponga bien pronto —se detuvo, lo pensó un momento y le insistió a su hermana —. Aunque este inconsciente, tú dile esas palabras.

Mientras Lucía hablaba, Aurora ponía toda su atención, severa, sin quitarle la vista de encima. Por un instante, Camilo sintió temor de que Aurora le respondiera vengativa e iniciaran una escena como la que hacía unas horas habían armado las dos en la casa de Pinar. Sin embargo, la doctora dijo:

—No te preocupes, yo le digo —y, sin más, se alejó para cruzar las puertas de la sala de terapia intensiva.

Al verlas así, tan civilizadas, nadie se hubiera imaginado que eran las mismas que, apenas unas horas antes, hurgaban entre heridas antiguas para lanzarse los cañonazos más ofensivos, certeras y crueles. Todo, por conservar el retrato de la abuela Lucía.

Camilo recordó a Clara, tampoco la entendía, no se podía explicar cómo prefería irse, dejar la casa bonita que él le compró, dejar su país, obligar a su hijo a otra familia, para iniciar un futuro incierto...

—¿Quién entiende a las mujeres? —y sin esperar respuesta fue a sentarse a las sillas azules, las destinadas para aquellos que esperaban noticias de sus enfermos. Junto a él se sentó David, al otro lado Lucía y también Blanca. Esa compañía le hizo bien, aunque no podía quitarse de la cabeza la imagen de su padre, con su camisa de cuadros verdes, cayendo en cámara lenta del sillón sin brazos, hasta llegar al suelo, inconsciente. Era tan desolador el recuerdo.

Lucía, con los hombros caídos, la bolsa en el regazo, encorvada, como protegiéndose, parecía otra mujer y no la modelo de revista a la que los tenía acostumbrados. Blanca, mirando al infinito, no hablaba. El celular de David sonó, era su mujer, le había llamado ya tres veces; parece que Livia quería conocer paso a paso el desarrollo de los acontecimientos: Ya estaba internado, le explicaba; los médicos estaban con él; Aurora ya había logrado entrar también. Después de largos silencios, en los que se alcanzaba a escuchar la voz atiplada de su cuñada, David volvía a repetir la misma información, con otras palabras. Camilo, sin saber por qué, empezó a enervarse, hasta que el hermano terminó la llamada, se recargó en la silla azul y respiró profundo. Mientras Camilo calculaba que, quizás, aguantar que te controlen así es el precio que se tiene que pagar para que no se lleven tu vida al carajo, tener dos hijas zalameras que te hagan reír mientras despeinan tu cabello, comida caliente en la mesa, una casa limpia y bien ordenada a la cual llegar. La amargura empezó a subírsele por la garganta y antes de necesitar el antiácido, Camilo intentó borrar esas ideas de su cabeza. No pensar en Clara, ni en Nueva York; él iría a ver a Bruno más tarde, a su casa, en cuanto pudiera.

Después de más de dos horas, las sillas azules del pasillo de terapia intensiva, el piso plástico azul y las enfermeras que se cruzaban ya se habían vuelto paisaje conocido. Los cuatro hermanos aguardaban, como seguramente lo habían hecho mil veces de niños, para entrar a la consulta pediátrica, en el auto del papá camino a la escuela o ante la mesa de la cena. Esperaban como pajaritos hambrientos, en el nido más alto, atentos a la comida que les traería la madre. Sólo que esa madre ya había muerto y no sabían si el padre regresaría.

Fue el celular de Blanca el que cambió la atmósfera, y la más joven de los Martínez Alcázar se levantó: "Ça va. Oui, il est toujours dans la salle d'urgence...", era el Francés, su esposo. Eso no extrañó a Camilo, lo que le sorprendió fue la actitud de ella, se estaba portando con la misma agresividad con que lo había tratado a él cuando llegó a la casa de Pinar y le estrelló el ramo de flores amarillas en el pecho como reclamo por no haberle avisado a tiempo de la comida. A Camilo no le importó, el sabía del carácter cambiante de las mujeres, mejor era no hacer caso; sin embargo, le extrañó escucharla así con el esposo, porque Clara y el Francés parecían llevarse muy bien siempre.

A Camilo nadie le llamaría para preguntarle por la condición del enfermo o para querer saber cuándo regresaría a casa. Aurora tampoco recibiría una llamada así. Ya habían hablado Livia, el Francés... faltaba que hablara Juan Carlos, y todos sus cuñados habrían hecho acto de presencia para acompañar a sus hermanos. Era extraño que Juan Carlos no llamara, a la comida llegó tarde, y Lucía, pese a que siempre era muy cordial con su marido, casi ejecutiva, esa tarde no lo miró, casi no lo saludó. A Camilo no le costó trabajo imaginar matrimonios rotos y divorcios desgarradores, era natural, el matrimonio era una mierda, él había tenido razón en no querer casarse con Clara; seguramente Lucía, su hermana, estaría pasando por el infierno y, con esa idea en mente, experimentó el placer amargo de tener la razón, aunque fuera a costa del sufrimiento de su hermana.

Mientras tanto, seria y cortante, pero sin soltar al marido, Blanca su hermana, continuaba hablando en francés, se veía tan seria, tan señora. Blanca era la hermana que más le gustaba, de niños ellos tuvieron una conexión especial, pero con los años se acabó. Camilo nunca supo lo que sucedió. Mirándola así, tan cerca, en ese espacio ajeno, no se pudo contener, se levantó y caminó hacia ella:

—Pregúntale por Bruno —y pegándose a su oído, repitió—: Pregúntale si se asustó al no verme.

Blanca dio un paso para atrás, él estiró el cuello para seguirla y ella frunció el entrecejo y lo miró molesta.

—Espacio personal, ¡por favor!

Camilo ignoró la solicitud y divertido siguió:

—Pregúntale que qué dijo Clara cuando vio a Antoine y no a mí llevando al niño.

Esperaba la respuesta lo más cerca que podía de ella, como si estuviera a punto de emprender sobre su hermana pequeña un ataque de cosquillas. Hubiera sido genial para Camilo que Blanca dejara el teléfono y gritara algo así como: "¡Mamá, Camilo me esta molestando!". A cambio, conteniendo la desesperación, le explicó:

—Sí, sí, espérate, ya está con Clara —con tono más de exigencia que de exhortación, al tiempo que brincaba para atrás y alargaba el brazo, abría la mano confirmando la distancia—. Y no, Clara no preguntó por ti, ni quiso saber nada —y haciendo una señal con la mano para que volara a otra parte, volvió a su llamada con Antoine.

Riendo en silencio, por una broma que sólo él había entendido, Camilo regresó a la silla azul. David y Lucía no se habían movido de su sitio, mirando el suelo de linóleo, perdidos cada uno en sus pensamientos, quizás en sus miedos. No pasó mucho tiempo hasta que la puerta del área de terapia intensivas se abrió, y tras ella, con dos pasos largos, apareció Aurora.

—Papá está estable —los cuatro hermanos la rodearon nuevamente—, pero delicado. Como sospechaba, sufrió un accidente vascular cerebral. Es decir: una vena de su cerebro... —práctica y concreta, Aurora explicaba con la simplicidad del experto. Ningún asomo de aquel párpado tembloroso que Camilo había notado.

—¿Cuándo va a salir del hospital? —preguntó Camilo convencido de que no había otra opción más que la recuperación de su padre.

—¿Podemos entrar a verlo? —cuestionó Blanca, que se había separado del teléfono sin terminar la llamada.

—¿Está fuera de peligro? —David hizo la pregunta más pertinente; Camilo lo entendió y sintió una pequeña patada en el estómago.

Lucía miraba a uno y a otro preguntar, con la avidez del mudo que escucha de otros, la duda que pugnaba por escapar de su estéril garganta, y después se enfocaba en Aurora para no perder detalle.

—Todavía no les puedo decir que está fuera de peligro —aclaró. Y Camilo hubiera querido gritarle que se fuera, que corriera a cuidar a su padre. —Papá no ha recuperado la conciencia, hay que esperar. Quizás en un rato más podrían entrar, uno por uno, sólo para hacerle compañía. Tiene que despertar para poder diagnosticar cuál es su estado. En cuanto tenga más noticias vuelvo a salir, ¿de acuerdo? —sin esperar la aprobación regresó a la sala de terapia intermedia. Camilo y los otros, a las sillas azules.

Al alejarse Aurora, Blanca retomó su llamada, como quien se sujeta de una boya en medio del mar, repitió todo lo que su hermana dijo, o por lo menos eso calculó Camilo, porque él no sabía hablar francés. Sin embargo, algo extraño sucedió, porque cuando terminó la llamada, después de una leve respiración de alivio, Blanca cambió su expresión a una de agobio y Camilo temió que volviera su amargura, ésa que parecía tener sólo para él y les anunció a todos que iría a su casa para ver a su hijo Gill porque se despierta de noche y no quería que se asustara al no encontrarla.

Al verla dar tantas explicaciones por un hecho tan simple, Camilo la recordó justificándose ante el padre por la mala nota que le había puesto la maestra: las manos extendidas, y después cruzándolas atrás de la nuca, codos al cielo, bajando y subiendo la mirada, como si quisiera encontrar la palabra mágica, aquella que la protegería. Camilo podría apostar que había alguna otra razón para irse que la hermana no les estaba diciendo.

Camilo no preguntaría nada, Blanca se había vuelto muy agresiva, presta a responder con rudeza a cualquier cosa que él dijera y él prefería no intervenir. En el fondo no le importaba, él no se movería hasta salir con su padre de ese lugar. Fue David, siempre listo para el protagonismo, el encargado de dar el veredicto:

—Está bien, no se puede hacer nada ahora, ve, y si sucede algo, te buscamos. Pero mantén el teléfono a la mano y con volumen, por si necesitamos localizarte —después miró a Camilo—: tú te vas a quedar aquí, ¿no es cierto? —le preguntó acercándose a su silla azul.

—Sí, no me voy a mover —respondió un poco molesto de que el otro lo supiera.

—Bien, aquí a la vuelta hay una cafetería que abre toda la noche, este barrio es muy seguro, así que voy a acompañar a Lucía para comprar algo de comer.

—¿Quieres que te traigamos algo? —le preguntó Lucía, con ese tono dulce de siempre.

Camilo negó con la cabeza, no quería comer, no quería hablar, no quería nada más que escuchar que su padre estaba listo para salir de ahí.

Aurora estaba en la sala de terapia intensiva, pendiente del padre. Blanca ya había salido en busca de algo que calmara su angustia. David y Lucía cruzaban la calle escapando de la tensión, y sólo quedaba él, rodeado de las sillas azules. Fue en ese momento cuando sacó su teléfono y buscó la fotografía que había tomado unos minutos antes del desmayo de su padre. Cuando nadie lo veía, tomó una fotografía del retrato de la abuela Lucía y ahora lo miraba atento, la tomó antes de hacer esa broma ridícula respecto al valor del retrato, porque le dio vergüenza no haber sido capaz de apreciar una pieza de un artista tan importante, él, que se creía conocedor, que había tomado todos los cursos disponibles de arte, que ya era un invitado habitual de las inauguraciones en galerías y amigo de varios artistas, que muchos coleccionistas le pedían su opinión y hasta había empezado una colección particular ¿cómo no tuvo la sensibilidad para apreciar ése tesoro que tenía frente a sus narices?

Sin embargo, la vergüenza le duró poco, quizá no podía apreciar una obra que retrataba a una mujer, que, como decía su padre, era egoísta y egocéntrica. Es más, seguramente su sensibilidad era tal, que por eso nunca le había parecido nada especial.

Sanada su vanidad, miraba el retrato reconociendo por fin que sí, era una pieza muy hermosa. Al mismo tiempo que se sentía agradecido con su padre porque una vez más, lo había rescatado. "Lucía Solís fue una mujer egocéntrica e insatisfecha, una combinación terrible" dijo el viejo, sorprendiéndolos a todos. Sí, eso había dicho y también dijo: "Todo lo que hizo su madre, lo hizo pensando en complacer a esta mujer insaciable a la que el mundo le debía". Así declaro el viejo, con ternura, con un deseo de justicia, cobrando una cuenta, como si ese retrato fuera la prueba de un sacrificio, el testigo de un gran amor. Un rival y un trofeo.

Si, el retrato de la abuela Lucía era una pieza especial. Quizá era importante pensar dos veces antes de deshacerse de ella.

Blanca

Para ir a su encuentro, no dudó en desafiar
las cumbres siempre gélidas de las montañas,
pies reventados, boca agrietada de ideas
al llegar, había regresado al punto de partida.

"Es lo mejor que se me ha ocurrido en años", se repetía Blanca para darse valor, mientras arrastraba con el cuerpo doblado y los brazos extendidos, las cajas que se interponían en su camino. Estaba segura de que la escalera había quedado ahí, en la bodega, la dejó el mes pasado o hacía dos meses cuando tuvo que desocupar la camioneta para cargar unas antorchas y el equipo de música de aquel equilibrista de la colonia Moderna.

Unos minutos antes, sentada entre sus hermanos en las sillas azules del hospital, Blanca se debatía entre la necesidad de estar cerca de su padre y la urgencia de ir al lado de su hijo, tocarlo. Estuvo segura después de hablar con Antoine, cuando él, con su voz de encantador de serpientes, le recomendaba que se quedara tranquila, que él cuidaría al niño, que todavía faltaba más de una hora para que amaneciera, que mejor se esperara, que con luz era más seguro transitar por la ciudad.

Blanca no pudo relajarse con esa propuesta, hacía tiempo que cualquier cosa que le ofreciera su marido le producía desconfianza, no sólo hacia él, también hacia ella misma. Por eso, después de escuchar lo que Aurora les informó sobre el estado del padre y, al estar segura de que los demás permanecerían ahí, Blanca salió del Hospital.

Sin embargo, no llegó a su casa, no pudo. Cambió de ruta porque a medida que los ruidos de hojalata del motor de la recién reparada camioneta, invadía la tranquilidad de la noche, comenzó a experimentar la sensación física de que todo a su alrededor se alejaba a una velocidad más intensa de la que ella misma demandaba sobre el acelerador: el mundo desintegrándose ante sus ojos y Blanca sin poder atraparlo. Se estacionó en la siguiente esquina, jaló todo el aire que pudo, sujetándose con las dos manos al volante, cerró los ojos, su cabello rubio le cubría la cara y, ante ella, la imagen de su padre, su mirada brillante frente al retrato de la abuela Lucía, pensando en su madre y esa expresión tan dulce que hacía años que no veía en él. Fue cuando le surgió la idea.

No le tomó mucho calcular la logística, se enderezó y con tino inusual localizó el teléfono en su atiborrado morral; lo sacó, y ya le iba a marcar a Antoine, pero se detuvo y lo aventó de nuevo al desorden del que había salido, como quien arroja un ladrillo caliente, repitiéndose a sí misma que ella podría hacerlo sola. Ella podía hacer todo sola. Seguramente, cuando llegara a la carretera rumbo a Pinar de la Venta, ya estaría amaneciendo, así que no sería peligroso moverse.

Encontró la escalera debajo de unos costales negros; los removió y, como quien saca a un niño del brazo, la jaló. No le preocupó su peso, con las dos manos la levantó y caminó por el pasillo, la cabeza agachada mirando al suelo y la mente recreando al viejo: "Creo que me conforta". Mirando el retrato de la abuela Lucía: "Ahora todas las mañanas que estoy solo en casa, converso con mi Raquel... y me escucha", agregó, con el placer de quien recibe una recompensa largamente esperada.

Blanca atravesó la sala, encendió la luz que iluminaba directamente ese retrato de más de un metro de alto, con su marco anguloso de hoja de oro. Dejó la escalera al pie de éste y se acercó al sillón sin brazos, se sentó para mirarla y calcular que, como el marco estaba sin vidrio, no sería tan pesado. Eran las seis de la mañana, no tardaría en llegar don Mario, el jardinero, que, desde hacía muchos años, antes del amanecer —desde que Hermelinda anunció que no volvería a despertarse a las cinco de la mañana para barrer ninguna calle, que buscaran a alguien más que lo hiciera—, barría la cochera y los jardines de la casa. Él podría ayudarla.

Nuevamente se detuvo en el retrato y la historia que su padre les había contado el día anterior. Esa imagen, rígida como efigie, ahora cobraba para ella otra dimensión y hasta era capaz de apreciar matices, texturas y significados que antes no había visto: la mujer, en un principio, la reproducción de su abuela que miraba con solapado desprecio al espectador; ahora evocaba la presencia de su madre: atenta, serena. El movimiento de su cabello negro, sujetado por un moño, estaba definido por una serie de líneas curvas, como serpientes de colores rosa, azul, blanco, que bailaban por la cabeza, ondulando el movimiento. Los ojos, dos círculos manchados de diminutas motas de glauco y carbón, poseían una profundidad nueva, capaz de descubrir el dolor más escondido y sanarlo. La blusa de cuello en V se definía por trazos más gruesos, casi rudos; era azul pavo real, pero podría ser morado y hasta verde intenso y, por supuesto, el collar de perlas con dos vueltas, una pegada al cuello y la otra descansando sobre el pecho, tan característico de las mujeres de su familia.

Blanca imaginaba la belleza única de su abuela, ésa que ella no heredó y que pudo provocar una representación tan intensa y al mismo tiempo delicada. Gerardo Murillo debió impresionarse mucho, no sólo por sus atributos, que eran evidentes, también su porte, su energía. Eso no le extrañó a Blanca, su madre suscitaba la misma admiración: tenía la dignidad de ese cuello delgado, la firmeza de esos hombros siempre rectos, la profundidad de esa mirada y la suavidad del cabello que, pese a estar bien sujeto, a veces se le alborotaba. Fue cuando lo decidió, a partir de ese momento ya no vería a su abuela en ese retrato, era su madre la que estaba ahí y como nunca antes, la miraba complacida.

En un acto reflejo, Blanca tomó un mechón de su propio cabello rubio, tan delgado, y lo miró con displicencia. "Tú, mi Blanquita", le dijo su padre una tarde que ella no olvidó, "te pareces a mi madre, tienes su nariz respingada y esa mirada dulce". Después la besó. Quizá cualquier otra niña se hubiera sentido satisfecha al escuchar semejante cumplido, pero Blanca no.

Cuando comenzó a crecer y su carácter determinado y libre a manifestarse inapelable, como guillotina cayendo sobre el cuello de cualquiera que se interpusiera, el padre cambió de opinión: "Te pareces a tu abuela Dominique, pero no en el carácter, ella era un poco apagada, casi mártir. En cambio tú, tú sacaste el temperamento Solís, el de tu madre". Hasta ése momento, Blanca se sintió complacida con la comparación.

Si sentía la autoestima un poco disminuida, por su estatura discreta, su piel pálida amarillenta, esos huesitos de pollo incapaces de formar unas piernas firmes o un cuello largo —tan distinta a sus hermanas o a su madre—, recordaba la sentencia favorable del padre, otorgándole el crédito por su temperamento Solís, y utilizaba ese halago como un mantra que la ayudaba a tomar fuerza.

Sin embargo, desde que la madre murió, cada vez que recordaba su temperamento Solís, un dolor que ya no quería sentir, le escocía el alma, por lo distanciadas que terminaron antes de su muerte. Y se preguntaba: Cuando dos huracanes chocan, ¿cómo se sabe cuál es el que gana?

Quizá fue su físico, delgado y poco llamativo, que la excluía irremediablemente de toda competencia con sus hermanas, mamá o abuela, o quizá su habilidad para transitar por la vida familiar sin causar olas, pero Blanca nunca tuvo problemas con su madre. Sus encuentros íntimos tenían más que ver con el gozo de estar juntas, y doña Raquel, quizá por ser su hija pequeña, hasta ya muy crecida le cantaba aquella canción de cuna que era sólo para ella: "Si yo volara igual que una paloma...". Blanca creció sin presiones ni expectativas y pensó que así sería siempre, hasta que decidió con quién compartiría su vida.

Sin vestido de novia, luna de miel, ropón bordado o bautizo, Blanca formó una familia, y su madre no estuvo de acuerdo, por eso se negó a conocer a Gill, argumentando que era una irresponsabilidad, por parte de Blanca, tener un hijo sin haberse casado y amarrar su destino a un hombre con un futuro y unas ideas tan extraños. Pero Blanca se sostuvo en su determinación, sabía hacerlo, y cómo no, si eso era lo que la hacía igual a las mujeres Solís.

—A qué se dedica tu familia en... Suiza, ¿dices? —preguntó la madre con suspicacia aquel día en el que por fin Blanca se decidió a llevar a casa al "El Francés", como lo bautizó el padre desde que escuchó su voz por teléfono, aunque era suizo, pero Blanca no quiso contradecirlo: si Francés le gustaba a él, Francés sería.

Llevaban casi un año de relación y Blanca había encontrado la forma de atrasar el momento de las presentaciones. Quizá porque nunca pensó llegar tan lejos o porque imaginaba la cara de pepino amargo de su padre cuando le abriera la puerta de la casa y se le presentara Antoine con una camisa morada y roja, de esas que le gustaba usar, y la mirada de loco desquiciado que plantaba cuando se ponía nervioso.

Con mirada o sin mirada, desde el día en que Blanca lo conoció, intuyó que algo especial había en ese hombre y necesitaba averiguarlo. Cuando él se bajó del avión y ella lo esperaba con su letrerito, "Antoine Poullan", en el pecho, mientras imaginaba un personaje un poco estrambótico y algo lascivo que, con copete de Elvis Presley y saco de solapa ancha, la saludaría teatralmente y, en cambio, se topó con aquel narigón de mirada azul riachuelo vibrante, que vestía pantalón de rombos azules, con camisa amarillo pollo, más colorida de lo habitual para un hombre en México, delgado, casi escuálido, rubio con el pelo corto, que hablaba con un tono discreto y parecía más deseoso de escuchar, que de ser escuchado, de ver, que de ser visto.

"Durante su estancia en la ciudad tienes que estar pegada a él, sé su sombra", le había ordenado el jefe, antes de mandarla al aeropuerto. "Para que cuando se vaya, tú seas la experta", calculó, festivo. Y desde el minuto en el que puso sus ojos en él, Blanca agradeció la encomienda.

—Pues mi madre ejecutó diferentes rutinas durante los años que trabajó en el circo —respondió con la simpleza de lo evidente—, pero la más exitosa fue la del trapecio. Mi padre nunca participó del espectáculo, él era el administrador del circo, del circo Knie de Suiza ¿Lo conoce? —explicó Antoine con la mayor naturalidad, como si fuera evidente que todo mundo hubiera oído hablar de el circo Knie de Suiza y muy normal venir de una familia de cirqueros.

De nada sirvió que Blanca, con prisa mal disimulada explicara, especialmente al padre, que el circo Knie de Suiza es uno de los más reputados de Europa, el mejor de Suiza. Que sólo tenían funciones durante una temporada del año, que la mayor parte de su infancia, Antoine la vivió en el pueblo de Rapersville, como cualquier suizo, hablando alemán en la calle y francés en casa.

—Incluso la princesa Estefanía de Mónaco fue pareja del dueño del circo y vivió en Suiza un tiempo, con todo y sus hijos. Le convenía porque el nivel cultural de los suizos y sus escuelas son muy buenas... —aclaró Blanca, como si el dato glamoroso, o el demográfico, sirvieran para aligerar los prejuicios de sus padres.

Don David no dijo nada, o Blanca no lo recordaba, porque en ese momento sólo pudo atender a los profundos ojos de doña

Raquel, que se vaciaron de expresión al tiempo que se abrían de asombro. Blanca no entendía lo que le pasaba a su madre, ¿en qué momento había dejado de confiar en ella? El disgusto lo hubiera imaginado de don David, nunca de su madre.

Para el momento de la presentación, Blanca había confiado en las evidentes virtudes de su novio: pensó que antes de armarlos de ideas preconcebidas, mejor sería dejar que Antoine hiciera su magia: los conquistaría con ese trato amable y considerado, su amplia cultura; sobre todo, sus ganas de gozar la vida y esa risa natural y contagiosa. Estaba segura de que la primera en apoyarla sería doña Raquel y, sin embargo...

—La familia de mi padre se dedica al negocio del circo desde hace cuatro generaciones —ahondaba con orgullo—; mi madre no, ella creció en un pequeño pueblo de Francia, pero desde que mi padre la miró, se enamoró y se la llevó al circo —acotó con alegría. Después clavó sus dulcísimos ojos azules en Blanca, y ella, comprendiendo la bomba de supuestos y certezas que éste acababa de lanzar sobre el cultivo de miedos que ya había germinado entre sus padres, no pudo más que soltar una risa nerviosa y buscar cambiar el tema de conversación.

Después de conocer a Antoine, las opiniones se dividieron entre don David y doña Raquel, pero no como Blanca había calculado. El ambiente en casa se descompuso, ellos discutían en su recámara, no se sentaban a la mesa, regresaban tarde y salían temprano, doña Raquel estaba muy enojada, como si Blanca le estuviera haciendo una ofensa personal. O, peor aún, le debiera algo. Ya no la miraba con la complacencia habitual ni la llamaba "mi paloma".

En un principio, Blanca quiso pensar que se le pasaría, que terminaría apoyándola, como siempre, festejando su audacia para salirse de lo establecido, buscar más allá, ser libre como paloma. Pero no hubo tiempo, la madre cayó enferma y todo terminó de arruinarse aquella mañana terrible cuando la mandó llamar.

—Es mejor que termines con tus jueguitos, ¿no estarás pensando amarrar tu vida a la de un cirquero?, ¿no es cierto? —quizá vio la expresión inamovible de Blanca y se exasperó—, ¿te has imaginado que puedes tener hijos de él? Y si eso sucede, ¿cómo vivirían?, ¿en un pueblo pequeño, atrapados entre montañas?, ¿un mundo mediocre, vestidos de lentejuelas y con olor a excremento de elefante?, ¿eso quieres para tu futuro? —sentenció la madre y su profundo desdén la hería más que cualquier ofensa. Eran Blanca y sus opciones lo que la decepcionaban. —Además —agregó como si no hubiese sido suficiente lo dicho—, ¿vas a arriesgar tu vida y todos los beneficios que tienes aquí, por ir tras de una carpa de circo?— Y, consciente quizá de que sus palabras no surtían el efecto deseado, interrumpió a Blanca, que con las manos engarrotadas y los ojos brillantes intentaba defenderse — "No me importa que sea el mejor de Suiza, es un mísero circo, con gitanos y payasos, un circo con gente grotesca y sucia. ¿qué no entiendes? Es una vida indeseable...".

—Y tú, ¿qué haces aquí tan temprano? —preguntó Hermelinda.

A Blanca le sorprendió encontrarla, aunque no le preguntó porque sabía que Hermelinda se movía a su gusto y con sus tiempos por esa casa. Seguramente había decidido que se enteraría mejor de lo que pasaba si llegaba más temprano, como si no estuviéramos en la época de los celulares. Hermelinda tenía una estructura de pensamiento que Blanca había dejado, desde hacía mucho tiempo, de intentar entender.

—Estoy esperando a don Mario para que me ayude, porque me voy a llevar el retrato de la abuela Lucía al hospital.

—¿Cómo está él?

—Todavía no sabemos, continúa inconsciente —y mirando el retrato con algo de añoranza acotó—: A ver si esto funciona.

Y volviendo a la urgencia del momento aclaró: "Ah, y no le hables a Aurora, yo le explico más tarde".

—Por mí está bien, nada mejor para este muro y esta casa...—respondió Hermelinda—, a ver si así entra aire.

—Exacto —confirmó Blanca, sabiendo que, aunque lo intentara, nunca entendía lo que quería decir Hermelinda.

Ya en la carretera, camino al hospital, con el sol levantándose ante sus ojos, la emoción crecía en Blanca; esa determinación que su madre siempre había respaldado, de que siguiendo a su corazón encontraría el camino correcto. De eso la convenció desde niña, aunque en el último momento hubiera dudado de ella.

Con los antebrazos pegados al pecho, los dedos entrelazados y la actitud alerta de la liebre que intenta atravesar la pradera sin ser vista, Blanca cruzó el vestíbulo del hospital y se acercó a la recepción. Estaba segura de que sus hermanos seguirían sentados justo donde los había dejado, cerca de la puerta de terapia intensiva, esperando noticias. No quería que la vieran, ni que opinaran sobre su idea, seguramente se escandalizarían y podrían oponerse y ella no se los iba a permitir.

Llegó hasta el módulo de recepción, con el alivio del niño que toca base en un juego de atrapadas. Le preguntó a la señorita si podría hablar con el o la médico de guardia y esperó nerviosa, deseando que no fuera la misma doctora con la severidad de la reina de corazones, que impidió a Aurora entrar con el padre la tarde anterior. Ésa seguramente sería implacable. Unos minutos después, otro médico de pantalón y camisa amarillo claro, cara redonda y ojos color miel, se acercaba a ella para preguntarle qué se le ofrecía.

Queriendo ver amabilidad y simpatía en ese extraño, Blanca se presentó y, al escuchar el nombre de ella, el médico respingó para preguntarle si era pariente de la doctora Martínez Alcázar.

—Es una profesional muy respetada —aclaró con el orgullo del novato que quiere demostrar que sabe quién es quién en el mundo de la medicina.

Convencida de haber caído en terreno fértil, con los ojos diáfanos y moviendo sus dedos largos al compás de las palabras, Blanca le explicó lo que deseaba hacer, como si fuera lo más natural:

—Necesito su autorización para introducir un retrato, un poco voluminoso, en la sala de terapia intensiva —atenta a su expresión de desconcierto y sin querer enfocarse en dificultades como el tamaño de la bestia o la dificultad de acomodarlo, minimizó el desafío —parece que mi padre es el único paciente, así que no molestará a nadie.

Al escucharla, el médico color miel frunció el ceño —tan joven éste también, probablemente era una de sus primeras experiencias como jefe de turno—, agachó la cabeza, se tallaba la nuca, torcía la boca carnosa, titubeaba.

—Necesitaría revisar los estatutos, no sabría si existe alguna prohibición específica —comenzó justificando, listo ya para negarse.

—Entonces usted dice que conoce a mi hermana, la doctora Aurora Martínez Alcázar —lo detuvo antes de que terminara de cerrar la puerta.

—Así es —respondió el joven médico, con aire de autosuficiencia y la tranquilidad del terreno bien dominado—, en un congreso. Presentó una conferencia muy interesante sobre las nuevas tendencias en medicina paliativa.

Una sonrisa de astucia se dibujó en Blanca:

—Qué bueno que admira el trabajo de mi hermana; como usted sabe — necesitaba allanar el camino de sus dudas—; los médicos paleativistas sostienen que hay que estimular la recuperación del paciente con emociones positivas, no sólo medicamentos y alimentación, también objetos y ambientes que los lleven a un estado de relajación —y buscando la terminología, como científico intentando ser comprendido por el vulgo, agregó—, que vuelvan a su centro, ya sabe, se procura llevarlos a un estado en donde sean capaces, ellos mismos, de reforzar su sistema inmunológico con más eficacia y durante más largo tiempo , ¿no es cierto? —el médico asintió con la cabeza y Blanca movía las manos suavemente mientras explicaba —. Créame que la pintura lograría esto en mi padre. Un estímulo así sería más eficaz que cualquier químico. Hay que intentarlo, ¿no está usted de acuerdo?

—Tiene razón —y abriendo los ojos redondos, infló sus mejillas rosadas, soltó el aire y concedió—, hagamos la prueba. —Y, después de pensarlo, continuó—: en este momento, no está la persona a quien tendríamos que pedirle autorización, yo me haré responsable y ya después veremos —la mirada de Blanca se iluminó de alivio—; como usted saben, en la sala sólo está su padre, seguramente podremos registrar sus reacciones. Con esto contribuiremos a reafirmar las teorías paleativistas —aseguró esperanzado.

Con la autorización del médico, ya nada le importó. Fue hacia las sillas azules, donde sabía que encontraría a sus hermanos y, para su molestia, sólo estaba Camilo, absorto ante la pantalla de su celular, un juego de destreza, golpeando con unas resorteras gigantes a unos pájaros saltarines y de ojos grandes. Blanca se dirigió a él con un desprecio mal disimulado. Como aquel que recuerda una deuda pendiente e incobrable:

—Necesito meter el retrato de la abuela Lucía para que papá lo vea.

Los ojos de Camilo se despegaron de la pantalla y se abrieron más grandes que los de los pájaros con los que jugaba, para mirar a su hermana, extrañado:

—¿De qué estas hablando? —atinó a preguntar.

De todos los obstáculos que tenía que sortear, el único que le molestaba era pedirle un favor a Camilo. Interactuar con él la violentaba.

"Lo que más le duele a mamá es morirse sin conocer al hijo de Camilo", le dijo Aurora aquella mañana en que la muerte ya rondaba su casa. Ese día, Blanca había llegado a la casa de Pinar con los datos de un juez en la mano; vestidito crema que se había cosido la noche anterior; un pedazo del velo — que le había quedado de la cuna de su hijo— prendido del moño y un ramo de flores que compraron ella y Antoine de camino a casa de los padres. Estaba dispuesta a ceder, a casarse ahí mismo, para que ella los viera, quizás así estaría feliz. Aunque en realidad Blanca no entendía bien lo que la había molestado.

Sin embargo, ese comentario de Aurora destruyó todos sus deseos conciliadores, calculando que a la madre sí le dolía no conocer al hijo de Camilo que había nacido fuera del matrimonio y no le importaba morirse sin conocer al suyo, que era hermoso, dulce y tan su nieto como el otro... sólo que ese otro era hijo de Clara y de Camilo, y no de un cirquero y Blanca. No lo pudo evitar, necesitaba proteger a Antoine, a Gill. Fue cuando sin querer saber más, dejó caer su juicio de guillotina. Arrugó el papel con el teléfono del juez, tiró ahí mismo el ramo de flores y se arrancó el velo, que salió disparado por la ventana del carro de Antoine cuando salían de la casa.

La furia por esa actitud le hubiera durado siglos, pero es tan difícil permanecer enojado con alguien que te dio la vida, la hizo crecer contigo, te abrió el mundo y te dejó salir corriendo... Alguien que te acurrucaba en su regazo y te cantaba "Si yo volara igual que una paloma...". Permanecer enojado con ese alguien, cuando sabes que sufre, que está vulnerable, que va a morir y no lo volverás a ver.

La perdonó a ella, pero no se deshizo de la furia, así que la enfocó en Camilo, él sí se merecía toda su rabia. Él, que terminó la carrera a empujones y sus padres organizaron la mayor de las fiestas para celebrar. Decía el chiste más estúpido y papá lo festejaba durante días. Camilo, que podía no dormir en casa tres noches y lo recibían con chilaquiles picantes. Blanca no entendía el porqué de esas diferencias, si su hermano no lo merecía, era un acomodaticio que engañaba a todos con su pose de torturado emocional, de víctima de una injusticia. Pero no a ella. Ella lo veía como realmente era, y desde que murió la madre, para Blanca también había muerto la hermandad con Camilo.

—Me parece un poco rocambolesco, pero si ya te dieron la autorización, adelante —dijo Camilo levantándose, y como quien enfunda la pistola, metió su celular en la bolsa trasera del pantalón.

Unos minutos más tarde, ante el asombro de las enfermeras, una enorme pintura de una mujer muy seria, con un chongo negro, con mechones azul, rosa y penetrantes ojos, cruzaba las puertas del hospital y entraba a la zona de emergencias. De un lado, Blanca con una cándida sonrisa, como disculpándose por la molestia, y del otro, Camilo con el ceño fruncido y la boca apretada, como si a él, cargarla, le pesara más que a cualquiera.

—Vamos a permitir que se quede por unas horas, no queremos que después estorbe, ¿de acuerdo? Sólo un ratito y me desaparecen a esta mujerzota de mi sala —aclaró la jefa de enfermeras, con el cabello rigurosamente jalado hacia atrás en un moño apretado y pechos como plataformas contenidos por un uniforme amarillo claro. Sin esperar respuesta llamó a otra enfermera, una muy delgada con pestañas postizas y ojos extramaquillados y, antes de salir indignada, le pidió que con desinfectante y un trapo quitara todo el polvo del marco.

—Pónganse estas batas y esperen un momento —les dijo la flaquita; no combinaba su nerviosismo con esos labios cereza perfectamente delineados.

Al depositarla en el suelo, Blanca respiró aliviada, mientras Camilo miraba con desdén la pintura, como si acabara de descubrir cuánto le desagradaba.

—¿En verdad crees que esto va a servir de algo? —puso esa cara de desprecio, esa cara que le encantaba poner cuando pensaba que alguien era inferior, pero se guardaba el placer de revelárselo.

—No, no lo creo. Por eso lo traje —respondió ella con la misma displicencia.

Al entrar a la sala, David, que acompañaba al padre, se levantó de la silla sobresaltado y, sin preguntar, se apresuró a ayudar. Los tres se ponían de acuerdo en voz baja. Dos sillas pegadas a la pared frente a la cama recibieron a la abuela Lucía, o Raquel, la madre, como quisiera verse. Blanca apuntó una lámpara justo hacia los ojos de ella y le sorprendieron los matices oscuros y nacarados, la intensidad que cobraba su mirada con esa iluminación, en ese lugar. Por primera vez puso sus dedos largos sobre la superficie del lienzo para sentirlo, encomendarle la misión que, ella sabía, la imagen podría lograr.

Desde su improvisado altar, la mujer miraba erguida y poderosa hacia ese enfermo con pronóstico reservado, en un ambiente de focos estridentes y olor a medicina, mientras Blanca sentía la emoción de quien prepara la mejor de las sorpresas y sólo espera a que sea descubierta.

Hasta que sucedió lo que sólo Blanca había imaginado.

—Si en realidad no es tan fea —aseguró Camilo, y ni David ni Blanca se molestaron en atender su amargura. Los tres hermanos miraban embelesados la imagen.

—Es una pieza bellísima —reconoció David, como si nunca se hubiera dado cuenta.

El viejo abrió los ojos muy lentamente. Tres de sus hijos estaban ahí, pero no lo miraban a él, miraban a la abuela Lucía y su desplante de reina, y don David, intubado y débil, en ese inesperado momento de conciencia, también se encontró con la imagen, que ahora le evocaba a su mujer: quizá cuando montaron su primera casa; los ojos de alivio con los que sólo lo miraba a él; los niños abriendo regalos de Navidad; la vida que había pasado con tanta rapidez. Eso quiso pensar Blanca cuando lo descubrió:

—¡Mírenlo! —gritó ella. Los tres detuvieron la respiración, como si cualquier movimiento pudiera romper el hechizo. Su padre había abierto los ojos.

—¡Enfermera!, ¡venga, mi padre ha despertado! —gritó David, en un tono más alto del aconsejable para el lugar y el momento.

Sólo unos segundos después, los hermanos salieron de terapia intensiva, pastoreados por la enfermera de carnes gruesas contenidas por el uniforme amarillo, que los sacaba con el enojo de alguien a quien le alborotan el gallinero, al tiempo que entraban más médicos:

—Esperen aquí, no sabemos cuánto le dure la conciencia, ahora los médicos harán su diagnóstico... ¡Ah! —ya se iba y regresó con una última orden— en cuanto puedan me quitan a esa giganta de mi sala de terapia intensiva... ya hizo suficiente.

Los tres asintieron divertidos; por un momento volvieron a ser niños: los temerarios que entraron a la casa del vecino colérico para recuperar el balón volado; los cómplices que robaron las galletas recién horneadas; o los más valientes que caminaron por la orilla de la barda sin caerse. Por un momento, los tres hermanos compartieron la misma emoción y la misma esperanza. Fue como un chorro de agua fresca en un verano muy caluroso y muy, muy largo.

***

Sin pensarlo, Blanca sacó su teléfono e imaginó a Antoine escuchándola por el otro lado de la línea, riendo a carcajadas mientras ella le platicaba su hazaña. "¿Quoi? ¡Ils t´ont vraiment laissé rentrer a l'hôpital avec le tableau!?". Y ella, orgullosa, le diría algo así como: "Estas cosas sólo se pueden hacer en México", y le volvería a explicar cómo le hizo para convencer al médico de guardia. Los números ya aparecían en la pantalla de su teléfono, pero se detuvo, apretó los puños, decidió no llamarlo. Llevaba días temiendo que tenía que dejarlo ir y lo confirmó la semana anterior cuando Antoine, ya sin ningún tiento, le informó que tenían que tomar una decisión: "Es la mejor oferta que me han hecho. Tenemos que irnos a Suiza".

Para Blanca era natural imaginar a Antoine dentro de aquel universo: en ese pueblo en la montaña, casas de ventanitas alineadas e inviernos grises. Sabía de los veranos que estaban esperándolo, carpas de circo que se desarmaban y se armaban en el siguiente pueblo, él con sombrero alto y botas de domador presentando el espectáculo y tomándose el vino con los artistas después de la función. Ella lo sabía, sólo que nunca se había visto a sí misma, y menos a su hijo, en esa imagen y calculando atrás de su mente, el desdén de su madre, se le erizaba la piel.

Blanca sabía que esa situación no era sólo su culpa, porque Antoine siempre le dijo: "Nos iremos cuando estés lista, Chéri". Después de casi diez años juntos, ya habían formado una vida en el departamento de muros amarillos, la cama de Gill, el sol de la mañana y sus esculturas de papel maché. Blanca sabía que nunca estaría lista para irse a Suiza a esa vida de circo, así que nunca se preocupó en tomar en serio la posibilidad.

—Los circos en este país no son como aquel en el que yo crecí —le explicaba con su acento gutural cuando ella le recomendaba, sólo por salir del paso, que buscara trabajo en un circo nacional—; si yo trabajo en uno de esos circos, tendríamos que vivir en el camino... o vivir separados. Yo no quiero eso.

La primera vez que, estando juntos, llegó una oferta de trabajo en el extranjero, fue por parte de un casino en los Emiratos Árabes. Antoine le comentó fugazmente a Blanca, pero ella ni siquiera se interesó en discutirlo: Gill era casi recién nacido y su madre acababa de morir, los dos estaban muy concentrados en su pequeña familia, así que fue él quien, sin preguntarle, rechazó la oportunidad. "Cuando estés lista, Chéri", le volvió a decir, como cada vez que hablaban del tema.

La segunda oferta que Antoine rechazó fue la de un circo en Francia. Algo tuvo que ver que ella acabara de aceptar un trabajo en el gobierno del estado como coordinadora de espectáculos populares.

—Estoy terminando un número con equilibristas y mimos, y consiguiendo atención médica para los lanzallamas; no los puedo dejar ahora —argumentó ella.

—Está bien, porque yo tengo planeado un viaje a Oaxaca para conocer mejor la cultura y contactar artesanos. Eso toma mucho tiempo —afirmó él, volviendo con ello a ceder.

Lo que estaba sucediendo ahora era muy distinto. Quien había hecho acto de presencia en la escena era el famoso circo Knie de Suiza, ese en el que Antoine había crecido. Era un buen puesto, con un buen sueldo, una oportunidad que tardaría mucho tiempo en repetirse. Ante la determinación de Antoine de no dejar pasar esta oferta, Blanca no decía que sí, no decía que no, y en un mapamundi que tenían pegado en la cocina repasaba con el dedo la distancia entre Guadalajara y Rapersville, como un astrónomo lo hace en el cielo nocturno tratando de localizar un planeta inalcanzable.

Para adaptarse a ese otro país, Blanca necesitaría volverse más ordenada, más severa, tan fría, eso era como cambiar de piel. El clima, las personas, el orden social, todo estaba preparado para que su alma de paloma se petrificara tras un manual de reglas, de esas que todos seguían y hacían seguir. Ella no lo resistiría.

También pensaba en su hijo, en cómo educarlo entre esa gente; las personas que viven en un circo son nómadas —la cara de Gill y la de doña Raquel se mezclaban en el mismo plano—, gente que se disfraza, extravagante, lentejuelas, pelucas y excremento de elefante, calculaba con desprecio, olvidando que en el circo Knie no hay elefantes. "¿Quieres eso para tu hijo?", le preguntó la madre.

—No tenemos dinero —le dijo en cuanto escuchó lo de la propuesta del circo Knie—, no tenemos dinero para mudarnos a Europa, no podemos vivir en la calle. Allá no —acotó como si fuera necesario hacer la diferencia, como si alguna vez en México hubieran vivido en la calle.

Algo de traición, del más burdo engaño, se fragua al unirse con un cirquero y no estar dispuesta a hacer las maletas. ¿Dónde había escuchado esa frase?, ¿era un dicho?, ¿se lo había inventado? No sabía, lo cierto es que últimamente no dejaba de aparecer por su conciencia, deslizándose como cintillo que anuncia las últimas noticias en la parte baja del televisor.

Lucía

Cuando buscó su imagen
el espejo estaba vacío.

Después del largo baño, Lucía se sentó ante el tocador envuelta en una bata blanca e, ignorando su imagen en el enorme espejo que estaba frente a ella, sacó uno pequeño, uno que sólo alcanzaba a reflejar su cara, o parte de ella, y mientras con una mano lo sostenía, con la otra se untaba crema, atenta a esa parte de su cara que sí quería ver. Verse completa la inquietaba, sobre todo después de esa tarde, hacía algunas semanas, esa maldita tarde cuando Juan Carlos aceptó poner las losas de recinto para el muro de la entrada, esas losas que ella misma había escogido y se preguntaba qué era lo que en realidad había escogido.

En la vida hay momentos decisivos en los que por un gesto, una palabra, tan sólo una mirada, aparentemente banal, todo cambia, con tal contundencia y velocidad, como cuando se toma una súper autopista y, un segundo después, el conductor se da cuenta de que se ha equivocado. Por un instante se fantasea con la posibilidad de regresar, deshacer la marcha, si nada más son unos metros... Pero es imposible, casi criminal; sólo queda seguir a toda velocidad para no causar un accidente y esperar la oportunidad de salir, recuperar la calma, enderezar el rumbo. ¿Cuál rumbo?

—Voy a bañarme y regreso —les anunció a sus hermanos en el hospital.

—¿Quieres que te acompañe a la calle? —le preguntó David — Yo puedo ir por ti cuando regrese de mi casa.

Lucía respingó.

—No necesito que vayas por mí. Yo puedo venir en mi carro, o tengo esposo, seguro él querrá traerme.

Asombrado, quizá por la actitud defensiva de su hermana, David agregó:

—Sí claro, lo sé. Como quieras.

Lucía sintió vergüenza, el ofrecimiento de David no era una acusación, no tenía que ver con que se hubiera dado cuenta de que ella estaba muy ausente, o descuidada, o el marido más distante que de costumbre. Simplemente le había ofrecido llevarla por amable, ya que los dos vivían en la misma zona.

—No hermano, gracias —se apresuró—, gracias. Juan Carlos seguro me está esperando ya y va a querer traerme de regreso. Pobre, seguro no sabe qué hacer para quitarme la angustia —agregó Lucía, asombrada de que hacía muy poco tiempo ella misma lo creería así. Sin embargo, ahora la sola idea le parecía descabellada.

—Yo de aquí no me muevo —dijo Camilo sin que le preguntaran.

—Por supuesto —le confirmó David a Lucía, quizá temeroso de otra respuesta agresiva—. Pero no olvides tener tu teléfono encendido y cerca, no vaya a ser que necesitemos encontrarte.

El padre ya estaba fuera de peligro, ahora sólo había que esperar, entender si se había producido daño cerebral y de qué magnitud. Eso les explicó Aurora, con ese laconismo de los médicos que, por escuetos, dan la impresión de estar ocultando algo. Después salió del hospital, se bañaría y regresaría. Por eso, Lucía decidió aprovechar la oportunidad e irse ella también y regresar lo más rápidamente que pudiera.

En la vida también hay instantes de respiro, en los que puedes tomar un tiempo fuera, buscar una sombra fresca, un vaso de agua. Así se sintió Lucía cuando supo del festejo para el padre.

Al imaginarse rodeada de sus hermanos, por un instante volvió a pertenecer a aquella banda de cinco que organizaba las mejores fiestas de cumpleaños. Risas, música, platones de palomitas y papas fritas que se acababan al instante porque necesitaban energía para seguir bailando; cuando ella era la más solicitada y para todos era evidente. Tiempos en los que la realidad era sustantivo, como las sillas y las puertas, y la felicidad futura, inevitable. Tiempos en los que estaba segura de que nada podría salir mal porque ella haría todo bien, como le habían enseñado, como se tenían que hacer las cosas.

Durante el festejo del padre, en plena batalla por impedir que Aurora donara el retrato de la abuela Lucía, buscando argumentos contundentes para defender ese estandarte de historia que nunca se imaginó que podría perder, cuando Aurora le decía esas cosas tan feas y sus hermanos la miraban con desconfianza o simple extrañamiento, Lucía recordó esa ilusa idea de que en la fiesta del padre, volver a reunirse con los suyos, le daría fuerza, aquella seguridad que ahora se veía tan lejana. ¡Cómo se equivocó! ¿Había estado equivocada siempre?

Afuera del hospital, con los pies punzando de dolor por haber estado tanto tiempo con esos zapatitos de tacón que le apretaban un poco (pero eran los que mejor le venían al vestido), Lucía abrió la puerta de la enorme camioneta de su esposo y no sabía si detener la puerta, porque se le cerraba encima, o subirse el vestido y levantar la pierna, o intentar pegar un brinco para llegar hasta el asiento. Una vez más se preguntaba con furia, por qué su marido había comprado una camioneta pickup si él no cargaba costales de cemento, ni transportaba reses. Cuando por fin estuvo sentada requirió toda su fuerza para cerrar la puerta, se abrochó el cinturón, enderezó la espalda y evitó verlo a él, girando su mirada hacia la ventana. No quería hablar.

—Y, ¿cómo sigue tu papá? —preguntó Juan Carlos, casual, mirando hacia el camino.

Lucía lo escuchó, pero no quiso contestar, el dolor de cabeza le provocaba un eco adentro del cráneo, como una especie de alarma constante que no le permitía pensar con velocidad.

—Te pregunté algo, qué, ¿no quieres hablar? —la desafió, con un tono de voz más elevado del que él acostumbraba con ella.

—No se sabe nada todavía. Hay que hacerle estudios. Tienen que esperar a que despierte —ahondó ella, mirando todavía hacia la ventana, recordando lo molesta que se sentía cuando estaba cerca de él—. Pero si te interesa mucho puedes llamar al hospital y averiguar si hay alguna novedad.

— Esto que haces no está bien —dijo él, y por fin la miró, con la desesperación del director de teatro ante la escena malograda—. No, no me puedes tratar así, no lo voy a permitir, necesitas poner de tu parte...

—¿Tratarte cómo? —giró hacia él y respondió como en avalancha—. He pasado la noche en una silla de hospital; cuando por fin me quite estos zapatos, los dedos se me van a caer a pedazos; no he dejado de tener frío, porque este saquito Chanel, que me costó una fortuna, no calienta, y, lo más importante, no sé qué pasa con mi padre: ¿se va a morir?, ¿se va a curar? Ni siquiera lo he vuelto a ver. Ahora dime, ¿tratarte cómo Juan Carlos?

—Como yo te trato a ti, con respeto y cariño —bajó el tono, quizás estaba avergonzado.

—¿En verdad quieres que te trate como tú me tratas a mí? —respondió ella, y una sonrisa mezcla de desafío y amargura se dibujó en su boca.

La corriente helada que debió atravesar a Juan Carlos también la sintió Lucía, él se removió discretamente en el asiento, enderezó la espalda hasta la nuca, resopló, apretó las manos en el volante y dijo:

—Lucía, no te distraigas con cosas que no tienen importancia, ¿cuándo vas a aprender? Tienes que ser más objetiva, más fría —la amonestó con un enojo intenso pero contenido, como lo hacía con él mismo cuando lanzaba mal una pelota en el golf—, tú eres el ser más importante de esta familia, la piedra angular y juntos hacemos un gran equipo. Todo el mundo lo dice. Tenemos una buena vida y una familia bonita ¿qué más podríamos pedir? — Lucía no respondió, porque esa pregunta quedó circulándole en la cabeza. ¿Qué más podría pedir, si, como decía su esposo, tenían todo para ser felices...?

Llegando a la casa, Lucía subió directo a su recámara, se bañó y se sentó frente al tocador evitando mirar su imagen ante el espejo porque, desde hacía varias semanas, ya no sólo se veía a ella al enfrentarse con su reflejo en la luna —como siempre lo había hecho, para peinarse o maquillarse, asegurándose de que quedaría perfecta—, aparecían tres imágenes: en el centro estaba ella, ese día y en ese momento, de cabello negro al hombro, con canas en las sienes, arrugas en los ojos y la piel más y más delgada; a su izquierda una joven, casi niña, tan parecida al retrato de la abuela Lucía, pero con cabello largo, despeinado, sonreía. La mujer de la derecha era la que más la inquietaba, porque la miraba fijamente, tenía el cabello casi blanco y muy corto. La mujer no parecía especialmente enojada, ni triste, pero a Lucía le daba miedo, y como si fuera una alucinación o peor aún, un fantasma, miraba para otro lado conjurándolas. Desde que esas imágenes aparecían junto a ella en el espejo, empezó a utilizar el pequeñito, el de bolsillo, para concentrarse sólo en la mejilla a la que le untaba crema, o en la línea del párpado que estaba delineando.

El descontrol empezó hacía varios meses, un poco antes del episodio de las losas de recinto, cuando Lucía comenzó a descubrir pedazos sueltos de lo que consideraba antes su sólida existencia. Primero notó que Juan Carlos ya no la procuraba tanto, ya no la invitaba a cenar o a caminar por el club después de la comida, ni le festejaba sus vestidos nuevos o los pequeños logros en el golf, "Pronto todas van a querer jugar contigo"; él, que después de tantos años de matrimonio la seguía tratando como si no creyera que ella fuera su esposa, ahora parecía incómodo, salía muy temprano y por las noches llegaba tarde, más tarde que antes. Como si quisiera retrasar su llegada a casa, a ella.

—Lo noto distraído, ausente —comentó Lucía durante un desayuno con sus amigas, buscando, más apoyo o empatía, que la explicación de alguna experta, que nunca falta en estos casos.

—Así les pasa a los hombres cuando atraviesan los cincuenta, pero no te preocupes —dijo Sonia, varios años mayor que Lucía, al tiempo que lanzaba una mirada de bruja, preparando la manzana envenenada—, tú eres la reina, ¿no es cierto? Te acaba de construir una casa que, aquí entre nos, quien no quedó muda de envidia, se puso morada de cólera. No sufras. Si él está probando sus alas por otro lado —agregó con un gesto de desprecio—, déjalo. Tú no te des por enterada y asegúrate de que en casa todo marche perfecto, que los hijos lo adoren y que él se sienta indispensable, el más exitoso, el más especial, no lo enfrentes, ya pasará y él volverá a ti. Te lo digo yo, que he pasado por la misma, no una, varias veces.

Lucía escuchó atentamente el consejo. Si entendía bien, significaba ignorar su indiferencia y mientras alimentar su ego, esperando volverse imprescindible para él. Hasta que él esté seguro de que no podría hacer nada sin esa esposa y sin esa familia. Qué anticuado y poco práctico le pareció, como esposa de los años cincuenta. Pero quizá su amiga tenía razón, quizá con los hombres hay que utilizar, de vez en cuando, ese tipo de estrategias para tenerlos bajo control.

Desde muy joven, después de aquella desilusión amorosa con su primer novio, cuando él la dejó por otra chica, más fea que ella y mucho más tonta, Lucía decidió que ese asunto de estar locamente enamorada de un hombre era una aventura riesgosa, que requería mucha energía y, finalmente, no traería nada verdaderamente bueno. Cómo se podría arriesgar a perderse así, si tenía que hacer tantas cosas: Tenía que formar una familia feliz, tenía que ser ejemplo para muchos y la mujer ordenada y bien cuidada, la mujer deseada que estaba destinada a ser. La que le dijo su madre con esa mirada de embeleso; la que le reafirmó la abuela, siempre dura, con aquel tono de aprobación. Lucía, como su nombre, brillaba y estaba convencida de que estaba hecha para brillar.

Así, escogió a Juan Carlos de una manera fría, objetiva. Calculando que no importaba la ausencia de palomas en el estómago, si el galán la adoraba y le ofrecía la mejor de las vidas. Él tenía todos los atributos para ser buena pareja, buen padre: Una carrera exitosa, ganas de formar una familia, gusto por los deportes y, como a ella, le encantaba probar cosas nuevas, restaurantes o lugares diferentes.

Quizás el único defecto que detectó en Juan Carlos fue que era muy callado, siempre pensando en el negocio y en cómo hacer más dinero. Sin embargo, Lucía entendía que, a cambio de todas las cosas maravillosas que ofrecía su futuro marido, ella tenía que ceder en algo. Así se forman las parejas. Él le ayudaría a ella a ser mejor, más estructurada, más clara, y ella le ayudaría a él haciendo un hogar acogedor, educando bien a los hijos. No se podría pedir nada más de un marido.

El día en que descubrió la dimensión del cisma, la imagen que tan laboriosamente había fabricado de su matrimonio, de su familia y hasta de ella misma como esposa, se desdibujó como acuarela fresca atacada con un balde de agua. Sucedió precisamente en aquella ocasión, cuando estaban escogiendo las losas de recinto, para el muro de la entrada.

Todo empezó con un reclamo: "Esta casa necesita una decoración más elegante, moderna. Acorde con lo que he logrado en la vida", dijo Juan Carlos y, sin preguntarle a Lucía, trajo a Patrice, ese joven decorador que era el hermano menor de un compañero del colegio, del que Lucía nunca había escuchado. Patrice fue el que decidió, ya con la casa habitada, lo que se pondría en cada uno de los rincones. Comenzó por anunciar, como quien busca destruir hasta el última signo de identidad de un pueblo conquistado, que se tenían que deshacer de todos los muebles. "No corresponden en estilo o elegancia a una casa como ésta", argumentó, y Lucía no supo de qué alarmarse más, si de la idea inconsciente de este jovencito de pestañas tupidas y manicura en las uñas, o de su esposo, que aceptaba todo sin pensar en el costo o en lo que semejante renuncia implicaba.

—La mecedora en donde amamanté a mis hijos, la mesa de marquetería que compramos en nuestro primer año de casados, ¿quieres que me deshaga de eso? —cuestionó Lucía, tratando de defender el último bastión de su identidad, de su valía.

—Hay que ser flexibles, cariño, más modernos —declaró Juan Carlos, con una naturalidad que le venía algo forzada. Él, sujeto siempre a los datos concretos, a los números.

Por la puerta de su casa entraron espejos enmarcados por lámparas esféricas una pegada a la otra, estilo cabaret de los años treinta, que Patrice había seleccionado para los baños; tapices color perla nacarados, con vetas verde limón y rosa, que escogió para los muebles de la sala. "Es muy frío, no tiene que ver nada conmigo", argumentó ella casi escandalizada, pero Juan Carlos insistió en que él los quería así, como había dicho su amigo.

—¿Qué marido acepta cambiar, comprar, instalar todo lo que el decorador propone? Vas a vivir en una casa nueva y decorada a la europea, disfrútalo —la tranquilizaba Sonia, cuando ella intentaba levantar otro pedazo suelto de esa realidad que se le venía encima. Sin embargo, la envidia de la otra no la tranquilizaba, algo le estaba anunciando la razón de esta incomodidad y no podía descifrarlo todavía.

Todo se volvió nítido ante sus ojos aquella tarde de las losas de recinto: Patrice había escogido unos porcelanatos con vetas plateadas, traídos de Italia, que, según aseguraba, le daban movimiento y dramatismo a la fachada. Por el otro lado, Lucía insistía en que ella prefería unas losas de recinto, negro volcán.

Juan Carlos no la dejó argumentar. Con una elocuencia que no era habitual en él, le explicó que Patrice había demostrado tener muy buen gusto, que seguramente en un principio le parecería extraño, pero que se acostumbraría. Y, sin más, volvió su atención hacia el decorador de sonrisa dulce y voz profunda, como fanático que necesita escuchar a su pastor.

—Pero no me gusta —dejó escapar Lucía con un grito y los ojos inyectados de furia.

Fue entonces cuando el veinteañero decorador, con camisa color berenjena, muy ajustada en los pectorales, dominó la situación o, más bien, dominó a Juan Carlos. Levantó los dedos al cielo suavemente, como espantando una mala idea y reflexionó en voz alta:

—Al recinto podríamos hacerle algún grabado, o jugar con distintos tamaños de losas, unas más hundidas, otras que sobresalgan, y así le quitamos el toque plano, de bloque, tan pasado de moda. ¿Te late, querida? —le preguntó a Lucía sin esperar respuesta, y después, dirigiéndose a Juan Carlos, agregó—: si Lucía quiere esa piedra dale gusto Juan Carlos, a final de cuentas, ella es la dueña de esta casa.

A Lucía no se le escapó que en ese tono había un dejo de juguetona reprimenda... ¿complicidad? Ante la mirada invitadora de Patrice, Juan Carlos sonrió, casi se ruborizó. Lucía se dio cuenta. Llevaba tantos años viviendo con él, que hasta hubiera sido capaz de adivinar las palabras que circulaban por su mente: "lo que quieras mi alma". Así de fácil, tras una mirada y dos frases del otro, la determinación de Juan Carlos para mantenerla al margen de cualquier decisión, cambió.

—Patrice tiene razón, finalmente tú eres la dueña de esta casa —declaró Juan Carlos.

Aquella tarde necesitó toda su fortaleza para resistir la avalancha de certezas, decepciones y dudas que, como rocas gigantes, le cayeron encima. Asombrada, dio un "Gracias" extrañado, giró el cuerpo y, sin decir más, entró a la casa y se topó con el verde incubadora de la sala, los tubos metálicos de las lámparas, y se le revolvió el estómago. Esa casa, vestida a capricho de otro, era la casa en donde ella era la dueña. ¿De qué era ella la dueña?

Lucía subió a su cuarto, cerró la puerta, las cortinas, se metió entre las colchas verde menta y se refugió en esa oscuridad absoluta. Sabía que lo que acababa de ver exigía indignación, furia. Ella se debería de sentir, no sólo traicionada, sino profundamente engañada y, sin embargo... no sentía nada de eso. Ni siquiera estaba enojada, sólo muy, muy triste.

Después de dos días encerrada, los hijos la llamaban a la puerta, Juan Carlos le suplicaba que hablaran, pero ella, un poco para castigarlos a todos y un poco porque estaba aturdida, desconcertada, les informaba que no quería hablar ni ver a nadie. Cuando sentía que todos se habían ido, bajaba a comer algo, a caminar por el jardín.

Fue una de esas tardes cuando sintió el anuncio de una tormenta de verano con vientos fuertes que cimbraban los ventanales de la casa.

Sin pensar mucho, subió a su cuarto, olvidó cerrar la puerta porque, por un momento, volvió a ser niña, en su casa de Pinar de la Venta, enfrentando las ráfagas que atacaban la casa con los árboles del jardín como guardias gigantes, protegiéndola. Nada podía pasarle.

Cuando llegó Juan Carlos, Lucía no lo notó y, aprovechando la puerta abierta, entró y se topó con la recámara a oscuras, sólo una luz iluminaba las cortinas agitadas por el viento, los ventanales de la terraza abiertas a todo lo ancho, y Lucía de pie, frente a aquel universo de agua, truenos y ráfagas que se aproximaba.

—Lucía, ¿por qué estas vestida así? —Juan Carlos la miró petrificado. El ceño fruncido, voz apagada—, ¿qué estas haciendo?

Lucía enfrentaba la tormenta envuelta en un vestido de seda negro carbón, sujeto a la cadera; su cuello y su pecho descubiertos eran sólo tocados por el collar de perlas de dos vueltas; la falda hasta el tobillo, los brazos de leche levitando a sus costados; y una tiara en la frente conteniendo el cabello.

—¿Qué esta pasando, Lucía?, ¿qué haces? —la voz de Juan Carlos temblaba, pero ella no hacía caso. Él comenzó a avanzar lentamente, con pasos precavidos y la actitud en guardia, listo para atraparla.

—¿Tú crees que mi abuela Lucía se hubiera puesto un vestido así? —preguntó, sacando el pecho, levantando la barbilla orgullosa, sintiendo que el viento la acariciaba, la deseaba, le pedía que fuera con él.

—¿Qué haces? Lucía, quítate del ventanal, son más de diez metros para abajo.

—Claro que no —se rió burlona—, no se lo hubieran permitido, nadie se lo hubiera permitido, ni de niña ni de adulta.

Las cortinas, por el viento, ya eran banderas ondeando.

—Ella sólo hacía lo que tenía que hacer, lo que le ordenaban que hiciera, como mi madre, como yo...

—Eso suena interesante, ven conmigo y me sigues platicando —Juan Carlos no dejaba de aproximarse, estirando los brazos, avanzando sobre cáscaras de huevo.

—Era una niña cuando la pintaron —declaró, y se esfumó su sonrisa—; la vieja enojona en la que se convirtió, ésa era otra persona.

La amargura empezó a deformar su rostro.

—Es un crimen cuando la belleza se marchita, ¿no lo crees? —con las manos sujetando el marco del ventanal y las cortinas aleteando a sus espaldas, Lucía alzaba el pecho, buscaba el placer del viento que la acariciaba—. La belleza debería ser como la luz, que se apague rápidamente, sin marchitarse, sin destruirse poco a poco.

—Claro, pero tú tienes mucho más que belleza, no lo olvides —le aseguró Juan Carlos, y después apretó la boca intentando, quizá, no perturbar, no hacer olas, tranquilizarla.

—Sí pero ella... —Lucía levantó los brazos como entregándose a la tormenta con las cortinas a sus espaldas como alas de ángel anunciando el vuelo. Se iba a inclinar hacia delante, pero no pudo. Los brazos de Juan Carlos la sujetaron por el torso y la tiraron para adentro, sobre la alfombra, su cuarto, la vida.

Cuando Lucía pudo recapitular lo que había sucedido, Juan Carlos la tenía abrazada como náufrago a un salvavidas. Temblaba, llorando, como ella no lo había visto nunca.

—No me vuelvas a hacer eso —repetía en voz baja y golpeaba su frente contra la cabeza de ella, suavecito, sin dejar de llorar—. ¿No entiendes?, sin ti no existo —una súplica honda, que Lucía nunca había escuchado—. Todo va a estar bien, vas a ver, todo va a estar bien...

Ella también comenzó a llorar.

El miedo a perderla fue el detonante para que Juan Carlos la volviera a mirar con la misma devoción que antes. O así lo quiso ver

Lucía. Por eso no violentó el momento, no tenía caso rascar la herida, que hablaran del tema, explicar, justificarse, hurgar en el dolor. Así era ese hombre de pocas palabras y hechos concretos. Así eran ellos, así habían sido siempre.

Jamás le explicaría a su esposo que ella no intentaba un final trágico, sólo se había disfrazado recordando la infancia, cuando ella y sus hermanas jugaban a vestirse como la abuela Lucía, imaginando admiradores secretos que se apostaban bajo su balcón para mirarlas, y ellas, después de tardar horas emperifollándose, se asomaban un segundo, sólo para mostrarles que sí eran reales, y volver a esconderse. Nunca supo de dónde les vino la idea del juego, quizá fue una película que vieron, pero siempre fue su favorito.

Después de esa noche, como hechicera involuntaria, agradeció al cielo el disfraz, la tormenta y el susto de Juan Carlos, porque fue todo eso lo que le abrió los ojos a él y le dio esperanza a ella. Los días comenzaron a pasar, y entre ella y Juan Carlos, una corriente de cordialidad suavizó todas las aristas. Patrice no volvió a aparecer en casa, y la decoración ya no fue tema de conversación, como si el incidente y su protagonista no hubieran existido nunca. Juan Carlos estaba de mejor humor, hasta conversaba a la hora de la comida con los hijos, y comenzaron a planear un viaje a Europa, todos en motocicleta.

Convencida de que se merecía una medalla de honor por haber superado una gran prueba para su matrimonio, Lucía quiso seguir su vida como antes; sin embargo, las actividades que acostumbraban llenar sus días ya no le interesaban, y aunque no quería caer nuevamente en lugares oscuros, tristes, no podía levantar su propio ánimo. Fue cuando empezaron a aparecer esas mujeres junto a su imagen en el espejo. La joven no era tanto problema, a ratos parecía sonreír, a ratos parecía reclamarle, pero la vieja siempre la inquietaba, no entendía si estaba enojada o sólo atenta. Sin embargo, estaba segura de que la presencia de esas dos no era buena para su ánimo.

En la vida hay instantes sorpresivos en los que por un gesto, una frase, un movimiento aparentemente banal, todo cambia, con tal contundencia y velocidad... "Ella es la señora de esta casa... Sin ti, no existo... Lucía Solís fue una mujer egocéntrica e insatisfecha... 'Dile que aquí estamos todos; aunque esté dormido, dile que aquí estamos todos...'".

***

Sentada ante el tocador, Lucía se alisaba el cabello con su cepillo de cerdas naturales, evitando mirar al espejo, pero en un momento en el que se detuvo para quitarle los cabellos que se habían enredado entre las cerdas, miró un nido de canas que no esperaba y, descuidada, volteó ante el espejo, ahí estaba su imagen y junto a ella sólo apareció la mujer vieja; esa noche parecía decir algo y Lucía giró la cabeza con espanto, se tapó los ojos. Temblaba. Fue cuando sonó el teléfono.

—Siempre supe que eras una inconsciente y una egoísta, pero ahora sí te pasaste —Lucía no identificaba la voz de mujer, ronca y cavernosa, que le gritaba del otro lado del teléfono—: ¿Cómo se te ocurre venir a mi casa a robarte el retrato de la abuela Lucía?

Era Aurora.

—¿De qué hablas? —respondió Lucía, aturdida; se levantó con el puño de canas en la mano, caminó dos pasos en el baño, el espejo ya no la reflejaba.

—Esto no te lo voy a permitir, ¿entendiste? La pintura es mía y me la regresas ahora mismo.

—¿Pero de qué me hablas?

—Como todos se rinden contigo, sientes que lo mereces todo, pero yo no te voy a permitir que me robes, ¿entendiste?

"Todos se rinden contigo...". Como un toque eléctrico, Lucía recordó la mirada de placer de Juan Carlos, esa que, pese a siempre alabarla, nunca se había detenido en ella. Las mujeres del espejo y ese llanto cotidiano que todos los días le pedía permiso para salir y Lucía reprimía.

—Seguramente mandaste a uno de tus hijos para que robara el retrato —y sin saber lo que sus palabras provocaban en la hermana, asestó el último golpe—, ni siquiera podrías haberlo hecho tu sola, seguro por eso mamá no te dejó a ti el retrato de la abuela Lucía. Es mío, tú lo sabes, y lo quiero de vuelta en mi casa, ahora.

Lucía bajó el teléfono, "ni siquiera podrías haberlo hecho tu sola". Sí, Aurora tenía razón, ella no podría hacer nada sola.

Sin poder escuchar más, Lucía colgó la llamada, se sentía tan aturdida... no entendía qué era lo que le reclamaba su hermana. No sabía de qué hablaba y por qué se sentía con el derecho de ofenderla así.

"Todo fue una confusión, lo siento Lucía".

Era otra vez Aurora, cinco minutos después, mediante un mensaje de texto.

"¡Acabo de recibir un mensaje de Blanca, fue ella la que tomó el retrato!

La loca de nuestra hermana lo llevó al hospital. Olvida lo que te dije".

Lucía no entendía nada: ¿por qué Blanca se había llevado el retrato de la abuela Lucía? y ¿para qué? Pero lo que no pudo dejar de notar fue que Blanca sólo "tomó" el cuadro, en cambio, unos segundos antes, ella lo había "robado". Para terminar el mensaje con un: "Olvida lo que te dije", más una instrucción que una disculpa.

Segura, además, de que, en el caso contrario, Aurora nunca lo hubiera olvidado.

La punzada insistente que le taladraba la cabeza y había cesado tras el largo baño, volvió después de esa llamada, acompañada ahora por la sangre hirviendo de indignación: Hundió tres dedos en el pomo de crema, y la respiración comenzó a cortársele; ya iba a esparcirla a lo largo de las piernas, cuando sintió su piel endurecida, incapaz de recibir la humedad del ungüento. "Siempre supe que eras una inconsciente y una egoísta". Sin pensarlo, lanzó el pomo de crema contra el espejo, sintiendo un pequeño alivio cuando esa obra de arte kitsch, como la había catalogado Patrice, se cuarteó irremediablemente y dos pedazos cayeron al suelo.

—Mamá, ¿estas ahí? —era Juanca, su hijo mayor, que últimamente parecía estar muy pendiente de ella— Ya me voy a la escuela, pero quería saber cómo esta el abuelo.

—Ahora salgo —gritó Lucía y se limpió las lágrimas, volviendo al presente y a la urgencia del momento: Sus hijos, su padre... Juan Carlos. De repente, una idea la invadió y, con ella, el corazón le dio un vuelco. Pensó en el hospital, su padre cayendo, ¿sería ése el anuncio de la muerte? Tenía que regresar con él.

Encontró a Camilo en la misma silla azul donde lo había dejado, jugaba con su celular, lanzando municiones a unos pájaros de ceño fruncido y ojos grandes. Con la barba crecida y el cutis brillante de grasa por la noche en vela, se le iluminaron los ojos al verla. Más tardó en saludarla, que en pedirle que se fueran juntos a desayunar. Tenía que contarle de Blanca y su hazaña con el retrato.

El hermano se levantó y no se alejó de ahí hasta informarle a tres diferentes enfermeras en dónde estaría "por si papá necesita algo", le explicó a Lucía, como si requirieran de su presencia para cuidar al enfermo. Lucía lo esperó paciente, mientras Camilo, nervioso, como chico que se escapa de la clase sin ser visto, la invitó a caminar hacia la cafetería del hospital: Luces frías, mesas sin mantel y una dependienta bien dispuesta, los recibieron aquella mañana y, nada más sentarse, sin consultar la carta, Camilo pidió unos chilaquiles verdes picantes y un café bien cargado, y hasta después se detuvo en su hermana.

—¿Te sientes bien?, tienes un aspecto deplorable.

¿Qué podía responder?, ¿cuál era su problema?, ¿hay unas mujeres que aparecen en el espejo de mi baño?, ¿descubrí que soy una inútil?, ¿la homosexualidad puede llegar... e irse?, ¿dónde había empezado a equivocarse? No, no podía hablar de eso, ni siquiera con ella misma... y, para colmo, su padre.

—Pues... papá está en terapia intensiva en el hospital, ¿no es suficiente? —dijo, protegiéndose.

—¿Es sólo eso? —acotó Camilo— ¿No será que el asunto de donar el retrato de la abuela te tiene trastornada? —y se apresuró a aclarar— Aurora se pasó, es ridículo, ¿mamá podía hacer semejante donación? —seguramente Camilo estaba más interesado en denostar a la madre, que en el destino del cuadro— Regalar el retrato así, ¿sobre las rodillas?

El primer impulso de Lucía fue ignorar el comentario, estaba tan confundida y tan agobiada con el asunto de Juan Carlos, con ella y su historia, que no había pensado en eso de la donación del retrato y la discusión con su hermana. Sin embargo, dijo lo primero que se le ocurrió, quizá para tranquilizar a Camilo, quizá para darse fuerza a ella. No sabía.

—La que está trastornada es Aurora, pero ahora sí, no me voy a dejar —era liberador poder sacar un poco de furia y tener la razón. Con ánimo de desahogarse, le narró al hermano, con lujo de detalles, la agresiva llamada de Aurora, sin mencionar las frases que más le habían dolido. No quería mostrar debilidad, ser ella quien propagaba esas ideas, dudaba si la otra tenía la razón.

Fue cuando Camilo comentó así, con la naturalidad con la que se aceptan las grandes verdades, como que el sol sale por el Este:

—La ventaja que tienes, es que en el fondo eres más contenida, no como Aurora, que en estos asuntos familiares piensa con el estómago, explota, se deja ir como caballo desbocado y luego... —la mirada atenta en su comida, para armar un enorme bocado de chilaquiles verdes coronados con frijoles; inconsciente de lo que sus palabras sembraban, continuó—: sí, para qué nos hacemos, siempre has sido más enfocada, más clara y más necia: cuando algo se te mete entre ceja y ceja...

Camilo no hubiera podido imaginar la bendición que esas palabras significaron para la reseca autoestima de Lucía. Sólo dejó de masticar y hasta abrió un poco los labios, cuando descubrió los ojos de su hermana llenos de lágrimas:

—¿Sucede algo? —preguntó, extrañado.

Lucía, como quien es descubierto en falta, sólo se limpió los ojos, se enderezó:

— ¿Sabes qué? —levantó su brazo para llamar a la única mesera del lugar—, ya me dio hambre, quiero desayunar, yo también necesito recuperar fuerzas.

David

Subir con la carga
una y otra y otra vez
Sísifo desahuciado
nunca es suficiente.

Después de verificar que el chofer del Uber fuera el mismo que tenía registrado en la aplicación y que las placas también coincidieran, David entró al auto y, agotado, recargó la nuca en el respaldo, intentaba enumerar los acontecimientos del día, pero ese olor penetrante que invadía la cabina, vainilla dulce, le impedía concentrarse. Abrió la ventana, recargó la cabeza en el respaldo del asiento y dijo con los ojos cerrados:

—Papá está bajo control —como si al pronunciarlo se hiciera más real. Tuvo que enderezarse, inspirar fuerte, profundo, sacar todo el aire y volver a recargarse —hay que esperar... y tener listos los contratos de la funeraria.

—¿Se le ofrece algo, señor? —preguntó el chofer mirando desde el retrovisor, con nerviosismo de novato.

—Nada, gracias —respondió, escueto.

Repasando los recursos con los que contaba para esta batalla, David imaginó a sus hermanas, Lucía, Aurora y Blanca, sujetas por un elástico emocional que sólo les permitiría llegar hasta sus casas, regresándolas al hospital en poco tiempo. Contó también con el enorme retrato de la abuela Lucía, mirando desde su altar improvisado, al padre inconsciente en la sala de terapia intensiva.

—Quizá funcione —volvió a declarar con los ojos cerrados, atento a sus pensamientos, y el chofer, después de un discreto vistazo, comprendió que tampoco en esta ocasión le hablaban a él.

Camilo fue el siguiente en ser considerado en el inventario: sentado en su silla azul, a las puertas de terapia intensiva, esperando. No se movería de ahí. Como en un "flashazo" en la parte de atrás de sus pensamientos, David volvió a ver la entrega de calificaciones en la escuela, donde él siempre obtenía mejores notas, pero era Camilo el objeto de atención del padre: "Veo que te esforzaste en química". Jugando a las carreras, y si algún otro ganaba, empataba o perdía, don David nunca se detenía en nadie, más que en Camilo: "levanta más las rodillas; no te detengas a ver a tu oponente; bien, cada vez eres más veloz". David sabía que, si fuera su madre la que estuviera en esa sala de terapia intensiva, sería él quien no se movería de su lado.

La nuca en el respaldo del auto, cerró los ojos y, sin buscarlas, regresaron a su mente aquellas palabras que don David dijo frente a todos: "Su hermano tiene razón...". David abrió los ojos incrédulo. Un escalofrío le recorrió la espalda, su padre nunca lo había dicho así, tan claramente, era como recibir una recompensa largamente añorada y, quizá por eso, de pronto sintió tanto miedo de que él se muriera, justo ahora.

Trató de centrarse nuevamente, lo importante en este momento era pensar en lo que tenía que hacer, no dejarse llevar por las emociones, calcular qué sucedería después; eso es lo que su madre hubiera esperado de él. Quizá su padre también, ¿quién, si no David los protegería a todos? Un suspiro profundo le ayudó a cerrar nuevamente los ojos.

Las palabras de su madre, sus consejos y hasta sus mañas, habitaban en la conciencia de David, como nube de perfume, agradable, sutil y constante. Algunas veces, cuando tenía una duda, intentaba imaginar el consejo que ella le daría. Desde niño fue así, la madre había sido su motivación y su recompensa. "Te pareces mucho a mi padre, a tu abuelo Manuel", le repitió varias veces, con los ojos brillantes y la sonrisa contenida del orgullo. Quizá por eso le permitía, a él solamente, tomar cualquier libro de su cuarto, y cuando terminó la carrera, fue a él a quien le encomendó hacer su testamento: "Estoy segura de que tu lo harás mejor que nadie", dijo convencida.

David estaba recién graduado, por supuesto que no hizo el testamento solo, lo redactó y se lo llevó a tres profesores para pedirles su opinión, le hizo toda clase de arreglos y cláusulas y, después de emplear muchas más horas de las habituales para un documento de ese tipo, se lo llevó a la madre y ella firmó sin leer. "Si tú lo hiciste, no tengo la menor duda".

Doña Raquel siempre exigió a su primogénito más que a los otros, pero también lo compensaba. Alguien podría pensar que era su favorito, quizá tenían razón, pero ser el favorito tenía un precio, David lo sabía y nunca le importó pagarlo. Él sacaba mejores calificaciones que sus hermanos. Él estaba atento a lo que se debía hacer. Él los cuidaba a sus hermanos, con tal de que su mamá estuviera contenta, con tal de que lo mirara con esa ternura y le dijera que estaba bien. Eso para él era el mejor pago.

Lo entendió desde niño, desde aquel día del brazo roto de Blanca: Sus padres regresaban, entrada la noche, de una comida que se había prolongado y encontraron a Blanca, la más pequeña de todos, con el brazo torcido hacia un ángulo imposible, pálida y cansada de llorar, y David, a su lado, gritándole.

Justo cuando los padres abrían la puerta, David le gritaba desesperado, porque la otra llevaba cuatro horas llorando y no había manera de calmarla. Se cayó del árbol y quedó como araña aplastada, con las extremidades para ningún lado. David, con toda la fuerza y toda la adrenalina que le brotó, la levantó y la llevó a la casa, con sus hermanos girando alrededor, como satélites enloquecidos.

Entre los cuatro intentaron todo para calmarla, ya habían recurrido al sillón más cómodo frente a la televisión y a la almohada favorita, ya habían sacado el helado del refrigerador y hasta él mismo había ofrendado su reserva de dulces gringos: "¡Cállate!", le gritaba David, justo cuando los padres abrían la puerta, porque los mimos, las canciones, los besos, tampoco habían servido para calmarla; "¡Cállate, nos tienes cansados!", volvió a insistir, a ver si el susto servía de algo para contenerla, pero la niña, sollozando, miraba sin mirar al hermano mayor, quizá sin entender por qué ahora la trataba así, si llevaban tantas horas cuidándola, pero parecía que no podía más del dolor y que lo único que quería era que la dejaran de tocar, que ya no le magullaran el brazo, quedarse en paz. "¡Cáaaaallate!", le volvió a decir con los brazos tiesos, los puños apretados, el ánimo crispado y el cuerpo inclinado sobre la cara de Blanca, que ni siquiera se asustó, ¿cómo hacerlo si no le quedaban ni emoción ni neuronas, más que para sacar ese llanto quedo, tan frágil?

—David, aléjate de tu hermana —fue la voz ronca y contundente del padre, voz de oso salvaje que protege a su cría.

Los padres corrieron hasta la pequeña, ¿por qué nadie les había avisado? Pero, ¿cómo avisarles si no dejaron un número adónde llamar?, vivían hasta Pinar de la Venta y no había vecinos a quien pedir ayuda, cómo avisar si él, David, no sabía manejar, ni siquiera tenía idea de adónde ir.

—¡¡Qué no te das cuenta de que este brazo esta fracturado!?, ¡¡no piensas!? —le gritó al hijo, y ya iba a tomar en brazos a Blanca para llevársela, pero se detuvo, giró todo el cuerpo hacia David, y él sintió una enorme muralla que se le venía encima— Cuando regrese hablamos.

Al salir los padres con Blanca, David no pudo más que sentarse a esperar su regreso, en el sillón sin brazos, frente al retrato de la abuela Lucía, con las rodillas arriba y abrazando sus piernas, hecho una bolita de miedo y dudas. Ya los demás se habían ido a dormir hacía varias horas, cuando los padres regresaron con la hermana y su brazo en cabestrillo. David los vio entrar y la mirada se le iluminó, todo estaría bien. Sin embargo, el padre apenas le dirigió la palabra, parecía muy enojado, y David estaba seguro de que todo había sido su culpa, lo pagaría, aunque no sabía como. Sí, todo era su culpa porque él estaba ahí y es más fuerte, quizá fue su culpa porque no la había cachado o porque no le impidió que se subiera al árbol.

Fue ese momento cuando su mamá, tan ocupada siempre en cosas más importantes, más urgentes, lo miró, quizá por primera vez, y le acarició la cabeza: "Ya se va a poner bien tu hermana, no te preocupes. Nos contó cómo la cuidaron. Yo creo que no va a dormir por la cantidad de dulces que le dieron". Fue cuando David descubrió la sonrisa más linda del mundo: la de su madre agradecida.

Después lo acompañó a su cuarto para que se metiera a la cama, lo abrigó, hasta lo besó, ella, que nunca los besaba: "Tú eres un muchacho bueno y cuidadoso, eres igual a tu abuelo Manuel", coronó, como si ése fuera el más grande de los halagos. David no sabía lo que significaba parecerse a su abuelo Manuel, pero estuvo seguro de que era algo muy bueno.

A partir de ese momento, David corría las carreras mirando la reacción de la madre. Le pedía a doña Raquel que fuera ella quien recogiera sus calificaciones, y la mamá, siempre tan ocupada, se daba tiempo para ir por ellas y después llevarlo a tomar helado, como premio. ¿Cómo iba a permitir que alguien le quitara ese privilegio? Él tenía que ser el mejor.

En una ocasión, cuando Camilo también le pidió que fuera ella a recoger sus calificaciones, la mamá argumentó: "Para qué quieres que vaya... ¿para que la maestra me diga que te distraes mucho?, ¿que puedes hacerlo mejor, pero que no te esfuerzas? Pídeme que vaya cuando tengas algo que presumir". La escuela no era el fuerte de su hermano, nunca hizo nada sobresaliente y, por eso, doña Raquel nunca fue a recoger las calificaciones de Camilo.

Después del brazo roto de Blanca, David enfocó todas sus energías en mantener a su madre contenta y se convirtió —o al menos así lo sentía él— en el aguafiestas del grupo: él era el que verificaba la altura de la barda del vecino, "Recuerden lo que le pasó a Blanca". Él era el que les impedía salir al bosque a cazar luciérnagas: "Hay que llevar botas para que no nos muerda una serpiente". David era el que les prohibía a los hermanos comerse las galletas que la mamá siempre escondía en los lugares más obvios. Si todos lo odiaban, a él no le importaba, la recompensa valía la pena.

Cuando los hermanos comenzaron a crecer y a tener opiniones propias, cada vez más combativas, David desistió de dirigir sus juegos, decirles qué hacer o cómo, mejor era encerrarse en su cuarto: un libro, un video juego, eran pasatiempos más seguros; sin embargo, siempre pendiente, siempre en su casa, cerca de ellos... pero a la distancia.

La universidad, la novia, el matrimonio, la paternidad. Continuó la vida. Doña Raquel había muerto, pero David seguía pendiente de lo que ella hubiera querido, para que el papá lo viera: sacaba tiempo entre clientes y juzgados; Livia y sus hijas; para ir a ver al padre hasta Pinar de la Venta y, aunque nunca sabía de qué platicar, ya no sentía la incomodidad de su juventud cuando, por algún motivo fuera de su voluntad, le tocaba estar a solas con el padre. Últimamente, sus encuentros, casi ausentes de palabras, eran muy breves; no obstante, no eran incómodos, como si los dos se hubieran conciliado con ese espacio insondable, que los separaba.

Cuando Aurora lo invitó a la comida de cumpleaños del padre, David, imaginando lo que su madre hubiera gozado al tenerlos a todos juntos, le ofreció que él llevaría el vino. Un buen vino. "No le digas a papá, ni a mis hermanos que yo voy a llevar el vino" le pidió, imaginando, como recompensa, la cara de placer de ella, si tan sólo pudiera verlo.

Por supuesto que tampoco le comentó a Livia, su mujer, que iba a comprar seis botellas de vino tinto francés para celebrar el cumpleaños de su padre. Livia era muy sensible al rechazo, David la imaginaba atenta a la reacción de cada uno después de dar el primer sorbo a la copa, "Seguro va a ser uno de los mejores vinos que prueben en el año y ni siquiera te lo van a agradecer", y como no recibiría la respuesta que ella esperaba de los hermanos de David, lo tomaría como una ofensa personal y tardaría una semana, o hasta dos, recordando la afrenta, hasta que David le diera la razón, le dijera que sí, que sus hermanos no sabían agradecer, aunque no fuera esa la recompensa que David deseaba.

Lo que David nunca le contaría a Livia fue la cantidad de veces que se preocupó de que ninguno de sus hermanos o hermanas le quitara el puesto, ese que se había ganado con tanto esfuerzo. Ese que su madre tanto valoraba.

—Ésta es la calle, ¿es el número 27, señor? —preguntó el chofer de Uber.

Con un gesto, David asintió, abrió la puerta, agradeció y salió del coche, sin darle oportunidad de ningún comentario extra al solícito conductor.

El sol de la mañana ya había iluminado la recámara cuando David entró con la mirada apagada y, pese al cansancio, la urgencia de regresar al hospital. Livia lo esperaba ya levantada, su bata color buganvilia, los sonidos suaves de la mañana que inicia contrastaban con la cara pálida, limpia de maquillaje y la expresión definitiva con la que lo miraba. David no lo podía negar, algo de puerto y tierra firme sentía cada que se acercaba a Livia, pese a que, algunas veces, esa tierra era un poco sísmica:

—¿Cómo dejaste todo?

—Igual que hace veinte minutos que hablamos — le explicó con un poco de sorna, después de haber recibido y contestado todas sus llamadas.

—Pero... ¿qué van a hacer?

—Pues esperar, ¡como te había explicado! Ahora me baño y regreso al hospital.

—David, he estado pensando —soltó con urgencia, como si lo anterior fuera sólo el preámbulo inútil, hasta llegar a esa frase—. Todo esto de tu papá ha sido terrible, yo lo sé, lo siento a través de ti, tú me conoces cómo soy —David frunció el ceño, ¿adónde iba Livia con tantas palabras?—, pero creo que sacó a la luz un tema que ya no podemos seguir ignorando.

David recordó las sillas del hospital, a Camilo como perro guardián esperando el "Su hermano tiene razón...", y le vino un dolor en la columna. Para amainarlo puso las palmas en la parte baja de la espalda, arqueando el cuerpo, y caminó hacia el baño. Tenía que darse un regaderazo y salir corriendo, su lugar estaba allá, con su padre.

—David... David... ¿me escuchas? —repitió, siguiéndolo.

—Sí, claro —se giró para mirarla, deseando que la plática durara sólo el tiempo que el agua tarda en calentarse.

—El retrato de la abuela Lucía no puede ser donado a ningún museo —declaró con la serenidad de una verdad absoluta y la urgencia de un peligro inminente— Aurora está loca, ¿de dónde habrá sacado esa idea?, ¿con qué fin?

—¿Por qué no? —David ni siquiera había vuelto a pensar en el retrato de la abuela Lucía, lo único que no olvidaba era a su padre y esa frase, "Su hermano tiene razón...". ¿Cuándo había sido la última vez que lo miró así, como a un aliado?

—Porque es un recuerdo de familia, la historia de tus ancestros, de los ancestros de tus hijas —y concreta como era, tenía el argumento más lógico, el más evidente— y porque no se regala así como así un Dr. Atl. Ni que fueran la familia Getty.

La mente de David no estaba procesando nada de lo que escuchaba, ni siquiera recordaba quién era la familia Getty, pero sabía de la lógica implacable de su mujer, sobre todo, sabía de su tenacidad para lograr lo que quería, y él no estaba en posición de discutir nada en ese momento

—Nosotros tenemos la obligación de cuidarla. Tú tienes esa obligación. Por ti, pero también por la familia y por tus hijas.

El agua caliente no llegaba a la regadera, últimamente le tomaba más tiempo del habitual atemperar el baño. Pero estaba ahí, anclado, lo único que podía hacer en ese momento, era esperar a que Livia terminara y le diera el pase para poder bañarse y regresar al hospital.

—Si tu hermana quiere deshacerse de esa pintura porque le molesta o le recuerda algo, bueno, pues que nos la dé y punto, no hay más discusiones, ni pleitos entre hermanas —y al mencionar esa última frase, hizo una cara de desprecio, como si el hecho de ser testigo de un pleito de hermanas fuera algo de una casta inferior.

Distraído, David tocaba el agua, todavía medio fría.

—La pintura está en el hospital —el recuerdo le trajo a la memoria la expresión del padre, tan débil, cuando miró aquella imagen, y el sentimiento de triunfo que él y sus hermanos habían experimentado.

Sintió la indignación de Livia como un látigo que lo hizo olvidar por un segundo la temperatura del agua y le explicó, en pocas palabras, la hazaña de Blanca y la reacción del padre, que ya había vuelto a perder la conciencia, por lo que continuaban sin saber los alcances de su "accidente vascular cerebral", repitió como imitando la expresión de los médicos, que hablan con terminología desconocida esperando que los demás comprendan la profundidad de su significado.

Impidiendo con su presencia que David entrara a la regadera, Livia estaba asombrada; la bata color buganvilia medio abierta, el cabello liso como si nunca hubiera tocado una almohada, mientras desmenuzaba la torpeza de Blanca por sacar la pintura. Una mezcla de sorpresa e indignación marcaba sus palabras, habló de la irresponsabilidad de moverla así, sin considerar el daño que se le podía ocasionar.

—¿Por qué no me lo habías dicho?, ¿qué hubiera hecho si se daña? ¿no pensó en lo que perderían si eso sucede?

—No, no pensó en el valor económico del cuadro, si eso es a lo que te refieres... —acotó, todavía enternecido por la idea alocada de su hermana y el esfuerzo que le había costado—, pensó que mi padre se podía recuperar, y te imaginarás que ante ese argumento, todo lo demás pierde importancia —David entendía el punto de vista de Livia, pero no quería darle la razón—. Además, no te confundas, Livia —aclaró un poco desesperado, esa conversación tendría que haber terminado, el agua ya estaba caliente—, la pintura es de mi hermana Aurora, mi mamá nos lo dijo a todos.

—Puede ser, pero los padres se equivocan. No quiero entrar en detalles, pero a tu mamá, más de alguna vez, se le voltearon las prioridades, ¿no es cierto?

En esa pregunta, más que buscar una afirmación, David interpretaba un "¿ya no te acuerdas de lo que hemos hablado?, ¿de lo injusta que fue tu madre consintiéndote tanto? Por supuesto que David no se acordaba, siempre que su mujer intentaba criticar algo de la historia que tuviera que ver con su madre, más tardaba ella en decirlo, que él en olvidarlo.

Sacando un aire fatigado, sabiendo que aunque quisiera no podría librarse de semejante escaramuza, David intentó acortar el proceso, se sentó en el sillón del baño y comenzó a desatarse los zapatos, a tirar de los calcetines.

—Pues no sé si se equivocó o no, pero mi mamá nos lo dijo a todos, que esa pintura era para Aurora, así que el tema no se discute, ¿estamos de acuerdo? —comenzó a soltar los botones de la camisa.

—A tu madre nunca le interesó mostrarla —argumentó Livia con la claridad de la idea bien pensada y la prisa de la última oportunidad—. Nunca le avisó al mundo que tenía una pintura del Dr. Atl. No es que yo esté de acuerdo con esa actitud, creo que las obras de arte son para mostrarse, pero dime, ¿tú crees que a ella le hubiera gustado que perteneciera a alguien que no fuera de la familia?

Con el torso desnudo, David se levantó para bajarse los pantalones. La conversación ya comenzaba a alterarlo.

—David, tú sabes que yo quiero a tus hermanos como a los míos propios, quizá más que a los míos —David recordó a sus cuñados, que encontraban todas las maneras para alejarse de su hermana mayor: construyeron sus casas uno junto al otro, muy lejos de Livia; organizaban fiestas y viajes y nunca la invitaban—, tu familia es mi familia... es lo único que tengo —declaró en un gesto algo teatral—; sin embargo, seamos realistas, mi amor: a tu mamá, ¿a quién le hubiera gustado donársela?, ¿cuál de sus hijos era el favorito para tenerla? —ser la mujer del favorito ahora sí le beneficiaba.

—Livia... —repitió algo enervado, tanteando el agua, temiendo que comenzara a enfriarse— no me la dio a mí.

—Pero en vistas de lo que tu hermana quiere hacer con ella, ¿qué es lo que pensaría tu mamá?, ¿no crees que se habría arrepentido? Piénsalo

David, tú lo sabes, yo lo sé, ¿quién siempre cuidó lo que tu madre más quería?, ¿Aurora, que quiere deshacerse del retrato? ¿o tú?

En un intento desesperado por terminar la conversación, David dio un paso adentro de la regadera, dejó que el agua mojara su cabello, corriera por su cara, su pecho... por un momento pensó que se había librado de su mujer, hasta que escuchó el último argumento de Livia, ese que le dejó muy en claro que el tema no se iría fácilmente: —Piénsalo David, piensa si tu mamá se sentiría orgullosa o decepcionada de ti, si dejas que se pierda ese retrato que ella, especialmente ella, amaba tanto...

Unos minutos más tarde, David salía bañado, rasurado y listo para ir al hospital, ya no pensaba en el retrato y en todas las frases lapidarias de su mujer. En su mente estaba claro el objetivo: llegar al hospital lo más rápidamente posible para estar con su papá, con sus hermanos. Pero se topó con esa mirada tensa de Livia, esa que sabía que, si no atendía, empezaría a remecer la tierra.

—¿Pensaste lo que te dije sobre el retrato de la abuela Lucía?

—Es de mi hermana Aurora, Livia. No insistas —como en pocas ocasiones dentro de su relación matrimonial, la mirada de David se posó fría en su mujer, definitiva. El tema había llegado a un límite y no se podría hablar más del asunto.

La expresión de Livia se descompuso, sin agregar más, con dos pasos golpeados en el suelo, Livia salió de la recámara. Unos minutos después, él intentó despedirse de ella, irse al hospital como tenía planeado, pero Livia le preguntó en un tono más amenazante que solícito:

—No pensarás irte sin desayunar, ¿no es cierto?

"La única batalla que se gana en retirada es contra una mujer", decía el valiente Napoleón, y David, cuando veía a su mujer con esa mirada de violencia latente, solía estar de acuerdo. Él sabía de los desayunos de Livia y el tiempo que tomaban, pero, sobre todo, lo mal que le sentaba perder una discusión. No podía darse el lujo de hacerla "perder" también en este pequeño intento por controlarlo.

—Tengo poca hambre, sólo quiero algo de fruta. — dijo al tiempo que se sentaba, calculando que quizás, esperando un poco más vería a Macarena, su hija mayor, tan contenida, tan serena. Eso sería bueno para él, esa hija le daba mucha tranquilidad, mucho orgullo. David siempre se había identificado más con ella que con Carmen, aunque también le gustaba mucho su hija pequeña, le parecía más desalineada, más nerviosa de lo que él podía manejar, justo en esos días, la chica había empezado una terapia con un psicólogo del deporte, porque no lograba controlar su ansiedad y por ello, jugaba mal su posición de delantero en el equipo de futbol de la escuela. Ver a las hijas le haría bien pensó esperanzado.

La muchacha que a penas habían contratado, hizo su aparición en el comedor llevando una charola con una jarra de café y dos tazas, y atenta al equilibrio, muy despacio, dejó su cargamento sobre la mesa y comenzó a repartirlo.

—Ahora traigo lo demás —declaró nerviosa.

—No te preocupes, aquí te esperamos —la tranquilizó Livia, benévola—. Falta el pan, la mermelada, la sal, el azúcar, la sacarina, la jarra con jugo. No olvides poner el lugar de las niñas, que no tardan en bajar. Yo quiero unos huevos revueltos con frijoles, ah, y parte fruta para el señor, quizá melón —con cara de espanto, la chica desapareció del comedor—. Hay que tenerle paciencia, para que aprenda.

Las hijas no hicieron acto de presencia y a David el melón le supo a plástico y no tuvo apetito para huevos o frijoles, en cuanto pudo se tomó de un sorbo largo el café y se despidió de su mujer.

El desayuno le tomó una hora. Eso fue, evidentemente, más tiempo del que David hubiera querido. Tiempo que después le haría falta, tiempo que nunca recuperaría, pero eso, él aún no lo sabía.

Aurora

Soy testigo de la luz que sí es posible
estrella extinta que aún ilumina
mi cielo está muy negro
por favor, no mueras.

—Herme, soy Aurora —parada en la calle, esperaba el taxi—, sólo te hablo para que sepas que está bien, bueno... bajo control.

Era de madrugada y Hermelinda contestó antes del tercer tono, como si no hubiera soltado el aparato durante toda la noche, esperando. Para ahondar en la situación, Aurora optó por la frialdad médica, esa distancia que protege a los doctores de sus propias emociones.

—Sufrió un accidente vascular cerebral. No se puede determinar aún el impacto que tuvo en sus funciones cerebrales, continúa inconsciente y permanecerá en observación. El médico sólo le ha suministrado los medicamentos de rutina para estos casos.

—¿Vas a avisar en el hospital? —preguntó Hermelinda, y a Aurora le sorprendió la pregunta. Sin embargo, entendía que esa clase de comentarios eran típicos de Hermelinda, como si ya supiera lo que estaba pasando, antes de que se lo dijeran y sólo le interesara adelantarse a lo que estaba a punto de suceder.

—Sí —respondió, mecánica—, ya le mandé un mensaje a Rosarito, la jefa de enfermeras, y ella va a dar aviso. Cuando abran las oficinas, llamo también.

—Bien, porque si no, no me los voy a quitar de encima, ya sabes que si tú no contestas tu teléfono, hablan todo el día a la casa, ¿y en la Universidad?

— Sí, también, pero bueno, papá está bajo control, te lo digo para que estés tranquila. Yo ahora voy a casa a bañarme, ponerme algo más cómodo y regreso.

—Gracias a Dios —acotó y tampoco en ese momento quiso saber detalles: cuánto tiempo podría permanecer inconsciente o cuáles eran los riesgos de que no despertara. Las típicas dudas que se preguntan a un médico en estos casos. Parecía que no le hiciera falta entrar en detalles o, peor aún, como si ese asunto ya estuviera resuelto y lo único importante fuera prepararse para lo que venía: Avisar a todos de su ausencia.

La única vez que Aurora había desaparecido del "radar" de su vida cotidiana, fue cuando enfermó doña Raquel. Después de tres días sin más que hacer, sólo esperar, tres días en los que Aurora no se movió de su lado: dos cucharas de caldo de pollo si el ánimo de la enferma lo permitía, el suero para que no se deshidratara y los calcetines que la protegían del frío. Los hermanos podían entrar y salir, pero Aurora no se movió de ahí hasta el último momento, hasta que junto con su padre y David pudo sostenerle la mano para que se fuera tranquila.

Después de la muerte, cuando fue capaz de levantar la cabeza y mirar alrededor, los recados del hospital habían saturado su buzón de voz, y Hermelinda, desesperada de tener que atender llamadas desahuciadas porque Aurora no contestaba ninguna, la urgía a hacer acto de presencia, "Regresa a tu camino de allá, que éste no tiene para más adelante...", le decía, con esa manera rara que tenía de expresar sus ideas.

—Estoy aquí en la casa, cuando llegues te preparo desayuno. ¿Quieres huevos con machaca?

—No, sólo voy a tomar café, un pan, y regreso —dijo, olvidando la cortesía.

Al apretar el botón rojo que terminaba la llamada, se dio cuenta de que, pese a sus cálculos, hablar con Hermelinda no la tranquilizó. Miraba el aparato como si quisiera sacar algo de él, algo que no llegaba, hasta que se atrevió a marcar el número, ese número que se sabía de memoria y marcaba siempre con algo de prisa y miedo; pero esa madrugada giró los ojos hacia el reloj y asustada volvió al botón rojo, cortó la llamada antes de que se completara.

Tomó aire, trató de tranquilizarse. Bajó el teléfono y miró hacia los autos, buscando aquel taxi que ya tenía que estar ahí. No había llegado todavía. Con el sol ya despuntando en el horizonte, parada en la esquina, el bolso en una mano, el teléfono en la otra. Con la urgencia con la que se lanza una piedra y se esconde la mano, levantó el teléfono y volvió a presionar el botón que enviaba la llamada e, impaciente, esperó a ser atendida.

—Mi padre acaba de sufrir un accidente vascular cerebral —informó a la voz amodorrada que tomó la llamada del otro lado.

—¿Cuándo fue?, ¿en qué hospital está?

—Quiero verte —era lo único que necesitaba explicar, el verdadero motivo de la llamada.

Del otro lado se escuchó algo parecido a un gruñido, después una respiración agitada.

—Un momento —más silencio. Una puerta se cerró—. ¿Me estas llamando de tu teléfono? Te he dicho que no me busques a esta hora, ¿qué no te das cuenta de que Claudia revisa todas las llamadas?

—¿Qué no entiendes? Mi padre se está muriendo —lo anunció inconsciente, sin haberlo asimilado aún, sin entender cómo lo dijo, porque algo más allá de sus conocimientos científicos, ajeno al diagnóstico oficial y a toda esperanza, algo le revelaba esa verdad: su padre se estaba muriendo.

—¿Dónde estás? Voy para allá —concedió por fin la voz del otro lado de la línea, quizás estaba avergonzado.

—No, ya no es necesario —súbitamente, la urgencia de verlo se esfumó, ante la certeza a la que no había querido ponerle nombre.

Había tenido la idea aguerrida de encontrarse con él, aunque fuera por unos minutos, y hasta le dijo a Camilo que iría al Hospital Civil a ver a un paciente que se recuperaba, previendo el tiempo que le tomaría verlo, tocar su piel tibia, sentir su aliento, un lugar seguro. Pero después de esa declaración: "Mi padre se esta muriendo," entendió que ni siquiera encontrarse con él, la tranquilizaría.

Ninguno de sus hermanos sabía de su relación con Alejandro Lepe, evidentemente, porque Aurora intuía que no eran capaces de ponerse en su lugar, de entender los desafíos que esta vida sin compañero le imponía, criticarían que fuera un hombre casado y la secrecía de su relación. Ella estaba segura de que hasta despreciarían que fuera radiólogo.

Algunas veces, cuando Alejandro la miraba con esos ojos cargados de deseo, Aurora recordaba que era el esposo de otra y sentía vergüenza e imaginaba a sus hermanos recitándole toda esa cadena de prejuicios contra los que ella se justificaba, pues, por la vida que había escogido, cuando fue capaz de ver qué había en el mercado de los pretendientes, ya todos estaban tomados.

Se conocieron en la universidad y fueron los mejores amigos, estudiaban juntos y se organizaban para encontrarse a la hora de comer... alguna vez, él la invitó al cine o a tomar un café: sin embargo, su relación no pasó a mayores, Aurora pensaba que era porque ella nunca lo llevó a su casa. No podía, porque cuando contemplaba la posibilidad, se lo imaginaba parado en la sala, con el retrato de la abuela Lucía a sus espaldas y hablando con su madre con esa voz apocada y tímida, el cabello mal cortado, sin un tema de conversación más allá de los libros que había devorado para llegar hasta donde estaba. Era como si abrir la posibilidad de un pretendiente tan humilde, tan distinto a los que llevaba Lucía su hermana, a los amigos de sus hermanos, Aurora haría suya esa mediocridad a la que la tenían sentenciada desde que era niña, cuando su madre se dio cuenta de que no tenía las virtudes de ella, de las mujeres de su familia.

El tiempo había pasado, Aurora era una mujer independiente, trabajaban juntos, en el mismo hospital, eran colegas, y desde que se reencontraron, ella contempló por fin la posibilidad de darle rienda suelta a esas fantasías de estudiante. Sus encuentros, y más adelante su relación, empezaron después de la muerte de doña Raquel, quizá porque Aurora, pese al dolor, también se sintió más libre.

El gran inconveniente era que se veían poco: nunca los fines de semana, porque, para Alejandro, lo más importante eran sus hijos, y Aurora lo respetaba. En general, sus encuentros estaban supeditados a los afanes del hospital, las miradas indiscretas de los compañeros y Claudia, la mujer: una loca obsesiva que lo perseguía día y noche, continuamente lo llamaba con cualquier pretexto, justo cuando ellos lograban robarle al mundo un momento de intimidad, desahogando su amor en el motel, a una cuadra del hospital, el teléfono, con el timbre asignado para esa desquiciada, comenzaba a sonar incansable y Alejandro tenía que soltar a Aurora, tomar la llamada y tranquilizar a su mujer; mientras tanto, la doctora aguardaba paciente, subiéndose a la lancha del desprecio, hacia esa infeliz, desesperada por mantener a un hombre que ya no era el suyo. Quizá nunca lo había sido.

Esa mañana, Alejandro fue el depositario de una verdad que reclamó ser nombrada, y a Aurora no le extrañó, porque él le inspiraba esa confianza; sin embargo, cómo le hubiera gustado que contestara de otra forma, que adivinara su angustia y se apresurara a acompañarla, pero él no podía hacerlo, lo concreto y lo real para él estaba con otra mujer y otra familia, y Aurora por primera vez no supo quién era la infeliz, si Claudia por perseguir a un hombre que la engañaba, o ella misma, por conformarse con tan poco.

Parada en la calle, el día a penas despuntando, con el teléfono ya en el bolso, Aurora soltó el cuerpo cuando don Luis, con ese taxi destartalado pero de mucha confianza, se paró a su lado y ella pudo subirse con la tranquilidad de lo conocido y, después de un breve saludo, recargó la nuca en el respaldo del asiento pretendiendo dormir —como ya lo había hecho otras veces, en las que en realidad sí quería hacerlo—, para que el chofer no la distrajera con su conversación insulsa. Los ojos cerrados, la boca sellada y la mente marchando a toda velocidad, no podía relajarse.

Del hospital a la casa de Pinar son 16 kilómetros, Aurora lo sabía bien, tenía calculadas las distancias de todos sus recorridos. A esa hora de la madrugada, tardaría veinticinco minutos en llegar, no más; sin embargo, el tiempo se estiraba en su conciencia porque los miedos, como agua hirviendo, no dejaban de brotar: recordaba la dosis de antitrombótico que le habían suministrado y a la hora en la que lo hicieron. Se repetía la edad de su padre, mientras en la parte de atrás de sus cálculos pasaban, uno a uno, los riesgos de una medicina así para un paciente como él: Hemorragias internas y silenciosas empezaban a dibujarse en sus cálculos. Abría los ojos, se enderezaba, tomaba aire. Quería tranquilizarse y al mismo tiempo recordar el teléfono del médico que lo estaba atendiendo, sólo por si hacía falta mencionarle algo.

Con la tensión de la gota que implacable cae una y otra vez en el mismo punto, Aurora analizaba las variables, hacía diagnósticos, visualizaba los riesgos, hasta que entró a su casa y notó el cambio en la disposición de los muebles; su mente hizo corto circuito, como si inesperadamente hubiera llegado a otra dimensión: La mesa de la entrada corrida, unas herramientas de la bodega dispersas por el suelo, y como Hansel y Gretel siguió el rastro, llegó a la sala y descubrió el muro desnudo. El retrato de la abuela Lucía no estaba. Hermelinda tampoco, seguro fue a la tienda a comprar algo para el desayuno y el jardinero ya se había ido, como siempre, muy temprano. Nadie que le informara qué había pasado.

No necesitó mucho para entender lo que estaba sucediendo, ¿quién más podría querer llevarse el retrato? Lucía su hermana, que se siente merecedora de todo; Lucía y esa moral acomodaticia que la autoriza a torcer la realidad a su antojo; Lucía a la que no le importa pasar por encima de quien tenga que pasar para obtener lo que cree que merece.

Fue el miedo de que el doctor no estuviera viendo todas las variables de un paciente como su padre; la duda de si la medicina que le pusieron era la correcta; el frío que empezó a sentir desde que salió del hospital y ya la tenía cansada; la sensación de no ser comprendida, ni siquiera por Alejandro. Por eso, al enterarse del robo del que había sido víctima y de quién lo perpetró, Aurora, como una bola de fuego sobre un tren a toda velocidad, encontró el punto certero para estrellar toda su furia: su hermana Lucía.

Le llamó con la ira del que tiene razón y no ha sido respetado; con el desamparo del sin techo y la indignación de quien es testigo de una injusticia, y se lo dijo, le dijo lo que pensaba de ella: "¿Cómo se te ocurre venir a mi casa a robarte el retrato de la abuela Lucía?".

Por supuesto que la hermana se hizo la idiota y hasta le preguntó: "¿De qué hablas?". Pero Aurora no tenía filtro: "la verdad, me das lástima, eres una inútil, ni siquiera podrías haberlo hecho tú sola".

Qué alivio sentir que sí se podía hacer algo de justicia. Que ella no cargaba todo el peso. No era importante lo que Lucía respondiera, sino lo que Aurora tenía que decir, y aprovechó la oportunidad, le dijo lo que se merecía, lo que debió decirle hacía mucho tiempo, y hasta se dio el lujo de amenazarla. Después, Lucía terminó la llamada, no la dejó seguir hablando, claro, ¿qué podía decirle?

Con aire triunfal comenzó a desvestirse, era un alivio deshacerse, por fin, de ese vestido anaranjado tan incómodo, y hasta empezó a sentir hambre, sabía que Hermelinda no tardaría en regresar con jugo fresco, quizá tortillas recién hechas. Dudó si lanzar el vestido al cesto de la ropa sucia o a la basura, fue un segundo. Lo lanzó al cesto y decidió que le volvería a llamar a Lucía para comprometerla a que le trajera de regreso el retrato; tomó su celular y en ese momento le llegó un mensaje de texto que Blanca le envió desde su camioneta, camino al hospital, y mientras leía la explicación de su hermana menor, las mil disculpas por no avisarle antes y asegurarle que se lo regresaría en cuanto pudiera, la indignación de Aurora se enfrió como antorcha ahogada con tierra.

Volvió a leer el mensaje en su celular, calculando, al mismo tiempo, las ideas tan locas de su hermana menor, siempre había sido así: ocurrente. Pero desde que se casó con Antoine y trabajaba con artistas de la calle, se había vuelto más arriesgada. Si no fuera porque se trataba del retrato de la abuela Lucía y todo lo que implicaba para ella, Aurora, en silencio, la festejaría.

Lanzó el teléfono sobre la cama, recordó a Lucía y cómo la enfrentó. Había sido injusta, ella no lo había robado, ni sus hijos tampoco. Sin embargo, pensó, mientras tomaba la ropa interior de su cajón, no le había dicho nada que no fuera cierto. Quizá no le caería mal, por una vez, escuchar la verdad de alguien. Pero sentirse poseedora de la verdad, no la tranquilizó, o no completamente, así que, un poco avergonzada, tomó el aparato y le escribió:

"Todo fue una confusión, lo siento Lucía, acabo de recibir un mensaje de Blanca, fue ella la que tomó el cuadro, lo llevó al hospital. Olvida lo que te dije."

Treinta minutos después salía de su casa con el cabello mojado, sujeto en un moño, una chaqueta, pantalones de mezclilla y zapatos de trabajo, para estar de pie todo el tiempo que fuera necesario. No hubo jugo de desayuno ni tortillas recién echadas, sólo un pedazo de pan que tomó al vuelo, ignorando a Hermelinda que insistía.

Salió de la cochera de la casa y por su mente circulaban los nombres: Heparina, Noxipar, Trhomboflux; dosis, 30 000. Pacientes mayores de 80 años, restricciones. Aurora aceleraba más de lo que el suelo empedrado de Pinar de la venta y los autos en la carretera, le permitían. Ella hubiera querido gritarles que tenía algo importante que hacer, lo más importante del mundo, que se quitaran, que le abrieran el paso, pero no había caso; tragando el humo negro de dos camiones que, a la misma velocidad, alentaron el tránsito de la carretera, Aurora se llenó de paciencia, sólo eran unos metros, ya los podría rebasar, ya llegaría.

—¿No que pasarías al Hospital Civil a hacer rondas? —Camilo le preguntó, nada más cruzó la puerta de la entrada. Continuaba ahí, sentado en la silla azul, a las puertas de terapia intensiva, esperando.

—Pues ya regresé —respondió impaciente, con muy pocas ganas de perder el tiempo en pláticas insulsas.

Camilo llevaba unos minutos hablando y Aurora no le había prestado atención, hasta que escuchó algo del retrato de la abuela Lucía. Parecía asombrado, entusiasta, pero Aurora no pudo atenderlo bien porque alguien la estaba llamando, un doctor con mejillas redondas y mirada de borrego, desde el otro lado del pasillo:

—Doctora Martínez —era el médico de guardia, seguramente el mismo que había permitido a Blanca ingresar el retrato de la abuela Lucía a la sala de terapia intensiva—, una pintura de su madre —Aurora no se iba a detener en dar explicaciones— ha llegado a la sala de terapia intensiva y parece que ha sido de provecho para el paciente —declaró satisfecho—. Seguramente tendré problemas por haber permitido el ingreso de semejante objeto en la sala de cuidados intensivos —Aurora no veía el momento de que el médico dejara de dar rodeos y le reportara si hubo algún cambio en la situación de su padre. Atrás de esa urgencia, también calculaba lo que le costaría eso de que su hermana hubiera llevado un objeto a un área tan restringida—, pero yo, como usted, estoy muy de acuerdo con las tendencias paliativistas de la medicina contemporánea y creo que debemos presentar pruebas, cada vez que tengamos oportunidad, de que los pacientes mejoran su condición, en algunos casos considerablemente, si incluimos en su tratamiento la procuración de emociones positivas.

—Entiendo, claro —respondió Aurora, un poco aturdida ante tanto entusiasmo. Lista para desembarazarse de él e ir en busca de su padre.

—Sólo quisiera pedir apoyo de su parte —Aurora pensó en Blanca nuevamente y, en el lugar comprometedor en el que, de seguro, la había metido.

—¿Apoyo? —cómo le gustaría que ese médico, de mejillas sonrosadas, desapareciera en ese instante.

—Un reporte, el testimonio de cómo el hecho de que el paciente estuviera en contacto con esa pintura, que seguramente tiene muchos significados familiares —Aurora subió la vista al cielo—, ha provocado una reacción sanadora en el paciente, y que ésta se refleja concretamente en sus signos vitales.

—Eso es lo que me interesa ahora, el paciente, si me permite, entraré a ver a mi padre —el tema estaba zanjado.

Liberada, Aurora caminó hacia la sala pensando en Blanca con un poco de desesperación, porque su idea, infantil y alocada, la había metido a ella en aprietos, y si no ayudaba al doctorcito ese que le ayudó, también lo metería en aprietos a él.

La enfermera de guardia, con el pecho apretado en ese uniforme amarillo algunas tallas más pequeño de lo necesario, fue la siguiente en interpelar a la doctora Martínez para advertirle que el cuadro:

—Esa giganta tiene que salir de mi sala lo antes posible — hablaba con el ceño fruncido y esa boca delgada, torcida de amargura.

Aurora respondió afirmativamente sin detenerse a dar explicaciones.

—Aurora, ven un momento —la alcanzó a llamar Camilo antes de que las puertas de terapia se cerraran, y Aurora se sentía atrapada en ese espacio: El retrato de la abuela Lucía, los médicos del hospital, la enfermera y todas las demandas—, desayuné con Lucía —dijo consciente quizá de la batalla que se acababa de declarar—, Lucía fue con las monjas de aquí a un lado para pedir unas misas, probablemente no tarde.

Al recordar a Lucía se le jaloneó la conciencia. ¿Tenía que disculparse en persona? No, no era necesario, el mensaje fue suficiente. Ella también le había hecho muchas cosas en otro tiempo y nunca le pidió disculpas.

—Está bien —respondió Aurora—, y no te preocupes por Lucía, ya sé que ella no se llevó la pintura, así que todo está ok —quiso relajarse ella también—. Ahora, si me permites, voy a ver a papá.

Aurora entró a terapia intensiva y, en un tono más imperativo de lo habitual, le pidió a una enfermera que le prestara una bata de médico, para moverse con libertad. Seguramente, la chica no se sintió cómoda con la petición o no le gustaron las maneras de Aurora, porque le trajo una enorme que, al ponérsela, le dio la sensación de que se había metido en un costal. Aurora recordó la primera vez que se puso una bata de doctora, hacía más de veinte años; en aquel tiempo todas eran para hombre y siempre le quedaban grandes, como si no fuera capaz de llenarlas.

Ignorando su cuerpo pequeño en esa bata, Aurora entró en la sala, con las luces tenues y los sonidos lejanos de las máquinas que mantenían con vida al padre, y se sorprendió al ver la escena: Don David tendido en la cama y, frente a él, el enorme retrato de la abuela Lucía, sobre un par de sillas, reclinada, sólo un rayo de luz iluminándole la cara. Parecía la capilla lateral de una iglesia de pueblo, sin altar, sin bancas, sólo el enfermo y la imagen.

Aurora revisó el suero, leyó en la pantalla las medicinas que habían puesto en el líquido, y ahí estaba, el antitrombótico. Verificó la dosis. Una corriente de frío la cruzó completa. Era una buena medicina, era la dosis adecuada, ¿sería eso lo correcto para él?... Tenía que relajarse, discutirlo con el médico.

Con el cabello todavía húmedo, recogido en una cola de caballo, las mejillas cacarizas, sin una gota de maquillaje, y esa bata que era dos tallas más grande de la suya, Aurora lo miró a él, ya no con ojos de doctora, sino con los de hija solícita, la que siempre había buscado su gesto de aprobación atrás de las mejores calificaciones, de los premios, los diplomas. Le acomodó la sábana y, sin quitarle la vista, se sentó a su lado. Feligrés suplicante, ante la imagen que le concederá todos los milagros.

Qué plácido se veía, su cara tenía un tono uniforme, de migajón; sus profundas arrugas, una serenidad impávida por lo que sucedía alrededor, como si se mofaran de los médicos y su ciencia. Aurora quería creer que Blanca y el doctorcito ése habían tenido razón, su padre parecía mejorado y quizá fue gracias al retrato de la abuela Lucía. Más que estar en una batalla por la vida, el padre parecía estar durmiendo un sueño profundo y hermoso. Volvió a recordar la dosis de medicamento que le habían suministrado.

De repente algo sucedió, algo que Aurora, con toda su experiencia como médica y sus más negras intuiciones, no pudo comprender, ¿era una sonrisa? A pesar del tubo que salía por su boca, de las sondas que le inyectaban vida, del hospital y la muerte que ella sabía que lo rondaba, don David esbozó un gesto parecido a una sonrisa, una complacencia, y ella no podría explicar cómo era posible. ¿Un mensaje?, ¿una señal para que se tranquilizara y lo transmitiera a sus hermanos?

Por primera vez desde el accidente, Aurora sintió paz, casi alegría, hasta que esa expresión plácida, ¿sonrisa?, se tornó en una mueca, y el tono migajón empezó a encenderse en uno más oscuro, ¿azulado? El monitor que registraba los latidos del corazón lanzó la señal de alarma, menos de un segundo después, Aurora estaba rodeada de extraños que agitados movían a su padre y se daban indicaciones unos a otros, y ella, con las mangas de la bata que le tapaban hasta los dedos, sólo pudo hacerse a un lado, no estorbar, sin dejar de mirarlo a él, mientras el médico que intentaba reanimarlo ordenaba algo a las enfermeras diestras y atentas a cualquier instrucción.

Nuevamente, y sin necesitar el diagnóstico de otro médico, contra toda su ciencia y la concepción que tenía del más allá, Aurora tuvo una certeza y sintió miedo, no lo podía aceptar sin luchar, miró la imagen de su abuela, que ahora era su madre, sus ojos enormes y enfocados, su nariz de reina, altiva, su blusa azul noche. Era tan señorial que Aurora echó mano del último recurso, quiso suplicarle, con una mirada, un gesto: "No te lo lleves".

—Doctora, tiene que salir de la sala —ordenó la enfermera de pecho erecto a Aurora, que con esa bata enorme se sentía una impostora.

El monitor y su agudo grito no dejaban de amenazar. El médico de guardia continuaba afanado y Camilo ya había llegado a un lado de Aurora, mirando con el pánico del que sabe que algo terrible sucede, no puede hacer nada para evitarlo y, sin embargo, tampoco quiere perder detalle. Probablemente, él también identificó esa leve sonrisa, que resultaba amarga como una traición y, quizá, como Aurora, hubiera querido gritarle que no sonriera, que luchara.

—Usted también, señor. ¿Qué hace aquí? Necesitamos que salgan, ahora.

De pronto, don David parecía elevarse, como si del cuadro saliera ella y lo jalara del pecho, y el otro, dócil y divertido, se dejara llevar, como seguramente lo había hecho mil veces, en otro tiempo, seducido, esperanzado.

—¡Salgan!, ¡salgan en este momento, por favor! —la enfermera casi los empujó para que se fueran.

Antes de que el médico de guardia se los confirmara, Aurora y Camilo lo supieron.

Don David había muerto.

Abuela Lucía

Seguir los pasos sin llenar sus huellas.
El trofeo empolvándose
zarpazo de quimera acecha cada noche.
¿Cómo se puede ser víctima y verdugo?

—Ésta no es la imagen de una señorita de 19 años —Trinidad, enlutada en su contundente vestido, analiza el retrato que el Dr. Atl le ha hecho llegar. Está ansiosa, ¿ofendida? No esperaba nada de él y, pese a todo, el artista le ha enviado la pintura, como prometió—. Que la lleven al sótano, no la quiero ver.

—Es un gran artista, todos lo saben mamá, además... —Lucía se arriesga— sólo las más encumbradas damas tienen un retrato en su casa —repitió la frase de la tía, de la madre, la que escuchó aquella tarde cuando le permitieron posar para el artista.

—No a este precio —Trinidad mira a su hija con furia. Todavía no logra perdonarla, pero duda—. Cuando venga tu tío Enrique, le preguntaré su opinión; ahora quiten esto de mi vista.

Sentada en un taburete alto, con la luz de la mañana iluminándole el perfil, el cabello de ondas gruesas apenas sujetas en un moño, el vestido azul cuello en V, el collar de perlas y esos ojos cafés hambrientos de mundo. Lucía tiene que permanecer quieta y con esfuerzos lo logra, su ánimo bulle con la inquietud de la corriente crecida del río, la primera tormenta de verano. "Gira hacia mí", por fin le ordena. El artista la recorre con los ojos, sin pudor: Cada ángulo, cada perfil, absorto, extasiado. A prudente distancia, sentada junto a la puerta, está Trinidad, la madre; como en cada sesión, los ojos hábilmente se separan del tejido, para seguir el proceso.

"Mira hacia la ventana", le indica él, y en su voz están la convicción y la suavidad de quien sabe que será obedecido. Deja los pinceles, se acerca, nunca nadie la ha tocado; él, suavemente, le levanta la barbilla, le gira los hombros con tiento. Lucía lo sigue, no quiere decepcionar, como bailarina ansiosa en su primer recital, obedece solícita cada una de las instrucciones. Sin embargo, está cazando la ocasión, sus ojos furtivos preguntan, quisiera saber todo de él, que le hable de los lugares que ha visto, las personas que ha conocido, el mundo allá afuera, al que ahora ella también pertenecerá. La capital, barcos trasatlánticos, París, Roma, Berlín. Dicen que fue amigo del presidente Carranza y que dirigió Bellas Artes, ¿qué hacen en Bellas Artes?

Tres o cuatro horas de posar y Lucía regresa a casa cansada, pero sintiéndose otra, otra que sí es real. La madre, a su lado, con pasos apretados pero festivos, desanda el camino: "Sólo las más encumbradas damas tienen retratos, hijita". Anhelo perdido y recuperado. Lucía sonríe y entrelaza las manos por la emoción. Su vida hasta hace unos días era gris, inocua, en la mente de su madre y en el devenir de su casa, todo giraba en torno a las otras, sus hermanas mayores; ellas eran más importantes, ellas estaban listas para escoger marido. Lucía no, tenía que esperar, era la más joven, nada especial y "no muy agraciada", dijo su tía Socorro cuando nació; "un poco burda", había comentado la madre algunos años después, mirando al cielo, calculando una más a la que habría que casar. Jamás imaginaron que en la adolescencia florecería así.

Ya llevan más de una semana asistiendo al estudio. Mientras el artista traza líneas, colorea sombras, ilumina espacios, Lucía aprovecha la mínima ocasión, pregunta, cualquier tema es importante. El maestro, evasivo, da respuestas cortas, mira a la madre, sabe que no puede extenderse en explicaciones, corre el riesgo de escandalizar. Cambia el tema, prefiere preguntarle a la progenitora recetas de cocina; "La comida es un placer, no de los ricos, sino de los virtuosos", asegura él, y la madre, extrañada, le explica cómo hacer la capirotada y los tamales dulces de elote.

La velada ante el Santísimo, en el convento de Santa María de Gracia, cambió las cosas. Trinidad comenta orgullosa sobre el retrato que el famoso artista Gerardo Murillo, el Dr. Atl, está haciendo de la menor de sus hijas. Las damas de la iglesia ahogan la sorpresa, Carmelita pone los puntos sobre las íes, la previene: "dicen que el artista ha sido un revolucionario, amigo del pendenciero ése... Zapata y otros revoltosos. Mi cuñado de la capital asegura que no es de fiar, que estuvo en Europa y ahí aprendió ideas extrañas, ¿fascista?, ¿fachista? No sé, algo muy modernista".

Modernista, esa palabra en los oídos de la viuda Trinidad es tan amenazante como el tifo. "Llevar a tu hija al estudio de ese hombre es arriesgado", da el puntillazo, torero con saña, "no vayan a hablar, ya sabes, la gente es muy mal pensada: un hombre soltero, una señorita..."; las escenas a través de los brillantes ojos de Carmelita comienzan a tomar formas escandalosas y, en los miedos de la viuda, proporciones titánicas.

Trinidad sabe que tiene que detener esos encuentros, ya no le interesa la alcurnia prestada que el cuadro proporcionaría. Que nadie las relacione a ella ni a ninguna de sus hijas con ese hombre. Que nadie se atreva a dudar de su decencia. Envía el mensaje con un propio: "Mi hija Lucía no volverá a posar en su estudio. Atte. Trinidad viuda de Solís". No hay más que hablar.

El artista no entiende, va hasta la casa de su musa, pregunta a la madre, ésta no lo deja ni cruzar el umbral, en cambio, amenaza, grita, agita su dedo índice, advierte: "Mi hija es una señorita decente. Nadie ha tenido nunca, nada que decir de nosotros", y como si no fuera suficiente la ofensa, remata: "Ésta es una casa cristiana decente, ¿qué no entiende?".

Lucía observa detrás de la ventana, la garganta apretada por el llanto. Quisiera que el maestro se impusiera, él sí sería capaz de poner orden, engrandecerse y controlar a la madre; pero no lo hace. Desconcertado, el Dr. Atl se despide con un gesto seco. La madre entra a la casa, cierra la puerta.

—Fue una mala idea todo eso de la pintura, olvidémoslo. Tú, ahora sólo debes pensar en el encaje de frivolité para el vestido de la Virgen del Carmen —Lucía no puede ocultar la decepción, la mira suplicante, pero a la madre se le sube la furia, como un bochorno, de esos que le vienen últimamente, y advierte a la hija—, no quiero volver a oír nada de ese hombre y su pintura...

Con la misma presteza se tranquiliza, no le previene de sus miedos.

Lucía asiente con la cabeza, sin arriesgar el enfrentamiento; sin embargo, ha cambiado, ya no es la niña escondida en la falda de su madre, aquella que tiene que esperar su turno para ser... Es una, es única, y ha sido tocada, no lo puede desaprovechar.

Esta mañana, la madre sale temprano para visitar a algunos enfermos, el cura de la parroquia le solicitó ese piadoso sacrificio. Regresará hasta la hora de la comida. Lucía no lo piensa, informa a la nana: irá a casa de su amiga Bertita, y llegará antes que la madre regrese. Con el corazón bombeando en el pecho y los oídos tapados por la emoción, toca la puerta, primero despacio, como si temiera algún castigo. Nadie responde. Nuevamente, ahora con fuerza, con la decisión de quien sabe que merece y está a punto de alcanzar.

El maestro atiende el llamado y al encontrarla ahí, determinada y hermosa, su expresión habitual: Ceño fruncido, boca apretada que se abre de asombro, y en ese gesto, Lucía vuelve a encontrar la aprobación que tanto le complace. "¿Tu madre cambió de opinión?", pregunta al tiempo que la invita a pasar. "No ha sido ella, soy yo quien decidió venir." Una sonrisa de placer se dibuja tras las barbas del artista, una expresión casi de codicia, ésa es la mujer que había vislumbrado, ésa es a la que quiere pintar, la que llevaba días buscando tras las poses de una niña bien educada. "Bueno", no pregunta más, "hoy dibujaré tus ojos, mírame... exacto, así...". El maestro ha vuelto a su concentración habitual, pero hoy su ánimo está crispado, observa a Lucía, su porte: "Eres una reina escondida tras las costumbres de una provinciana"; Lucía eleva el pecho, levanta la barbilla, con dignidad, con gallardía, como si ésa fuera su pose habitual. "Detente ahí, detente, mírame ahora." Lucía lo complace, sus ojos confiados, como nunca antes, apuntan asesinos, exultantes. El maestro ha sacado más colores intensos, un verde primavera y un azul pavo real, sus movimientos son rápidos, certeros, de repente se detiene en un trazo sólo para continuarlo con la delicadeza de un director de orquesta, hasta llegar al borde del lienzo, donde acaba con una expresión de placer.

Tres días de posar para él y saturarlo de preguntas. Tres días en los que un mundo maravilloso, más allá de las tertulias en la isla del parque Agua Azul, de los paseos por Av. La Fayette, mucho más allá de las corridas de toros en la plaza Progreso, un mundo en la capital, con grandes construcciones, trenes, música, un mundo en francés del otro lado del mar, en donde nadie considera riesgoso que las mujeres anden en bicicleta o fumen cigarrillos, un mundo al aire libre y donde las infinitas montañas tocan el cielo y el aire despeina el cabello y todos son importantes, felices, únicos.

Tres días de inventar pretextos y salir a hurtadillas. Tres días gloriosos de descubrimiento y de regreso a la realidad. En las noches, cuando Lucía logra llegar a su habitación, en la intimidad de las sábanas, recrea aquel roce sutil en su mejilla, los ojos que la recorren completa y revuelve los escenarios apenas conocidos, colocándose como centro, protagonista hambrienta y gozosa.

—No he pintado a la niña que eres ahora, sino a la mujer que serás dentro de algunos años —afirma el maestro, meditando ante la obra terminada.

Lucía no sabe si le habla a ella o a la pintura. "Pues enséñame, dame tiempo, no me dejes ir", hubiera querido suplicar, pero no sabe cómo hacerlo, tampoco quiere defraudar. ¿Cómo esa "reina escondida tras las costumbres de una provinciana" pediría semejante favor? Mejor calla.

El retrato está terminado y, con él, el corazón de Lucía se quiebra en una despedida estoica, contenida. Tiene que volver, no sabe a qué, suplicará a su madre, regresará a él, esto no puede terminar así. Se convence a sí misma sin que él se lo pida.

Pero el destino tiene otros planes y en su casa el peor de los escenarios. La madre se ha enterado, por una amiga de esas que, como dice Carmelita, "son muy mal pensadas", de que Lucía ha vuelto al taller del artista. Alguien la ve entrar, alguien más lo comenta, tres días, toda la mañana, de las 10:30 a las 2:00 pm en punto, solos en ese estudio. La madre aterrada y furiosa, aguarda, no pregunta: el cinturón en mano, la temerosa ira desahogándose en cada golpe. Amenaza, encierro, el infierno de una mala reputación, no sólo para ella, también para sus hermanas.

Cuando ya nadie recordaba la pintura, sólo la afrenta que había representado, el riesgo que corrieron, ésta llega a la casa, un mensajero, el Maestro Atl. la envió, como habían quedado. Nadie puede disimular el asombro, la imagen en el lienzo tiene vida propia, como si habitara en una dimensión distinta y, sin embargo, esa mirada es tan real, tan incisiva. La madre lo aprecia, pero no es capaz de disfrutarlo, no ha podido apaciguar sus miedos, controlar la ira: "Ésta no es la imagen de una señorita de 19 años, que lo lleven al sótano, no la quiero ver".

El destino vergonzoso de aquel lienzo dolió más a Lucía, que el castigo que tuvo que soportar, pero, como siempre, no podía hacer nada, sólo obedecer.

Por fin ha llegado la primavera y con ella el permiso para que Lucía salga de casa. El maestro se ha ido, en la ciudad se sabe, la niña está a salvo. Ante esa certeza, lo único que queda es recrear, en unos oídos generosos, todas las historias que el Dr. Atl le ha contado, imaginar con otra cómo sería ese universo que quizá no es tan real, quizá nunca existió, pero sería tan lindo que sí lo fuera.

Marcelita, su amiga de la infancia, ahora cambia de vereda, finge no ver que la saluda. Anastasia le voltea la cara con la furia del traicionado. Su única esperanza es Bertita, "Perdona que no te hable, mi madre me lo ha prohibido."

El desprestigio, "se dice que quizás...". Todos saben de la osadía de la niña, imaginan lo que pudo haber sucedido dentro de ese estudio, tras las cuatro paredes, en la intimidad de un hombre solo y una muchacha atrevida, irrespetuosa... ¿pecadora?

—La pintura es espantosa —concluye de un vistazo el tío Enrique—, no tiene definido el paisaje sobre el que está fundada y esos cabellos coloreados en azul y rosa, qué cosa más extravagante. Además, el artista no la firmó, seguramente no estaba conforme —fuma su cigarro, el veredicto es inapelable—. ¿Tienes de ese oporto que me ofreciste el otro día?

La reina descubierta por el Dr. Atl termina en el sótano, junto con las ilusiones de Lucía. "A ver si te fijas mejor con quién te relacionas", reprende el tío Enrique a la madre: "Tienes bastantes hijas casaderas como para darte el lujo de poner la reputación de una en riesgo y, con ello, la de todas las demás". Quizá ya es demasiado tarde.

Lucía vive en el aislamiento, el abandono. Fuera de casa ya no la invitan a tomar helado el domingo, ni siquiera a las obras de caridad en el Hospicio Cabañas. En casa se ha vuelto la personificación, el origen y el destino de todos los desprecios. Sus hermanas la culpan, algunas veces en silencio, otras a voz en cuello, si el muchacho que les gusta no las mira o se compromete con otra. "Seguramente pensarán que todas somos como tú, busconas". ¿Cuánto más tendrá que pagar por el atrevimiento de haber soñado?, ¿la vida?

El gran día

La casona afrancesada de avenida Vallarta, propiedad del tío Enrique, brilla en todo su esplendor. Al final de la escalinata, el portón principal desplegando sus dos alas recibe a los invitados vestidos a media pierna, plumas, cabellos muy cortos, chaqués. Todo el mundo esta ahí. Desde el techo, el candil de Murano transmite reflejos de diamante. Largas mesas con generosas viandas, ponche color rosado se sirve de una fuente de plata. En la sala principal, los invitados ya se congregan para festejar a los recién casados. Trinidad viuda de Solís, por fin se ha dado el gusto de ofrecer una fiesta de matrimonio acorde con su posición. Le tocó a ella, a Lucía, la torpe de sus hijas, la rebelde, la que se puso en peligro y las puso en peligro a todas.

—¿Cómo no festejar? —sentencia Trinidad al oído de su hermana Socorro— Lo bueno es que Manuelito acaba de llegar a Guadalajara y no es muy sociable, porque si se hubiera enterado de la historia del artista ése, seguramente no habría ni mirado a mi Lucía —dictamina y observa a su hija, con el placer del que por fin pone una nota aprobatoria.

Las compañeras del colegio y hasta las tías de la capital, aquellas que habían borrado a Lucía de su lista de amistades, todas aceptaron la invitación, sacaron sus collares de perlas, faldas a la cadera y, entre bromas y susurros, despliegan los labios rojo intenso tras la copa de champaña. Los invitados conversan, sonríen animados, excepto el novio, él sólo puede ver a Lucía, su hermosa esposa, qué afortunado se siente, ¿cómo le hizo para que una mujer así quisiera casarse con él?

La vida sigue...

Manuel ha resultado un marido trabajador y silencioso. La casa en la que viven sobre la calle Libertad es el lugar perfecto para unos recién casados llenos de planes: él se mira sentado ante una gran mesa, una tarde cualquiera, rodeado de niños que lo escuchan con atención y alegría. Ser lo que se dice un hombre de bien, cumplir como cristiano, como padre y como esposo. Lucía hubiera querido desear lo mismo, tenía que desear lo mismo, pero los lugares y las sensaciones que dibujó en su mente, tras el pincel de aquel artista, siguen ahí, dentro de ella, impidiéndole disfrutar esta felicidad tan cotidiana, esa que era la felicidad adecuada para una chica como ella.

Adormecida en el sillón de la ventana recrea desde el sofisticado refinamiento de Europa, hasta el aire limpio de las montañas. Se imagina dominando un paisaje blanco infinito. Ese mundo que vislumbró a través de los ojos de él, al que nunca volvió a nombrar y siempre lleva en el alma.

Un año y medio después de la boda nace Victoria: rubia, fuerte, exigente. La abuela, las tías aún solteras, todos han llegado a la casa de la nueva familia, le llevan pañales tela de ángel, le preparan guisos con alubias, buenas para la leche. Después de algunas noches en vela, el llanto de la niña que no para, Lucía sabe que aquel ser ha invadido, no sólo su cuerpo, también su tiempo y su mente.

Ya no entretiene las horas imaginando aquel mundo maravilloso, ya no suspira por los rincones, la niña le ha robado también eso.

Al ritmo de esa vida que crece, sus esperanzas comienzan a anhelar una salida a través de un cauce posible: su hija. A la niña le cumple todas las exigencias, como a una princesa, para que agarre fuerza, para que sea obstinada, poderosa y consiga lo que desea, para que sonría todo lo que ella nunca pudo sonreír, para que sea lo que ella no pudo ser.

Manuel pasa largas horas fuera de casa, ha perdido energía, no entiende para qué esforzarse si su mujer no ha logrado darle más hijos. Ella, indiferente ante la tristeza del otro, compra listones de colores para el cabello rubio de su pequeña y le manda hacer vestidos a la capital: con sedas francesas, encajes españoles.

El país convulsionado, los cristeros; "No hay viajes, no los habrá, confórmate", dice Manuel cuando Lucía, su mujer, se arriesga con algún sueño. "Tampoco hay más hijos, confórmate", calcula ella silenciosa, con un placer que no la sana.

La niña, cara angelical, vestido de organza blanco, misal y rosario en mano, al pie del templo, y Lucía tras de ella, con expresión de amargura. Manuel no entiende, parecía tan ilusionada con la fiesta de su hija, con el vestido y el desayuno al que irían todas sus amigas. No sabe que a su mujer el desconsuelo no le permite disfrutar; ese día se dio cuenta de que su vientre, pese a todas las prevenciones, otra vez está ocupado.

Ocho meses más tarde, después de un parto difícil, Manuel, enternecido, mira a su pequeña, la toma en brazos y le dice cosas dulces en voz muy bajita para que sólo ella las escuche: "Es un poco morenita, ¿no?", comenta la madre desde su cama, esta muy cansada para cargarla, pero no es importante, porque como si supiera que no tiene sentido, la niña apenas llora, desde pequeña es prudente, "un poco sin chiste", piensa Lucía al mirar sus ojos pequeños y su cabello castaño.

Victoria crece fuerte y acostumbrada al aplauso, Lucía quiere que aprenda a andar en bicicleta, comprarle pantalones, como las chicas europeas. Victoria va a viajar, Victoria va a ver el mundo, subirá las montañas y sentirá el viento en su cara. Mientras tanto, Raquel tímida y torpe, se joroba un poco al caminar, pese a que su mamá, cuando tiene ánimo de mirarla, la reprende y pregunta a su marido, con displicencia, de quién habrá heredado esa maña.

Victoria se casa a los diez y nueve años, la madre está complacida, el novio es un elegante extranjero. La llevará a Europa, le mostrará el mundo de la única manera en la que una mujercita decente puede hacerlo.

El vientre grávido de Victoria, la vida previsible de toda mujer casada: preparar el nacimiento, arreglar la casa, asistir a la iglesia. El europeo no tiene trazas de salir del país, ni siquiera al campo, ¿Viajar?, si Europa está destrozada, España pobre, ¿viajar? Ni pensarlo. Lucía no se da por vencida, los hermosos cabellos rubios de su hija, su piel satinada, esos ojos azul turquesa tienen que lograr todo lo que se propongan. Le sugiere que insista, que lo presione, él terminará aceptando, llevándosela lejos y, con suerte, también a la suegra. Quizá después de que nazca el niño, ofrece el esposo.

—El cordón umbilical está apercollado —asegura la partera, mientras Victoria, con el sudor y todos los músculos empuja esa vida, que por vivir la está matando—; tengo que abrirla, hay que quemar la navaja, hervir las hierbas.

—Eso es de indios —revira el europeo. Tiene miedo a todo. Son muchas horas de gritos ahogados, esfuerzo inútil y ese bebé que no nace. Necesita llevarla a un hospital, doctor, instrumental médico, asepsia, ellos sí podrán salvarla.

El coche se cae en un agujero que dejó la lluvia. Victoria grita, la máquina no marcha. El gemido cada vez más hondo, más quedo, triste, un charco de sangre pinta de rojo hasta la calle.

—Ya no se esfuerce Don, no hay nada que hacer —asegura el chofer.

Victoria se agita en un estremecimiento último, suelta las manos, se afloja completa.

La casa de los Alcázar Solís se ha vestido de luto. Después de la tragedia, el europeo se fue del país, dicen que de vuelta a España. "Todo es mejor que esta maldita tristeza", aseguran que dijo. Lucía, encerrada en una recámara con cortinas desplegadas, deja pasar su vida e ignora la de los demás. Está agotada, no quiere volver a soñar, no vale la pena, nada se cumple. Manuel se ha vuelto más oscuro, va a la oficina y trabaja lo indispensable, máquina despachadora sin entusiasmo, motor a media marcha.

Nadie ha visto a Raquel, ella va a la escuela todavía, está en el último año, regresa a casa, se asegura de que la nana prepare la comida de su padre, pero es ella misma la que lleva la charola a la madre, es a la única que acepta, por callada, porque no hace ruido ni con los platos. Le lleva sopa, le pide que se la acabe y algunas veces la convence.

Raquel sí quiere vivir, pero es ese olor a muerte, ese sabor a tristeza y soledad que se ha impregnado en cada uno de los muros, en los tapices y las ventanas, lo que la sofoca. En la escuela no tiene problemas, las monjas del Sagrado Corazón en el colegio de avenida La Paz, la aprecian, la invitan a organizar a sus compañeras para las ofrendas a Mater y festejan sus buenos resultados en matemáticas. Sin embargo, llega a casa y vuelve a ser la callada, la prudente, la que no hace ruido ni con los platos.

—Aunque sea ven tú a recoger las cosas que ha dejado la abuela Trinidad para tu madre, tan ingrata —le instruye la mayor de sus tías, que, como las demás, también es soltera.

Raquel obedece, sabe que si ella no va, nadie lo hará. Su madre ha estado encerrada por años, ni la enfermedad ni la muerte de su propia madre la sacaron de ese aislamiento, y a su padre no le interesan esas cosas.

—Y trae unos cargadores, porque te llevarás algo pesado —aclara la tía con una malicia oculta, como si le estuviera reservando una sorpresa desagradable.

Un juego de te de plata, traído hace muchos años de Taxco. Las fotografías de la abuela Trinidad, con su vestido negro y su expresión de "no cabe nadie en este espacio" y, para terminar, empolvado, atado con mecates y envuelto en colchas viejas, un enorme cuadro. ¿Será una virgen?, ¿un paisaje? La tía no quiso explicarle.

—Sólo llévatelo y no preguntes.

Con los pantalones tipo pescador, tan de moda entre las chicas de su edad, y la blusa cuello en V que rescató de las ropas olvidadas de su hermana, Raquel desempaca las pertenencias. La fiel nana de toda la vida, le ayuda en la tarea.

Deshace los mecates, descubre las colchas y su asombro no tiene medida, corre las cortinas, necesita más luz para apreciarla, nunca ha visto una imagen tan hermosa, ¿por qué no sabían de su existencia? Es la nana que, con el mismo asombro, levanta las manos al cielo, junta las palmas y con espanto afirma: "Pero Raquelita, mi niña, ¿quién te hizo esto sin que nos diéramos cuenta?".

Raquel quiere detenerla, explicarle que ésa, evidentemente, no es ella, que es su madre, pero no hay caso, la nana está asustada, sorprendida. ¿Brujería?, ¿magia? Se agita, corre de un lado al otro.

—Hay que salpicar el agua bendita, agitar las palmas de Domingo de Ramos —se abalanzó hacia la puerta, desde donde pende un manojo de ramas secas—, corre niña, no te quedes ahí.

Raquel ríe a carcajadas al mirar la agitación y el miedo de la nana. Abre las ventanas; entre tanta alteración, hasta el polvo acumulado se levanta, como reclamando el olvido.

Asombrado por el bullicio en su propia casa, Manuel, su padre, intenta comprender qué sucede, entra a la sala y mira por primera vez a su hija, como si le hubieran apuntado un reflector sólo a ella, está crecida, ¿por qué no se había dado cuenta de que ya es una mujercita? Después se detiene en la pintura, el parecido es asombroso, no conocía ese retrato, pero sabe de quién es, no hay duda.

Lucía, por fin, sale de su habitación. El alboroto, la risa, la luz que entró de repente a la casa la impulsan, como succionándola de su oscuridad. ¿Qué sucede?, quisiera preguntar, pero no lo hace, no alcanza, en cuanto mira nuevamente esa imagen, causante de sus sueños estériles y del miedo de su madre, la que la llevó al encierro y a la locura, una sensación de futilidad, de pérdida, quiere volver a invadirla, pero más hondo aún, la certeza de que no hay esperanza, nada que hacer, la existencia, como dice la oración que le enseñaron las monjas, es un valle de lágrimas.

Raquel la ve llegar con sorpresa, con miedo, quiere que la nana se calle, que deje de esparcir agua bendita por toda la sala. ¿Se habrá equivocado al ir a recoger esa herencia? Es Manuel quien aprovecha la oportunidad de esa tregua e intenta rescatarla, mirándola, la ha mirado siempre, sabe lo que su alma pena y no quiere dejarla ir, no todavía.

—Mira, Lucecita mía, mira a tu hija, ¿no te parece que es igual a ti?, ¿a la imagen de la pintura? —y sin imaginar lo certero de sus palabras, o quizá porque en el fondo sabía lo que su mujer necesitaba, añade la frase más definitoria, esa que iluminó el destino de su mujer y selló el de su hija—: "es como tú, como la pintura, una reina, una reina que se comerá el mundo a puños, ¿no lo crees?".

Los ojos de Lucía se iluminan. Raquel, que nunca se sentirá tan hermosa como su madre, también cree en la bendición de un nuevo rumbo, *eleva el pecho, levanta la barbilla con dignidad, con gallardía, como si ésa fuera su pose habitual*, y sabe, a partir de ese momento, lo que tiene que hacer.

David

Nada más atravesar las puertas corredizas del hospital, David quedó paralizado: Afuera de terapia intensiva se topó con sus cuatro hermanos, abrazados unos a otros, consolándose, rodeados de las sillas azules, los muros blancos, el sonido repetitivo y atiplado de las máquinas de hospital. Ahí estaban unidos ellos cuatro, y David... del otro lado del barranco.

Camilo abrazaba a Lucía, que no dejaba de llorar como pajarito a punto de deshacerse, mientras ponía la mano sobre Blanca, quien con los hombros caídos recargaba la frente contra la espalda de Lucía, quizá quería calmarla o quizá quería que siguiera llorando —Lucía lloraba por todos—, mientras Aurora, en un gesto inusual en ella, se había unido al grupo, los cercaba con sus brazos y entre los cuatro formaban un núcleo, un salvavidas que los protegía de perderse en ese laberinto de dolor y desamparo que provoca la orfandad, incluso en la edad adulta. Ellos estaban unidos, consolándose unos a otros, apoyándose como siempre. En un primer momento, David se sintió responsable, ¿por qué no había llegado antes? Pero un segundo después, viéndolos así, juntos ellos y afuera él, se indignó.

El viento helado corría de la calle hacia el hospital por la puerta que David, sin percatarse, no dejaba de accionar con su cercanía, y es que no conseguía dar dos pasos más y entrar de lleno a esa pequeña recepción del hospital. Se quedó congelado, como el que llega inconsciente a una ceremonia sin ser invitado y, al descubrir su impertinencia, no puede más que quedarse inmóvil, pretender que no está ahí, desear desvanecerse para no molestar.

—Por favor, señor —le gritó la recepcionista con el cabello engomado implacable en una cola y las cejas muy oscuras—, hágame favor de alejarse de la puerta, el mecanismo se puede arruinar.

Aturdido, David dio los dos pasos que le faltaban para entrar de lleno al espacio. Ningún hermano lo había visto todavía. Consultó su celular para entender si le habían llamado y él no escuchó, quizá le habían enviado un mensaje: "ven, te necesitamos". O, "ven, papá está mal". Nada, nadie lo buscó. Deseaba tanto que uno de sus cuatro hermanos hubiera pensado en él para estar presente en ese momento. No podía entender cómo lo habían olvidado. "Éste era nuestro momento", se dijo con la impotencia del que sufre una injusticia.

El dolor tibio y sereno por la muerte del padre anciano tomó, por ese gesto, el tono amargo del desprecio, del abandono. ¿Reclamarles su falta de consideración? Era inútil, si ellos no lo necesitaban, él tampoco los necesitaba a ellos. ¿Acercarse para compartir ese abrazo? No, no había lugar ahí para él. A cambio, con un ligero temblor y algo de premura, se limpió dos lágrimas que, en contra de su voluntad, se le escaparon. Deshizo sus pasos hasta llegar a la calle y, deseando que tanta emoción se le saliera de una vez del cuerpo, golpeó con el puño cerrado una columna de la entrada y ni siquiera se dio cuenta de que la piel de los nudillos se le levantó por el impacto.

Caminó tres cuadras con energía, violentando el silencio de la madrugada por la fuerza de sus pisadas. Unos minutos después regresó con una respiración más serena, sabiendo lo que tenía que hacer; había tomado de su auto el archivo con los documentos de seguros y funerarias, que ya tenía preparado. Él se encargaría de todo, como tantas veces, pero en esta ocasión, a diferencia de otras que hacía las cosas porque podía o porque quería, sabiendo cuál era la recompensa, lo hacía de la forma más peligrosa con la que se puede entregar un servicio, lo hacía con el rencor del que quiere enseñar una lección. No para ayudar, sino para mostrarles a los otros su incompetencia y, si se puede, hacerlos sufrir, al los otros, a sus hermanos.

Hasta ese momento Blanca lo vio y, limpiándose las lágrimas, caminó hacia él, parecía más pequeña que hacía apenas unas horas cuando había entrado al hospital con el retrato de la abuela. Quiso acercarse, abrazarlo, pero David no lo permitió; con más determinación que ternura, le palmeó la espalda dos veces y dirigió su mirada y toda la atención a la funcionaria del hospital que había llegado y a cierta distancia esperaba contactar con alguno de los parientes del difunto e iniciar los trámites.

Blanca, atrapada quizás en sus emociones, inconsciente de que había un universo a su alrededor que seguía girando, regresó con los otros para continuar su duelo. David la miró con desprecio, calculando que ella bien podría ofrecer su ayuda, ver qué era lo que se necesitaba hacer con el padre muerto. Pero no, todos contaban con él para esas cosas.

Protegido entre las tres hermanas, Camilo levantó la mirada, seguramente quería entender quién se encargaría de todo, o más bien, constatar que David lo haría, y fue quizás al verlo hablar con las ejecutivas del hospital, que Camilo se relajó, volvió al abrazo fraterno, aflojó el cuerpo. David lo sabía, su hermano evadía toda responsabilidad.

Nada que esperar de Lucía, acostumbrada a hacer de sus afanes el centro único del universo, ella no iba a pensar en David. Fue cuando recordó con rencor como él le había recomendado que mantuviera su teléfono a la mano, para llamarla si algo se ofrecía. Estaba furioso, ¿porqué nadie le había llamado a él? La amargura de David no se detenía, necesitaba salir, como nunca antes, buscar culpables, acusarlos: miró a Aurora, ¿qué habría hecho mal para que el padre terminara muerto?, ¿se habrá equivocado de hospital?, ¿de doctor?

Fue Aurora por su manera de manejar la emergencia; o fue Camilo con su pasividad; o Blanca y su camioneta destartalada, no podría haber llegado más lejos, a un hospital mejor; o Lucía, que no era capaz de tomar un teléfono por nadie. Todos tenían la culpa. Su padre estaba muerto porque ellos no habían sabido cuidarlo, porque ellos no habían hecho su parte, y no sólo él, como siempre. No tenía caso seguir haciendo cuentas, David se encargaría de los trámites necesarios, como siempre lo había hecho, como si a él no se le hubiera muerto el padre y no necesitara consuelo, ni apoyo; un núcleo cerrado para llorar por la historia compartida que también moría.

—Disculpe —se acercó la misma enfermera de gruesas carnes y uniforme amarillo—, necesitamos que se lleve la pintura que trajeron a la sala de terapia intensiva —maestra de primaria que mira a un alumno irreductible y enfatiza—: Ahora. No puedo terminar mi turno con ese objeto en la sala.

El retrato de la abuela Lucía. Nadie se había acordado. Seguramente era David el único con cabeza para arreglar también eso, quien transportará el retrato de la abuela Lucía, con todas sus cargas: Don David mirándola en las mañanas, conversando con ella. Su madre, que cuidó tanto esa imagen. "¿Quién crees que sería el favorito de doña Raquel para que conservara el retrato de la abuela?"; le había preguntado Livia insistente hacía apenas unas horas, y ahora la respuesta que conocía, pero no le dio a su mujer, le daba ánimos, lo reforzaba a hacer lo que tenía que hacer.

Como el jugador de ajedrez que desliza una pieza diseñando mentalmente las próximas tres jugadas y proyectando así el jaque mate, le hizo una señal a Blanca para que se acercara, ésta, con la docilidad de la niña abrumada por algún castigo, no dudó en seguirlo.

—Dile a Aurora —Blanca, que se limpiaba la nariz con los restos de un pañuelo doblado siete veces, intentaba ponerle toda la atención— que yo mandaré a alguien para recoger el retrato de la abuela Lucía.

Blanca asintió, expectante, parecía que hubiera querido preguntarle: ¿es todo lo que quieres decir?, pero no lo hizo, quizás en el fondo agradecía que no le pidieran más cosas. Inconsciente, fue con su hermana mayor y le pasó el recado, así como ella lo había entendido:

—Que dice David que él manda el retrato de la abuela Lucía a tu casa, que no te preocupes —Aurora escuchó a Blanca, levantó la cara, miró a David a la distancia y continuó en el abrazo. Todos los hermanos menos David.

Eso no fue lo que dijo David, pero él no estaba interesado en aclarar sus intenciones, tarde o temprano sus hermanos sabrían que él se quedaría con el retrato de la abuela Lucía. Aunque se revolcaran de furia. Eso era lo justo y no le importaba lo que pensaran si no eran capaces de ver todo lo que él había hecho por ellos, por la familia. David no se los iba a explicar. Ya había muerto la madre, ahora el padre, ya no tenía caso hacer nada más. Sólo buscar justicia.

David organizó el funeral más fastuoso que pudo: encargó enormes ramos de lirios, azucenas y crisantemos, colocados en jarrones con pedestales que lo acompañaron durante el sepelio; otros para la iglesia y otros más durante el entierro. Mandó abrir varias salas conjuntas de la funeraria y seleccionó la opción de refrigerios varios para ofrecer a los que llegaran, amigos y parientes, a dar el pésame. La iglesia popular del momento, San Juan Macías, sobre avenida Acueducto, fue la que Livia consiguió hablando con el padre Juan P., y gracias a una contribución extraordinaria se aseguró de que le dieran la hora que deseaba "Salió un poco cara, pero vale la pena", le explicó Livia, "son las misas de don David, él se merece esto y más".

Un coro de cámara con 12 participantes llegó de la Ciudad de México para la misa de cuerpo presente, y otro coro local de 25 jovencitas estuvo en el posterior triduo de misas. Cadetes con uniforme de gala harían su entrada triunfal llevando el ataúd —de maderas preciosas— al sepelio y a la misa de cuerpo presente. Agradecimientos con fotografías de don David de joven y más flores. Ni qué decir de la cripta y el letrero de bronce y las posteriores flores frescas, que se refrescarían cada semana durante el primer año. David aceptó todo lo que le propusieron en la funeraria, porque ninguno de sus hermanos se aproximó para ofrecer su ayuda o su dinero, y mucho menos para preguntar: ¿quién va a pagar?

A sus hermanos les avisó por medio de un correo electrónico, informándoles de fechas y lugares. Sólo le habló a Lucía, porque, como Livia le recomendó: "tienes que asegurarte de que llegue a tiempo. Ella es como la cara pública de tu familia", le explicó, con esa claridad que tenía para hacer muy bien cualquier evento social.

Todo salió como lo había planeado; sin embargo, la conciencia de la pérdida y las lágrimas no llegaron para David, ni en el momento del funeral ni por los abrazos de amigos ni por el llanto de sus hijas ni siquiera en la intimidad de la noche, de ninguna noche. Como si el duelo se hubiera atascado en las puertas corredizas del hospital, taponeado por ese abrazo fraterno al que él, no estuvo invitado.

La mañana de la última misa, cuando Livia le propuso organizar una cena en casa, "Comúnmente se reúne la familia después de la última misa", David se negó rotundo, y para evitar darle más explicaciones y que no insistiera, le informó que era momento de colgar el retrato de la abuela Lucía, "Seguramente lo tendremos aquí mucho tiempo y hay que cuidarlo bien", declaró sin extenderse en explicaciones, y Livia no pudo ocultar la emoción. Sin preguntar más, al día siguiente mandó poner una lámpara especial en el muro principal de la sala para iluminar la actitud soberbia de la abuela Lucía, el azul noche de su blusa y las manchas rosa de su cabello negro.

Fueron necesarias tres semanas después de la muerte del padre para que uno de sus hermanos le diera la oportunidad de supurar su amargura. Veintiún mañanas ocupadas, tardes calurosas y noches ante el retrato de la abuela Lucía, imaginando a Aurora, Camilo, Lucía o hasta a Blanca, consolándose unos a otros, llamándose por teléfono, apoyándose. Casi un mes en que alimentó la certeza de haber sido rechazado, víctima de una injusticia.

Aurora fue la primera en contactarlo. Hasta esa llamada indignó a David porque, como bien le había hecho notar Livia, siempre que uno de sus hermanos lo buscaba, era sólo para pedirle un favor, en esa ocasión, para pedirle el retrato de la abuela Lucía. Aurora, inconsciente de lo que se estaba cocinando en el ánimo de su hermano, hasta le propuso si no quería que fuera ella a recogerlo utilizando la camioneta de Blanca.

—Fue ella la que nos metió en este problema, ¿no? Yo le hablo, no sé cómo estará, con esta tristeza que nos tiene a todos tan descompuestos, pero no me importa, la voy a obligar a que venga por mí y me lleve a tu casa, ¿te parece?

—Entiendo —respondió David tratando de disimular la amargura—, tú y mis hermanos seguramente han hablado de esto —le explicó, saboreando la granada que estaba a punto de lanzar—; imagino, no lo sé.

—Pues no creas que nos hemos buscado. ¿Sabes? —aclaró Aurora, pero David no la escuchó, porque ese comentario no tenía nada que ver con el escenario que tenía tan bien fabricado, por hechos y suposiciones. Inconsciente del malentendido, Aurora continuó—, hoy me di cuenta de lo mucho que me falta el retrato. Si pudiera hablar con ella, quizá me sentiría menos sola. Como papá —le explicó riéndose de su propia insensatez, ajena a la deuda que ya tenía vencida con David.

Los argumentos en David se desplegaban a toda prisa, reafirmaba su indignación, la injusticia de la que había sido víctima, porque si Aurora hubiera mostrado alguna señal de interés, de preocupación por el hermano, algo así como: "Acá estábamos todos y quisimos llamarte", o "¿tu teléfono está desconectado?, porque no te hemos encontrado en días". Pero nada, David estaba seguro de que Aurora y los otros tres no tenían la menor intención de tomarlo en cuenta, de compartir con él, o, por lo menos, como decía Livia, de darle su lugar de hermano. Eso molestó más a David.

—A ver, Aurora —comenzó a explicarle con objetividad notarial—, se presenta una situación especial con esa pintura y creo que como hermano mayor y como albacea del testamento de mi padre, tengo la obligación de asegurarme de que toda esta repartición se realice de manera legal.

—¿Se presenta una situación especial con esa pintura? —Aurora repitió la frase lentamente queriendo, quizá, calibrar su significado. Mientras David, al percibir la tensión que se despertó en la voz de su hermana, dibujó una sonrisa ligera, la de la revancha que ya llega—. El retrato de la abuela Lucía es mío, tú y todos mis hermanos lo saben, ¿Qué tiene que ver el testamento?, el retrato nunca ha entrado en el testamento. Mi mamá me lo regaló a mí —Aurora hablaba con prisa y espanto.

—Como te comentaba, tenemos diferencias en cuanto a ese bien en particular —David mostraba armas: ningún argumento sentimental, ninguna promesa, aun viniendo de su madre a la que tanto había querido, serían suficientes para quitarle el gusto de aplicar la ley, de hacer justicia—. La pintura de Gerardo Murillo tiene un valor sentimental y económico que mi madre, en sus últimos momentos, no supo aquilatar, y en una manifestación evidente de demencia senil intentó deshacerse de ella.

—¿Qué?, ¿demencia senil?, ¿de qué hablas? —la voz le salió profunda, como si toda la energía se le acumulara en el centro del pecho y, más que salir, la sofocara. David lo sintió y se puso en guardia.

—Sí, demencia, hay mujeres que en un instante de locura abandonan a sus hijos y después mueren de dolor por recuperarlos, ¿nunca has escuchado de esos casos? —preguntó David para bajar la tensión— Claro que has escuchado, pero no te preocupes, porque la ley las protege a ellas. Pues hermana, la ley también nos protege a nosotros. Además, no sólo por ley, sino por la más mínima cordura, no podemos darle garantía a la donación verbal de un objeto tan valioso.

—Tú estabas ahí cuando me la regaló —el llanto distorsionaba sus palabras—. Los cinco estábamos ahí y mi madre no era una anciana cuando murió, ni estaba loca, ella sabía lo que hacía.

David no se detendría a recordar aquel momento. Estaba seguro de que su madre estaría feliz si él se quedara con el retrato de la abuela, además, tenía la ley de su parte y un hambre de justicia que lo hacía ver todo con mayor claridad.

—David, tú redactaste el testamento de mamá —aseguró Aurora asustada, quizá querría acusarlo de haber hecho trampa, aprovechar su posición de abogado, para sacar una ventaja de la herencia. David nunca permitiría que se dudara de su ética profesional.

—Entiende, Aurora —aclaró, subido ya al tren de la indignación, como su hermana—, la existencia de esa pintura no estaba estipulada en el testamento de mamá, porque la pintura no era sólo de ella.

—Claro que era de ella, ¿de quién más?

—La sociedad conyugal de nuestros padres se estableció en el régimen de bienes mancomunados. El retrato de la abuela Lucía también era de nuestro padre, no lo olvides. Ése es un aspecto importante del juicio testamentario que tenemos que considerar —el tono familiar y el lenguaje legal se mezclaban—. La pintura, que adornó la sala de su casa por más de cincuenta años, pertenece a la masa hereditaria junto con todas las posesiones de los dos y, como albacea, es mi obligación asegurarme de que sus bienes sean repartidos justa y equitativamente.

—¡No, no puede ser! —exclamó Aurora con la vehemencia del necio que quiere que, por su sola voluntad, cambie la realidad— No puede ser lo que me estás diciendo, no te entiendo, ¿tú también?

—Cuando quieras te lo explico con la ley en mano y te señalo los artículos en los cuales me estoy basando —David ya estaba molesto, ese ¿tú también? lo ponía en el lugar de Lucía y su obsesión insensata por el retrato. La actitud de él no tenía que ver con esa locura. La razón y la justicia estaban de su parte y las defendería.

Sobre todo, la justicia.

—La pintura es mía. Me la dio mamá a mí, sólo a mí —desesperada, lanzó—: Es lo único que me dio en la vida, ¿que no entiendes? —para David eso era un vulgar chantaje en el que no caería.

—Pues mira, hermana —acopio de paciencia, nuevamente el placer de ponerla en su lugar—, me da pena que pienses que nuestra madre lo único que te dio en la vida fue un objeto. Por otro lado, lo que tú estas diciendo es una falacia y no puedo considerarla para definir la repartición de sus bienes. De acuerdo con la ley, no puede ser válida esa donación verbal, debido a que el valor económico del mueble excede por mucho los límites de esa figura. Puedes informarte, si no me crees. Por lo pronto, termino esta discusión porque no nos va a llevar a ningún lado y te busco en unos días para darte las fechas que necesitas tener —ahí venía el segundo golpe, éste ya no le dio tanto placer, se le apretó un poco el corazón porque sabía el dolor real que estaba a punto de causarle a su hermana, pero eso no lo detuvo— para recibir a los valuadores y a la corredora que venderá la casa.

—¿Venderás la casa? —repitió Aurora con una voz apagada, de ratoncito arrinconado. Quizá nunca había pensado en la posibilidad de salirse de la casa de Pinar de la Venta. Pero ése no era problema de David, Aurora no podía usufructuar los bienes de la familia, como si fueran sólo de ella— ¿Qué voy a hacer yo?

—Pues no sé, tienes que empezar a buscar en dónde vas a vivir —esto ya no era tan divertido.

—Pero, ¿no podemos esperar algún tiempo? Tengo que arreglar mis finanzas, pedir un préstamo.

—No podemos esperar. Está estipulado en el testamento que el valor de ese inmueble se tiene que dividir entre los cinco hermanos, y como hay algunas deudas que liquidar antes de empezar a repartir, como, por ejemplo, unos préstamos que pidió y... —aquí se detuvo para soltar el tercer golpe, tenía la justicia de su parte y, sin embargo, ¿por qué le dolía hacerlo?— y el costo de los funerales de papá.

—¿Los funerales de papá?,¿eso lo vamos a pagar nosotros? —su voz tenía la fragilidad de quien está parado al borde del abismo, a punto de ser lanzado, ya no exigía, no demandaba como hacía sólo unos segundos.

—Claro —respondió natural, sin dar explicaciones, sin burlarse con un ¿crees que lo iba a pagar yo todo?—. Ya te buscará, para ir a la casa a valuar algunas cosas que creo serán un buen aporte para vender y liquidar todas las deudas que dejó papá.

—Eres un traidor, no sólo me robas, también me deshaces la vida —gritó Aurora—, estoy segura de que nuestros padres, allá donde estén, tampoco lo entienden —y sin esperar respuesta terminó la llamada.

Quizá fue el tono de voz, quizá fue el grito impotente que escapó entre cada sílaba, quizá la certeza de que conocía la profundidad del dolor que le estaba ocasionando a su hermana, pero David, por un momento, sintió vergüenza.

Sin saber por qué recordó la casa de Pinar de la Venta, el pastel de cumpleaños de cuando tenía doce años: lo prepararon su mamá y sus hermanas. Era blanco con betún de merengue, su favorito. Mientras, su papá y Camilo veían la televisión y cuando él llegó del entrenamiento de futbol, lo sorprendieron cantando las mañanitas, muy descoordinados y tuvieron que parar para volver a empezar, mientras David, que estaba tan cansado y no lo esperaba, hizo un gran esfuerzo por controlar el llanto, porque los niños de doce años ya no deben llorar de emoción.

Durante la llamada, David se defendió de la sensibilidad de su hermana, con la dignidad de aquel que se sabe superior moralmente; sin embargo, algo lo dejó incómodo, y no fueron los argumentos que esgrimió Aurora, fue el tono de voz desesperado que utilizó para ofenderlo, el dolor que transmitió a través del teléfono, lo que dejó a David conmovido, y tras unos días ya empezaba a aflojar, empezaba a pensar que quizás había otra forma de hacer justicia, quizás ellos no lo apartaron intencionalmente, quizás era cosa de volver a empezar las mañanitas, como cuando tenía doce años, pero llegó Camilo a su oficina, tan relajado y feliz, mostrándole lo que él ya había intuido, lo que tanto temía, que los cuatro estaban de acuerdo, que se unirían para pelear contra él, que ganaría el mejor.

David era el mejor y se los demostraría, aunque ya no estuviera la madre para aplaudirlo.

Lucía

"Hoy, más que nunca, te pareces a tu abuela Lucía", declaró el tío Enrique a modo de condolencia, al tiempo que la miraba con admiración, la besaba y daba paso a otro de los asistentes, que también quería saludarla.

El cuerpo embalsamado de don David, dentro de un féretro de maderas preciosas, fue el pretexto para que amigos, conocidos y curiosos se reunieran para hacerle un último homenaje al papá de los hermanos Martínez Alcázar.

—Espero que hayas tomado nota de la hora en que tienes que estar presente en la funeraria —le informó David, por teléfono. Su tono cortante no molestó a Lucía, sabía lo tenso que podía ponerse cuando le tocaba hacerse cargo de algo de la familia.

—Por supuesto —respondió al instante—, allá nos vemos —bailarín atento a la señal para salir a escena.

—Estoy seguro de que no te tengo que explicar cuál es la importancia de tu presencia. Llega puntual—dijo David—, eso es lo que mamá y papá hubieran querido, ¿no te parece?

—Allá nos vemos —David no tenía nada de qué preocuparse, Lucía estaba lista, su vida entera estaba adecuada para estos momentos.

Maquillaje ligero, las pestañas risadas, los labios bien delineados, el vestido negro profundo, dos vueltas del collar de perlas, medias negras y esos zapatitos de tacón, le conferían la elegancia austera de una reina en duelo, pero era, quizás, esa tristeza larga en sus ojos, esa sonrisa suave, melancólica, lo que provocaba en Lucía el efecto frágil y lejano que, enmarcado en su rostro perfecto, nadie podía dejar de admirar.

Todavía no había llegado el féretro y en la funeraria ya no cabía más gente y cada persona que llegaba, tarde o temprano, se dirigía a Lucía. "Soy compañero de Camilo, de la escuela", le decía un hombre de barriga protuberante y que aparentaba mucha más edad que su hermano. "¿Te acuerdas de mí?", "Claro, ¿cómo está tu familia?", respondía Lucía, que no sabía con quién estaba hablando, pero no importaba, sólo había que ser amable, ser ella y estar ahí.

Los hijos de Lucía, Juanca y Juan Ignacio —Juan Manuel se había sentado junto a su tía Blanca—, la custodiaban como guardias suizos, mientras la madre, reina recibiendo a su corte, saludaba con cordial desdén a cada visitante.

Juan Carlos, su marido, no estaba en la funeraria; muy temprano en la mañana salió de casa, pero antes de arrancar su auto y a toda velocidad escapar, entró al cuarto de Lucía para explicarle que necesitaba ir al aeropuerto, que tenía una emergencia, al tiempo que le daba un beso apresurado, terminaba de cerrarse la camisa y salía casi sin peinarse, él que tardaba largos minutos aplacando su cabellera poblada de remolinos. Lucía nunca lo había visto así, desarmado, ansioso; sin embargo, él le pidió que no se preocupara, que llegaría a tiempo. Lucía no tenía tiempo de preocuparse, ella sabía que necesitaba toda su energía para estar ahí, saludar, sonreír, agradecer y, junto con todas esas personas, despedir al padre.

Llevaba más de tres horas recibiendo a las amistades. Algunos saludaron brevemente, nada más una frase sencilla, un abrazo; otros se detuvieron a conversar, con la idea quizá, de distraerla:

Lucía escuchó sin interés que hacía pocos días habían secuestrado a un amigo suyo, pero que fue liberado pronto. También supo de la muerte de otro amigo de su padre, apenas dos días antes.

—Ya lo van a traer —se acercó Blanca y dijo en voz baja, para que la escucharan Lucía, sus hijos y, quizá también, para que las personas que continuaban esperando en la fila para saludar a Lucía, le dieran un poco de espacio.

—¿De dónde sacó David a estos militares —preguntó Blanca, con expresión de asombro —¿Y por qué?, si papá no fue militar.

Lucía no respondió, en realidad, ella no se hubiera dado cuenta de lo extraño de su presencia, si no es porque Blanca se lo hacía notar. Lucía sólo podía calcular que, por fin, descansaría un momento de tanto saludo de condolencia, de tantas personas diciendo cosas que a ella ya no interesaban; sentarse por lo menos el tiempo que dura un rosario, o acercarse al féretro, sólo quería que nadie le hablara, pero Blanca no lo entendió así, y aprovechando quizás, esa efímera complicidad con su hermana, comentó:

—¿Y Juan Carlos dónde está? Mira que dejarte sola en estos momentos. No me digas que está trabajando. Él que es como Mr. Perfecto para todo. ¿Dónde está cuando más se le necesita?

Lucía no había dado explicaciones respecto a la ausencia de su esposo, ni pensaba darlas. Estaba ocupada siendo lo que se esperaba de ella, pero ante ese comentario descalificador, viniendo de Blanca, esa hermana a la que no le importaba nadie más que ella misma, que mandaba al carajo al mundo y de la que sólo se esperaba lo mínimo y aún así, se atrevía a juzgarla, se enfureció:

—¿Mr. Perfecto? —repitió apretando los dientes, con la espalda recta como tabla, al tiempo que giraba la mirada para fulminar a su hermana.

—Perdón —Blanca tartamudeó—, perdón, hermanita, es que ya sabes, son bromas...

—¿Quieres que yo te diga como llamamos a tu marido? —mintió, Lucía nunca se había detenido tanto en Antoine, el Francés, como para inventarle un nombre.

—Quiero que sepas que estoy contigo —declaró veloz, temiendo quizá no tener tiempo de decirlo, o, quizá sin saber cómo decirlo—, sólo quiero apoyarte, no te enojes.

—¿Quién te dice que yo necesito tu apoyo? —Lucía miró a Blanca, la que escogió al más inadecuado de los galanes y su madre había muerto descalificándola por ello. Blanca, a la que todos, de algún modo, toleraban porque no les quedaba otra, con sus excentricidades y sus ideas alocadas, ella, la problemática, se daba el lujo de juzgarla— Mejor atiende tus asuntos, que mucho tienes que arreglar, para andarte metiendo en lo que no te importa. —Con los ojos abiertos de desconcierto, Blanca ya no dijo más, sólo se alejó, comiéndose las uñas, como lo hacía desde niña.

Probablemente por ese pequeño enfrentamiento con Blanca, Lucía se sintió poderosa y pudo acercarse a él, en esa caja, atrás del cristal que separa a los vivos de los muertos: los ojos cerrados, la piel rígida, la expresión entumida, en la que ya no vibra ninguna emoción. Cómo le hubiera gustado llorar, pero no podía, ni siquiera el impulso, era como si sus emociones estuvieran encapsuladas en un compartimento, lejano, muy lejano de su conciencia y, en ese momento, sólo la espalda recta, sólo la sonrisa medida, sólo el silencio la sostenían.

—Lucía, ella es Charito —llegó Camilo acompañando a una señora mayor vestida con un saco muy holgado para su cuerpo encorvado. El cabello corto peinado hacia atrás con goma y la mirada suave de quien se concentra en lo bueno, lo agradable, lo limpio—, quería conocerte.

La pausa terminó, Lucía salió de ese estado catatónico en el que encontraba descanso, sacó el pecho, levantó la barbilla, con dignidad, con elegancia, como hacía desde muy pequeña, sin que nadie le enseñara.

—Siento mucho la muerte de tu padre —dijo la señora, posando en ella esa mirada especial, y Lucía sintió la empatía que no había sentido en toda la jornada, en muchas jornadas, como si ésa fuera la primera vez que alguien, en verdad, la estuviera acompañando en su dolor, en todos sus dolores—, trabajé con él muchos años en la constructora, era un gran ser humano —la mirada seguía penetrando paciente, cálida.

Lucía no pudo responderle porque la cabeza comenzó a darle vueltas y casi pierde el equilibrio, si no es porque Juanca, su hijo mayor, la detuvo para que no cayera.

—Vamos mamá, siéntate un momento, has estado parada horas. Descansa —decidió, y con la ayuda de sus hermanos abrieron paso, la sentaron en un sillón y se pararon estratégicamente para que ni Charito, ni nadie más se acercara.

—Lo que yo no entiendo —le dijo Juan Ignacio a Juanca— es por qué mamá es la única que recibe condolencias.

Juanca levantó los hombros, quizás él también tenía la misma duda.

—Fíjate —continuó Juan Ignacio—, el tío Camilo, escondido en ese rincón, parece que está en una fiesta, con sus amigos contando chistes. Sólo salió para traerle alguien más a mamá y regresó a su guarida. Y la tía Aurora, allá cercada por un tendedero de uniformes de hospital. La tía Blanca a veces se acerca a esta zona, pero está más tiempo con sus amigos.

—Como si estuvieran huyendo unos de otros para no encontrarse —dijo Juanca, con el asombro de quien descubre algo—. Quién sabe si esos hermanos se ven, quizá se suelten a llorar juntos y mejor prefieren ni tocarse.

—Pues sí, pero le dejan todo el trabajo a mamá —concluyó Juan Ignacio, indignado.

Quizá fue esa idea la que motivó al hijo mayor de Lucía y, sin pensarlo, propuso a la madre:

—Mamá, ¿no quieres que nos vayamos? —Lucía negó con la cabeza, y el hijo, disciplinado y severo, no volvió a insistir.

La muerte de su padre provocó un dolor profundo, un dolor que, por sí solo, dejaba seco su corazón. Sin embargo, ese golpe duro pero esperado, le ayudó a sacar esas otras penas, golpes de la existencia, que estaban esperando a amargarla si no los dejaba ir. Fue cuando llegó a las puertas de terapia intensiva, en esa estancia con piso plástico, sillas azules y puertas corredizas, justo al mismo tiempo que Blanca, y supo que él ya había muerto. No fue necesario que nadie les explicara, sólo ver a Aurora y a Camilo, con aquella expresión espantada, de la pérdida que no se alcanza a dimensionar, incapaces, cada uno en su ausencia, de liberar la angustia que los paralizaba.

Lucía y Blanca reaccionaron con el mismo impulso, como cuando eran niñas que no necesitaban ponerse de acuerdo, ellas sólo sabían y así se dejaron ir, abrazaron a una y al otro, formando un solo núcleo, y en aquel espacio cerrado al mundo fue donde todas las lágrimas de Lucía se dieron permiso de salir, sin medida, sin miedo, porque podían hacerlo, porque en ese abrazo fraterno estaba segura.

—¿Y papá por qué no vino?—preguntó Juan Ignacio ya en el coche, camino a casa.

—No sé —respondió Lucía, y Juanca la miró por el retrovisor.

Lucía sabía que ésa era, quizá, la respuesta más auténtica que había dado durante ese día, en que le habían hecho tantas preguntas ¿Dónde está? Ella no sabía, lo mejor era no imaginar, no hacer cálculos.

Después de aquel episodio de la tarde de tormenta, ella parada en el balcón con las cortinas como alas de ángel y Juan Carlos aterrado ante la posibilidad de perderla —así lo resumía Lucía en su mente, cada que lo recordaba—, ella se empeñó en retomar su vida, sus amistades, aunque le costaba más trabajo que antes ser constante en algún proyecto, o hasta interesarse.

Quizá Juan Carlos todavía mantenía tratos con el decorador ése, del que no quería ni recordar su nombre, tan aficionado al color verde incubadora y a los tubos cromados. Pese a que reconocía que Juan Carlos hacía esfuerzos, estaba más presente en la casa, cuando estaba, y era muy muy amable con ella, le había comprado auto nuevo y programaba con los hijos un viaje; sin embargo, ¿dónde estaba?, ¿por qué él, que le importaban tanto esas cosas, no había estado en el funeral?,¿con quién estaba?

Sus dudas no tardarían en despejarse cuando se abrió el portón de la casa y encontró a Juan Carlos a un costado del muro de Recinto, sentado en una banca del jardín, con el cuerpo doblado y la cabeza entre las manos.

—¡Es papá! —aseguró Juan Ignacio con un grito de alivio, como si él, en silencio, temiera no volver a verlo.

Los tres hermanos se emocionaron, y hasta ese momento Lucía aterrizó con toda su voluntad en el presente: Juan Carlos estaba afuera de la casa, en el jardín, a oscuras, ¿qué estaba sucediendo?, ¿quería tener esta discusión frente a testigos?

—Déjenme hablar a solas con él —instruyó Lucía, cuando todavía Juanca no había terminado de apagar el auto. Como domador de leones, Lucía quería acercarse sola y manejar la situación.

Juan Manuel y Juan Ignacio obedecieron. Juanca, antes de entrar a la casa, le mencionó a su madre en voz alta, quizá para que el padre escuchara que estaría ahí, en la cocina, por si necesitaba algo. Lucía, haciéndole una seña, le pidió que se alejara.

Se acercó con cautela, como quien se aproxima a un animal herido, estaba oscuro, no entendía qué hacía Juan Carlos en el jardín y por qué sujetaba su cabeza con las manos, tan abatido.

—Juan Carlos, ¿qué te sucede? —algo de frialdad y más miedo había en esa pregunta.

Él levantó la mirada, los ojos turbios de ideas, la camisa arrugada, ¿mojada?, la expresión abatida de alguien a quien se le acaba el mundo.

—Perdóname —fue lo único que atinó a decir—, he estado a punto de destruirlo todo.

La palabra perdóname se repitió en el ánimo de Lucía, y el peso de su significado cayó nítido en su conciencia: Perdonar. ¿Qué era lo que ella tenía que perdonar? Y él, ¿la tenía que perdonar a ella?, ¿cuál era el problema?, ¿que él amara a otro?, ¿o que ellos no se amaran lo suficiente? O su pecado era que no habían cumplido lo que prometieron ante el mundo al casarse.

En esa situación, con Juan Carlos sentado suplicando, ella tenía la última palabra: si se acercaba a él, si se sentaba a su lado, significaría que estaba dispuesta a seguir. Ésa era la manera en la que ellos había arreglado todo en su vida matrimonial: pocas palabras para no lastimar, no dañar, no romper.

Lucía dudaba y Juan Carlos se dio cuenta:

—Por favor —levantó la cabeza, la miró, los brazos caídos, la espalda encorvada—, si no superamos esto, nuestros hijos, nosotros, todos la vamos a pasar muy mal... —declaró, dejándole a ella la responsabilidad—, lo que hemos hecho se destruiría.

Destrucción: Al escuchar esa palabra de labios de Juan Carlos, todas las células de Lucía, cual gong gigante, vibraron en la misma frecuencia, ésa era su pesadilla, y convencida dio los dos pasos, se acercó a él y sin tocarlo, se sentó a su lado.

—Está bien, pero tenemos que hablar —puso como condición.

El objetivo era claro, los dos querían lo mismo: evitar la destrucción. Recuperar y proteger su vida como la tenían concebida desde hacía más de veinte años. Como tenía que ser. ¿Perdonar? Ahora no podía detenerse en esas ideas, no era importante lo que ella sentía, sino lo que tenía que hacer, lo que los dos tenían que hacer, y pasaron horas hablando, por primera vez, intentando apuntalar con buenas intenciones, viejas creencias y el auspicio de antiguos fantasmas, los muros que amenazaban con venirse abajo.

Para lograrlo esgrimieron sólo palabras cuidadosas, de esas que cubren los vacíos, para no escocer las heridas. Mientras Juan Carlos sacaba brillo a: Congruencia, Compromiso, Ejemplo y Estabilidad; Lucía blandía: Fidelidad, Sacrificio, Protección y, sobre todo, Refugio. "En este mundo tan volátil, qué importante es el refugio." Muchas palabras se dijeron y hasta se llegó a acuerdos, evitando las ideas más peligrosas como: Libertad, Elección, Alegría. O las arriesgadas, como amor, felicidad, verdad. Ni qué pensar en las palabras retorcidas: arrepentimiento, negación y, mucho menos, rencor. Ésas nunca se mencionaron.

Sólo hubo una referencia, una sola, aunque había sido evidente para los dos Lucía no quería dejarlo al azar, al entendimiento, al recato o a la inteligencia de Juan Carlos o de ella, porque estaba segura de que no soportaría otra prueba igual y tenía que marcar un límite, por lo menos ése límite. Fue cuando ya habían terminado la conversación y hablaban de lo templado de la noche, en pleno verano en Guadalajara, y quizás entrarían a la casa a cenar algo. Juan Carlos se levantó, y Lucía, todavía sentada lo interpeló, y sin saber cómo plantearlo, lo soltó:

—El decorador —lo dijo así, casi con miedo de soltar el aire— Patrick...

—No volverá a suceder —Juan Carlos la interrumpió, no la dejó ni siquiera pronunciar su nombre. Tomó aire, se giró, se sentó nuevamente y la miró a los ojos, como no la había visto antes, y atrás de ellos, Lucía descubrió un mar de ácido muy negro, de ese que destruye todo lo que toca. Cuánto dolor había ahí adentro.

Lucía esquivó su mirada.

Con la premura del último momento, Juan Carlos intentó decir en voz alta algo que quizá llevaba repitiéndose a sí mismo por horas:

—Eso que me sucedió —dijo, como si hablara de un mal contagioso o un encantamiento— es una fantasía que habita en un mundo, al que yo no quiero pertenecer. A estas alturas sé cómo es la realidad, la he peleado, me la he ganado y no quiero renunciar a ella —y deteniéndose en Lucía, con esos ojos negro precipicio, le aseguró—: No me voy a arriesgar nuevamente. No voy a arriesgarnos nuevamente, ¿me entiendes? —cada frase reverberaba en su interior, Lucía lo sabía, las pasiones de Juan Carlos eran como magma hirviendo encapsulado en el centro de la Tierra, por eso era tan intenso, tan trabajador y tan exitoso... en el mundo de afuera—, me dejé ir, estúpidamente. Pero ya aprendí, no volverá a suceder —el mar negro profundo de sus ojos se intensificó y repitió para él mismo—, ya aprendí, ya aprendí.

—Pues habremos aprendido todos —respondió ella y cerró la conversación, para no escuchar más, no saber, no sentir.

Lucía se levantó limpiando la parte trasera de su vestido negro y, sin saber qué hacer a continuación, manoteaba frente a sí...

—Vamos, hay que entrar, me están picando los mosquitos —lo dijo, aunque no había sentido ninguno.

Cuando Juan Carlos se levantó, con el cabello despeinado en gruesos mechones de goma, la sonrisa seca en los labios y los hombros caídos de cansancio, Lucía tuvo una sensación muy extraña, era como si al mirarlo así, se viera a ella misma. Calculando que el esfuerzo que tendría que hacer ella para no verse a sí misma e intentar ser feliz, para volver a interesarse en la vida y hasta en sus hijos, era similar, muy similar al que estaba dispuesto a hacer su esposo para ese mundo que habían construido, siguiera su marcha y quiso creer que eso era un buen augurio.

Unas horas más tarde, cuando llegó al baño de su habitación se sentó ante el espejo de focos redondos sin dos pedazos en la parte de abajo, y evitó enfrentarlo porque recordó a las mujeres que la asechaban en la imaginación, la joven y la vieja, y no quiso arriesgarse a encontrarlas. Sin mirarse cortó con la mano un algodón pequeño, lo humedeció en el líquido desmaquillante y se lo pasó por la cara, al terminar lo miró y le sorprendió lo negro que había quedado. Tomó otro pedazo, lo humedeció y lo volvió a pasar, por precaución, pero el algodón acabó igual de negro que la primera vez, como si nunca se hubiera quitado la plasta de maquillaje con la que había circulado todo el día. Lo hizo una tercera vez, y las huellas del rímel, la sombra y el delineador no dejaban de teñir de negro el algodón. Nerviosa, utilizó otros dos algodones más, y el blanco impoluto seguía volviendo ante sus ojos cubierto de tizne negro. Desesperada, arrancó un pedazo grande de algodón, como una toalla de manos, lo empapó en desmaquillante y volvió a tallarse, con fuerza, como si fuera un estropajo, hasta que por la violencia y la velocidad de sus movimientos, la uña del dedo meñique se le enterró en el ojo y el dolor le provocó un escalofrío que le bajó hasta la pierna, la paralizó y, más que llanto, lo que le vino con ese ardor intenso fue furia: hervía por su sangre un sentimiento de indignación, impotencia, enojo. No sabía de dónde venía, ni por qué. Cuando amainó un poco, se miró ante el espejo quebrado, quería ver qué tan lastimado había quedado su ojo y ahí la encontró, sólo a la vieja, cabello corto, blanco, arrugas marcadas en una expresión de rencor, tan intensa, como la suya de hacía un momento. Pero Lucía ya no le tuvo miedo, la miró con un ojo abierto y el otro cerrado por la hinchazón, quería desafiarla para que le dijera lo que le había venido a decir, pero la vieja, soltó una risa amarga y se fue. Una sola palabra brotó en la conciencia de Lucía: decepción.

***

Lucía, Juan Carlos y sus tres hijos fueron al entierro, las misas y todos los eventos que la muerte de un padre, suegro y abuelo exigen. Saludaron y, gracias a que Lucía seguía siendo esa Lucía que todos esperaban, fueron saludados con deferencia por cada persona que asistió. Ella y Juan Carlos se mostraron amables uno con el otro, rieron alguna broma, y hasta Lucía se dio permiso de soltar dos o tres lágrimas en una de las misas del padre Juan P. Sin embargo, no sería capaz de recordar lo que amigos y familiares le comentaron, quién fue o quién brilló por su ausencia. En tan sólo unas pocas semanas hasta había olvidado en dónde estaban las cenizas de su padre. Imposible que recordara la fecha exacta en la que había muerto. Su habitual falta de atención a los detalles que conformaban su existencia diaria, se intensificaba, protegiéndola.

Cuando terminó todo, como soldado que ha cumplido en batalla, se refugió en su casa, entre los muros de su habitación, con la justificación de que necesitaba tomar fuerza para echar a andar todos sus planes, pero pasaban los días y no lo lograba, hasta que la motivación para salir le llegó por el lugar menos esperado. De manos de Juan Ignacio, el segundo de sus hijos, que divertido le llevó una revista de cotilleo. Lucía la tomó y la abrió descuidada, y lo que encontró la dejó sin aire: Era el retrato de la abuela Lucía, a todo lo ancho de esas dos páginas de reportaje. Lucía no entendía lo que estaba viendo, las imágenes habían sido tomadas en la casa de su hermano David, ¿qué hacía la abuela en la casa de David? Y, sobre todo, ¿qué hacía publicado el retrato de la abuela Lucía en una revista de cotilleo?

La conocida socialité, Livia Kins de Martínez, nos muestra la joya que corona su colección de arte, el imponente retrato que Gerardo Murillo, el Dr. Atl, realizó a la abuela de su esposo. "Para nosotros es un orgullo y una gran responsabilidad contar con una pieza tan importante en la historia de la pintura de nuestro estado." Ahondando en la relevancia del cuadro, la también estudiosa del arte, aclara: "Los retratos que el Dr. Atl pintó son muy poco conocidos, porque pertenecen a colecciones privadas y sus propietarios no se interesan en mostrarlos".

Desde su lujosa casa en Guadalajara, la distinguida señora Kins de Martínez confiesa que para ella y su marido, el reconocido abogado David Martínez Alcázar, es una obligación dar a conocer la obra de tan importante artista: "El manejo del color, la luz y la perspectiva tan libre de Gerardo Murillo, el Dr. Atl, son una mezcla de neoexpresionismo y pintura renacentista y forman las bases del muralismo mexicano. Es indispensable en la historia del arte de nuestro país, de ahí la responsabilidad de atesorar estas piezas y darlas a conocer". Explicó la elegante Livia Kins de Martínez.

En esta imagen vemos frente al retrato a la coleccionista y sus hermosas hijas, Macarena de 16 y Carmen de 15 años, quienes también manifiestan un vivo interés por la difusión del arte. "Gerardo Murillo, así como otros intelectuales y políticos de la época, eran grandes amigos de nuestra familia y, por ello, nos

sentimos muy orgullosos de formar parte de este legado",
aclaran las chicas.

¿Intelectuales y políticos eran amigos de nuestra familia?,
calculó Lucía con furia: Mentira. Mi bisabuela era una viuda
temerosa que, a las seis de la tarde, cuando la mujer que le ayudaba
con la limpieza regresaba de comprar pan dulce, se encerraba con
sus hijas a piedra y lodo, hasta el día siguiente. El único legado que
estas niñas tienen de ella es la desesperación por encontrar marido,
porque ésa era la única preocupación de la bisabuela, y ni siquiera
eso lo pudo hacer bien. Todas quedaron solteras, excepto la abuela
Lucía.

Lucía leía una y otra vez el artículo, marcando con furia las
mentiras que cambiaban la historia de su familia, al tiempo que
cada átomo de su cuerpo comenzaba a llenarse de indignación, y la
cólera, esa que seguía en lista de espera para ser desahogada, tomó
por fin un cauce. Le ofendía calcular que alguien más alteraba la
imagen que ella tenía de sus padres, de su propia historia. Su madre
se habría sentido expuesta, estaba segura y su padre, ni que decir, le
habría molestado muchísimo. A ella misma le violentaba...

—¿Con qué derecho, ésta —dijo en voz alta y después notó
la cara de asombro de Juan Ignacio— se atreve a contar tales
excentricidades? Ni este cuadro ni la historia le pertenecen. ¿Quería
difundirlo so pretexto de que era un Dr. Atl auténtico? Eso no era
seguro, ni siquiera está firmado.

Esa mañana, esta Lucía, como muchos años antes la otra Lucía,
su abuela, fue expulsada del estancamiento emocional a través de
la pintura del Dr. Atl y todo lo que la imagen le evocaba, pero, a
diferencia de la otra Lucía, que lo hizo con la ilusión de nuevas
expectativas, en una vida que no era la suya, a esta Lucía, lo que la

sacó del letargo fue esa necesidad de mantener el mundo en el que había creído toda su vida. Ese mundo sin el cual no sabía quién era.

Aurora

Lo que sucedió después de la muerte de su padre quedaría centrado en una imagen: el cuerpo sin vida de ese viejo tan amado que atravesaba la puerta trasera del hospital llevado por unos desconocidos, indiferentes al dolor que dicha muerte ocasionaba, lo subían a una camioneta negra, sin ventanas, cerraban con fuerza las puertas traseras, el motor arrancaba y se alejaban. Sólo Aurora fue testigo de ese instante, sólo ella levantó la mano, discreta, movió los dedos y dijo adiós, bajito, sin que nadie la escuchara. Tomando conciencia, como nunca antes, de lo enorme del universo y lo vacío que, de pronto, se había quedado.

El único momento en el que pudo vivir su tristeza limpiamente —ese vacío constante y profundo que se experimenta ante la muerte— y hasta se olvidó del expediente, de sus dudas, de la eficiencia del hospital y su decisión de llevarlo ahí, fue cuando se abrazó con Camilo y también Lucía y Blanca que, afortunadamente, habían llegado justo en el momento de recibir la noticia. Los cuatro se abrazaron unos a otros, y el gemido de Blanca, el llanto consistente de Lucía, el calor de Camilo, la contención de Aurora. Ese olor tan familiar y su añoranza encontraron sentido en la cercanía del otro. Aurora no lo hubiera podido explicar, era como si al compartir ese dolor, en un mismo recipiente, dolor esperado pero nunca deseado, recuperaran por un instante la fuerza del amor que les quedaba y resultara más fácil dejarlo ir. Era como sentir que su padre no se había ido completamente.

Pero sólo fue un momento, el presente tenía otros afanes...

David llegó después, y práctico como era, no se molestó en acercarse a los hermanos, Aurora y hasta Blanca lo buscaron en el abrazo pero él no estaba interesado, se fue directo a arreglar los asuntos del hospital, la funeraria, el seguro médico. Era la manera en la que él manejaba la tensión, todos lo sabían, por eso tampoco insistieron. Fue también cuando le dijo, por medio de Blanca, que él se llevaría el retrato de la abuela Lucía. Recordaba Aurora, recriminándose el no haberlo llevado ella, ese mismo día, a su casa.

Después del abrazo fraterno, con la facilidad con la que un terrón de azúcar se desmorona, así, Blanca se separó del grupo para llamar a su esposo, y Lucía, mustia y silenciosa como era, también tomó su teléfono y llamó a su casa. Seguramente Livia, la esposa de David, y las dos hijas, llegarían de un minuto a otro; y Clara, con el hijo de Camilo, no tardaría.

Aurora no esperó al derrumbe del terrón, sin más dejó a sus hermanos afuera de la sala de terapia intensiva y entró con su padre. Ahí estaba el viejo, rígido. Era su cuerpo, el de siempre, pero sin expresión, sin alma. Aurora buscó en la pantalla, la información del paciente, una vez más, y se torturó calculando las posibilidades que hubiera tenido de haberle hecho una resonancia magnética. El hospital no tenía equipo para hacerlo. Aurora lo sabía, al momento de decidir llevarlo ahí, lo sabía, y tenía miedo de haberse equivocado.

Los técnicos de la funeraria entraron por la puerta trasera del hospital, con la sonrisa arrastrada de una broma que acababan de escuchar. Le preguntaron algo a la enfermera de guardia, ubicaron el cuerpo y, con el tedio de lo cotidiano, lo destaparon para mirarlo y confirmar quién era y después lo pasaron a otra camilla, en la que, cubierto, lo sacaron para meterlo en una camioneta negra, cerrar las puertas de atrás con fuerza y llevarlo a la funeraria. La única que estaba ahí era Aurora, la única que miró cómo transportaban, cual bulto, ese cuerpo inerte, y lo miró alejarse. Ella fue la única que le dijo adiós, con la mano, cuando la camioneta daba una vuelta prohibida para tomar avenida Lázaro Cárdenas, y hasta creyó escuchar la música que los acompañaba.

Como grano de azúcar que nunca volverá a unirse a su terrón original, Aurora dejó el hospital sin despedirse de sus hermanos. Estaba convencida de que esa pena la tendría que pasar sola y no quería sentir lástima por ella misma.

Fue al día siguiente de la muerte, había tomado el auto sin rumbo por la carretera, tres horas manejando para amainar la angustia. Cuando regresó a la casa, metió la llave en la cerradura y giró el pomo de la puerta, empezaría a sentir lástima por sí misma, lástima por la soledad en la que ahora viviría. Cómo extrañaría a su padre, pero se encontró con tres ramos de flores, uno después de otro, que Hermelinda, rara como era, seguro dejó ahí en el suelo, porque le parecía el mejor lugar.

Pasó con precaución para no derrumbarlos y pronto se dio cuenta de que no era la rareza de Hermelinda lo que la había obligado a poner las flores en el suelo, era la cantidad: giró a la sala y encontró varios más, un ramo en cada mesa y dos en la mesa del comedor.

—¿Quién envió todo esto? —preguntó sorprendida. Ni cuando su madre murió había recibido tantos arreglos.

—No estoy yo para leer las tarjetas ajenas —mintió Hermelinda, quien salió de repente, como de la nada—, pero creo que ése es de las enfermeras del hospital civil. El de allá es del hospital, aquí hay una de tu jefa en la universidad, éste es de un tal Alejandro Lepe —giró los ojos al cielo, como si ese tal Alejandro le molestara—, el chiquitito con la tarjetota es de tus alumnos de la universidad y éste es de tu grupo del club de lectura.

Aurora solo se interesó por la tarjeta de Alejandro. "No olvides que la muerte es un recordatorio de lo valiosa que es la vida. Ánimo."

Aurora suspiró casi enternecida, ése era un hermoso mensaje, seguro lo que él quería escribir era que había una vida por delante, para ellos, para los dos, que había que seguir adelante.

—No sé cómo le hicieron para escribir tantos nombres en un pedazo tan pequeño —comentó Hermelinda, agitando una tarjeta doble cual pañuelo blanco de quien pide ayuda en la carretera—, deben de ser todas las enfermeras del hospital —al ver, quizá, que Aurora no se interesaba, pasó a otra—, 1, 2, 3, 4, 5... 25 firmas, ésos deben de ser todos tus alumnos de la universidad, ¿no crees? —dijo con otra tarjeta enorme en la mano.

Aurora dejó el mensaje de Alejandro y tomó aquella que Hermelinda le ofrecía, y luego otra y otra más. Hermelinda parecía abeja deteniéndose entre flores, recolectando todas las tarjetas para llevárselas a Aurora, como miel del panal. Fueron los: "La queremos mucho, cuídese", "Como dice usted...", "Cariños de sus alumnos", "Ánimo, que aquí la necesitamos", los que provocaron en Aurora una sonrisa suave, esa de la mañana, cuando se puede ver el horizonte y se adivina un hermoso día por delante. En ese momento brotaron las lágrimas tiernas y agradecidas que antes no habían encontrado salida.

Vivió el funeral del padre y las misas después del entierro rodeada de colegas, amigos y alumnos de la universidad. Incluso Alejandro estuvo ahí, a la distancia, y Aurora se sentía tan agradecida por ese apoyo que no esperaba, y atrás de ella Hermelinda repitiéndole que eran puras cosechas a lo que había sembrado, pero que el amor de tanta gente a su alrededor era su mejor cosecha. En la universidad le dieron una semana de descanso y en el hospital también, pero ella se tomó tres semanas, total, llevaba años sin pedir vacaciones, tenía días de sobra.

La partida del padre obligó a una limpieza, o eso dijo Hermelinda, y estaba decidida, y Aurora tuvo que ayudarla, aunque nunca le habían gustado las labores de la casa, pero conocía a Hermelinda y sabía que, si no la detenía un poco, acabaría tirando, sin pensar, todo lo que se cruzara en su camino.

Facturas, notas con esa letra de viejo ya temblorosa; cartas antiguas, llenas de planes y sueños; la pipa que fumaba en las tardes; el sombrero que utilizaba para salir a caminar. Los objetos personales de su padre iban desfilando ante sus ojos, como últimos acordes de una sinfonía que termina. En el sillón sin brazos, frente al muro huérfano del retrato de la abuela Lucía, Aurora cepillaba su historia o, más bien, la historia de su padre, y le hubiera gustado que terminara lisita, sin nudos, pero era la ausencia del retrato de la abuela Lucía, lo que impedía esa calma.

Su conclusión fue simple, no lo donaría. Se quedaría con él porque quería tenerla ahí y hablar con ella, como su padre había hecho durante tantos años. Nada más, todo seguiría igual: la casa de su historia, el retrato de la abuela Lucía, el candil que tan limpio mantenía Hermelinda y el sillón sin brazos. Todo permanecería como ellos lo habían dejado, y ella, Aurora, sería la custodia de semejante tesoro, ¡qué más se puede pedir!

Aurora calculó que cuando sus hermanos se enteraran de esa resolución, estarían de acuerdo, hasta Lucía estaría de acuerdo y todo volvería a la normalidad: Ella era la dueña del cuadro, que estaría en la casa de Pinar de la Venta para que el que quisiera pudiera venir a verla. Junto con todo lo demás, todo lo que formaba sus cimientos y su historia. Jamás se imaginó lo que David, a esas alturas, ya tenía decidido, sobre ella, su cuadro y hasta la casa de Pinar de la Venta. Durante la llamada con su hermano, cuando colgó y al día siguiente y los siguientes días, Aurora tuvo la sensación de que el universo se volvía un lugar hostil y ajeno en donde ella no tenía lugar.

El porvenir parecía tan pantanoso, jamás imaginó que sería necesario un pleito legal para recuperar el retrato que por derecho le pertenecía, además, no era un extraño quien la traicionaba, era su propio hermano. David el confiable, David el generoso, el que hacía todo como si su mamá lo estuviera viendo por un agujerito, lista a aplaudirlo por todo, ahora se comportaba como el más despreciable de los Judas.

Al terminar la llamada, encarrilada por la furia que le había gritado al hermano, Aurora continuó llorando; de desamparo como la niña que pierde al primer amor; de rabia, como el náufrago que ve alejarse el barco que iba a rescatarlo; de tristeza, como el que ve morir a un hermano. De eso no había duda, Aurora estaba segura de que también había perdido a un hermano. A todos sus hermanos.

Mientras la idea concreta de dejar Pinar de la Venta caía con todo su peso sobre el ánimo de Aurora, la casa comenzó a reclamar su traición, Aurora lo sentía, temía que en cualquier momento los muebles zapatearan de furia y el piso se ondulara hasta lanzarla fuera. Aficionada a calcular los escenarios, protegerse de cualquier eventualidad, nunca se imaginó dejando la casa de Pinar de la Venta. Era lo lógico, lo entendía bien, pero nunca se miró a ella misma haciéndolo. Era una traición al amor de sus padres, a los juegos de infancia, a los festejos de Navidad, todo estaba contenido ahí y era su obligación conservarlos, cuidarlos, ¿quién más que ella podría hacerlo?

La casa con su historia no resistiría ningún movimiento, los muebles, fuera de ese espacio, acusarían su vejez; los cacharros de la cocina terminarían en algún mercado de pulgas, alguien llegaría con planos y grandes ideas y destruirían el jardín, la terraza de doña Raquel. Sólo el retrato de la abuela Lucía quedaba. Eso era lo único que podía conservar, quizá por eso su madre se lo dejó a ella, porque sabía que ella cuidaría de todo, no lo perdería.

Cuando se repuso del impacto fue hasta el escritorio de su padre, encendió la computadora y comenzó a buscar abogado. Tenía que ser uno feroz, con reputación probada, porque David no sería fácil y ella no quería darle ninguna oportunidad. El retrato de la abuela Lucía era lo único que le quedaba, Aurora estaba decidida a luchar por él.

Sentada, con la mirada obsesionada en la pantalla de la computadora leyendo referencias sobre uno y otro abogados, casi no notó cuando se abrió la puerta, así, de repente, sin que nadie hubiera tocado, y tras de ella Hermelinda ya paseaba su escoba por el piso, sin mirarla, como si ése fuera su territorio y Aurora sólo una eventualidad del oficio. La doctora se secó las lágrimas que no habían dejado de salir desde que colgó con David, fingiendo que no lloraba: no tenía interés en contarle a Hermelinda, no todavía, hasta que tuviera clara sus ideas y supiera qué es lo que haría. No quería escuchar sus frases extrañas que no llevaban a ningún lado, si necesitaba de alguien era de un aliado en la batalla, y ésa nunca sería Hermelinda. Sin embargo, Hermelinda, ignorante de lo que ella estaba pasando, le preguntó:

—¿Hablaste para agradecer las flores y las tarjetas que te enviaron?
—¿desde cuándo Hermelinda era tan atenta a las reglas de convivencia social?

—¿Por qué? —respondió sin separar la vista de su pantalla, lista para mandar a imprimir una dirección. A decir verdad, le hubiera gustado responderle, "¿A ti qué te importa?

—Digo yo, porque entre más se cuidan los huertos, más grandes y jugosas salen las frutas —respondió al mismo tiempo que se agachaba para barrer justo por debajo del escritorio, donde ella estaba.

Aurora no sabía qué hacer con esa información. Lo cierto es que no lo había pensado. ¿Tenía que agradecer las flores?, ¿no bastaría con hacer un comentario la siguiente vez que se encontrara con alguien? Desechó la idea, calculando que Hermelinda ya estaba vieja y era anticuada; levantándose después de la silla, tomó la hoja que acababa de imprimir y caminó hacia la puerta, al tiempo que le decía:

—No puedo cuidar un huerto, antes tengo que organizar una guerra —respondió, sintiéndose muy creativa hablándole en su idioma.

—La ventaja de cuidar los huertos es que después te quedas con muchas frutas y hasta se pueden regalar, ¿imaginas cuántas personas te van a perseguir para que les compartas de tus tesoros? —respondió Hermelinda, divertida, mirando al infinito. Después se agachó y continuó barriendo, a punto de pasar la escoba sobre los pies de Aurora.

Aurora esquivaba la escoba de Hermelinda, no entendía qué tenía que ver la comercialización de frutas y verduras con los agradecimientos por los arreglos de flores, pero borró la idea de su mente, no quería distraerse, ahora lo importante no tenía nada que ver con cosechas ni frutas. Lo importante era enmendar una injusticia, proteger un legado, y eso es lo que haría ella.

Camilo

El entierro del padre y las posteriores misas de difunto, por tanta gente que lo abrazaba y le daba el pésame sin realmente sentir lo que estaba diciendo, fueron más agotadores de lo que imaginó. Camilo no podía soportar el lugar de doliente y se refugiaba en las bromas y la conversación con sus amigos más cercanos. Lo podía hacer porque ahí estaba Lucía recibiendo todas las embestidas, haciendo lo que sabía hacer: ser educada, amable con todo el mundo. Blanca también era una buena exponente, parecía más en duelo que Lucía, menos elegante, pero igual de amable, y David, ni se diga, él era el mejor de todos, el caballero de la familia, ése que Camilo no quería ser.

Aurora fue la que le dio más pena, era evidente que el mundo se le había acabado con la muerte del padre. Ella, que no tenía a nadie más que su trabajo y a don David, ahora se quedaba sola. Sin amor, sin amigos, sin vida. Ella sola.

En un principio pensó en no asistir a los funerales del padre; sin embargo, estuvo presente en el evento ostentoso que David, su hermano, organizó, y fue a todas las misas en esa iglesia atiborrada que tanto le desagradaba. Lo hizo porque estaba seguro de que eso sería lo que don David hubiera deseado: "Aquí tienes, jefe, un último cumplido", se lo dijo como quien ofrece una oración, después de la última misa, antes de salir de la iglesia.

Para proteger a Bruno, Camilo decidió que no fuera ni al funeral ni al entierro, a nada de lo que se realizó alrededor de la muerte de su abuelo. Lo decidió, no porque su hijo fuera muy pequeño, sino porque estaba a punto de irse para siempre, a otro país más civilizado y más divertido, donde sería libre para explorar y descubrir. Camilo no quería dejarle esas imágenes de ataúdes desfilando y muchedumbre de negro. Así se lo informó a Clara, y ella intentó hacerlo cambiar de opinión, hasta le ofreció, inconsciente, que ella lo podía llevar y recoger, como si ése fuera el problema, porque no entendía la actitud de Camilo. Él, que se sentía traicionado por Clara, evidentemente, no se detuvo a darle explicaciones.

Después de que el cuerpo de su padre salió del hospital, él fue directo a casa de Clara en busca de consuelo, para liberar un poco del dolor que sentía, de la impotencia, para abrazar a Bruno —quizá también para verla a ella. Era normal, habían sido amigos siempre. Clara conoció a su padre desde niña—; no quería hablar de la muerte con Bruno, al contrario, necesitaba sentir la fuerza de la vida en ese cuerpo pequeño y lleno de energía. Pero nada sucedió como se imaginó, porque, nuevamente, tenía el teléfono sin carga y no pudo ni llamar antes ni recibir mensajes.

Cuando llegó, supo que no estaba Bruno, había ido con la abuela o con un amigo. A cambio, estaban Clara y el imbécil ése, listo para irse a trabajar, o venía de la oficina, Camilo no sabría decir, pero traía puesto todo el equipo: la camisa de cuello cerrado y puño almidonado, corbata de seda, la loción impregnada en el saludo. Fue cuando Camilo se dio cuenta de que nunca había preguntado en qué trabajaba el pelmazo aquél. Quizá era un abogado, de esos que se sientan tras de un enorme escritorio y se dirigen a los demás, con condescendencia, como si los otros fueran de una casta menor. Quizás uno de esos ejecutivos de una empresa grande, de esas que están en El Salto y juegan golf, que van a eventos culturales sólo por decir que asistieron, sin entender qué ven o qué escuchan y, sobre todo, tienen familias a las que mantienen a su lado, las llevan de viaje y nadie les quita a sus hijos.

Ese día de la muerte del padre, cuando llegó a la casa de Clara, ella y Jayson abrieron la puerta, los dos, con la misma sonrisa y el mismo gesto al asentir, parecían siameses o comercial de televisión Gringo, y no se esperaron a que él les informara nada, ya sabían de la muerte de don David —o quizá fue Clara, que con apenas mirarlo supo la pena que cargaba— y, sin mediar saludo, ella lo abrazó, Jayson le dio una palmada en la espalda y los dos dijeron que lo sentían, que estaban ahí para...

Camilo no los escuchó. No podía escuchar lo que le decían, porque estando frente a ellos se dio cuenta de algo que no había visto: Junto a él —ejecutivo, abogado o algo que Camilo no era—, Clara estaba tan hermosa, se veía serena, parecía radiante, más que de alegría, de tranquilidad, y era por el acartonado ése. El gringo le daba algo que Camilo nunca le había dado: se sentía segura. Además, con sólo mirarse, esos dos se entendían, como si tuvieran un lenguaje propio. Camilo sintió tanta furia, porque la situación era injusta, ella era la madre de su hijo, él pertenecía a su historia, ella a él y, sin embargo, no tuvo dudas, esos dos estaban tan integrados uno al otro, que formarían una muralla impenetrable alrededor de Bruno, que lo alejaría de su padre. Era cuestión de meses o pocos años para que el niño prefiriera centrarse en esa vida y en ese presente armónico en el que Camilo no tenía nada que ofrecer. Bruno terminaría por no comprenderlo, a él, a su propio padre, por hablar, en todos los sentidos, otro idioma. Se sentía traicionado. Lo mejor era no pensar, no darle vueltas, dejarlo ir.

***

Después del entierro, Camilo siguió con su vida, pero sin haberlo planeado, sus rutinas cambiaron: se levantaba temprano y temprano llegaba a su oficina en la torre Américas. No es que trabajara mucho, es que no tenía adónde ir. Los días comenzaban, contra su voluntad, a las cuatro o cinco de la mañana; lo aceptaba cuando después de toparse por más de veinte minutos con el techo de su cuarto como único escenario, decidía levantarse y salir de casa. Cualquier cosa era mejor que ese vacío que no podía quitarse de encima.

El café en el que acostumbraba desayunar, sobre avenida Providencia, lugar al que habitualmente amigos o colegas llegaban y se iban, compartían el desayuno, comentaban las noticias del momento o soltaban alguna broma, continuaba cerrado a esas horas y no le quedaba adónde ir, más que a su oficina, en el piso 24 de la torre Américas. Era hasta llegar a esa altura, con la ciudad a la distancia, cuando podía sentirse más tranquilo.

El entrenador de ciclismo no dejaba de enviarle mensajes invitándolo a retomar los entrenamientos, pero a Camilo no le apetecía, seguir la ruta requería mucha energía y él se sentía más bien cansado, necesitaba recuperarse de tantas emociones intensas, pero el descanso no se lograba y, en las madrugadas, tampoco el deseo de generar endorfinas ciclistas.

La casa de Camilo, desde que Bruno y Clara habían dejado de ir con la frecuencia de antes, perdió mucho de su encanto, porque aunque ellos tenían su otra casa —esa que Camilo no dejaba de repasar, porque él la había concebido, la había pagado y era una buena casa, tenía una estufa fina y un refrigerador enorme, el más moderno y estaba bien ubicada—, tenían también su territorio en esta que ahora se veía tan abandonada. "Esta casa se está pareciendo cada día más a mí", se decía Camilo con esa amargura que le permitía manejar la angustia cuando en las noches descubría, con un poco de desconsuelo, el carrito a control remoto de su hijo, tirado cual cadáver de guerra en mitad de la terraza; su silla estilo Bauhaus: Tubos cromados y cuero negro, inaccesible por la chaqueta que se acababa de quitar, o la caja de pizza que no llegaba al bote de basura; un restirador de arquitecto doblado a media sala y hasta los platos sucios en la cocina, que Camilo dudaba si no se reproducían espontáneamente.

Lo único que conservaba su dignidad era la enorme pintura de Roberto Rébora en el muro principal de la sala: Una silueta masculina tras una cuadrícula de colores; era un hombre atrapado dentro de esa maraña de líneas apretadas y vibrantes, que le había fascinado a Camilo desde el primer momento que la vio.

Para aumentar la incomodidad, la señora que hacía la limpieza estaba faltando con bastante frecuencia, algo de una operación para ella, para el esposo, Camilo no recordaba, ni se detenía a pensar en eso, sólo asumió que la pulcritud y el orden no serían las cualidades de su hogar y no le importaba. Buscar a otra persona más cumplida implicaba un esfuerzo que no quería realizar.

Mientras tanto, Clara continuaba con sus planes, y entre el papeleo de visas y pasaportes, fiestas de despedida y mudanzas, no podía ver a Bruno; ella le canceló varias veces y, para compensarlo, sin previo aviso, le mandaba mensajes para que fuera por el niño y pasara con él unas horas, como mendigando algo de tiempo o atención. Camilo no iba, a veces ni contestaba, ¿para qué? No serviría de nada, recibir esa clase de amor a cuentagotas sería más doloroso para él y quizá también para Bruno.

Ella insistía, como siempre, sin comprender lo que Camilo quería en realidad. Si él no contestaba el teléfono, Clara le enviaba mensajes de texto, mismos que él deslizaba a la basura, casi sin leer. El último fue antes de dejar el país:

"Salimos mañana a las doce del día. ¿No quieres ir al aeropuerto para despedirte de tu hijo?"

Le propuso, como quien ofrece un premio de consolación, y el mensaje se deslizó a la basura, como los anteriores.

Camilo no podía resistir la escena que se dibujaba en su cabeza: él con el corazón comprimido de dolor, hincado en el suelo brillante y frío del aeropuerto, abrazando a su hijo, sin saber qué decir, ¿lloraría?, ¿temblaría?, ¿fingiría darle ánimos? Y el pequeño, desconcertado y generoso como era, seguramente querría ser niño bueno, para su mamá, pestañearía rápido para que, según él, no se le notaran los ojos cristalinos y las lágrimas a punto de salir. Cuanto tuviera que soltarlo, perderlo entre los otros viajeros, a los dos se les desgarraría el alma. No tenía sentido, no necesitaban más dolor, y mentirle con falsas expectativas, algo así como: "ya nos veremos pronto, hablaremos seguido, vas a estar muy bien", confundiría al niño y complicaría más las cosas.

Clara, seguramente, terminaría acusándolo por todo, diría que él no quiso verlo, o hasta que lo abandonó antes de partir, y contra esos ataques —como contra muchas cosas que son capaces de hacer las mujeres—, él no podría defenderse, y se volvía a reprochar el momento en el que, como una prueba no solicitada de confianza, de seguridad, le cedió la patria potestad de Bruno.

Clara también tenía responsabilidad en todo lo que estaba sucediendo, aunque ella no quisiera verlo: Sus planes de vida, unilaterales y egoístas, habían venido a joder la paternidad de él y toda su existencia, y ella tenía que responsabilizarse también de eso. Pero nunca lo haría. Camilo estaba seguro de que en esa historia, él terminaría siendo el malo del cuento, ¿qué otra opción tenía? Aguantar.

Para manejar la angustia que le empezaba a incomodar, como hormigas fugitivas subiendo por la pierna, Camilo se repetía que él ya sabía, que todas las mujeres son iguales, que lo único que buscan es dominar al hombre, quitarle identidad, fuerza. Como su madre, Raquel, que había exprimido a don David y éste vivió siempre atado a ese yugo, deseoso de recibir ese amor esquivo. ¿Qué ganó con eso? Quizá nada, porque Camilo estaba seguro de que su madre nunca lo había visto, ni a su padre ni a él mismo, quizá ni siquiera a David.

Camilo siempre dijo que no se lo permitiría, a ninguna. Se lo explicó a Clara, como pudo, como es posible explicarle estas cosas a una mujer, evitando que quiera voltearle todo y le brinque encima con un: ¿Crees que yo quiero dominarte?, ¿crees que todas las mujeres somos tu mamá?

Cuando supo que ella estaba embarazada, Camilo terminó la relación, desapareció del mapa por seis meses, no por miedo, sino para poner en orden sus ideas, para organizarse. Regresó antes de que naciera Bruno, porque ya sabía que quería estar presente, desde el primer momento y porque quería encargarse de todos los gastos, por supuesto. Clara parecía muy feliz con su regreso y él le explicó que su compromiso era para siempre, le aseguró que él la cuidaría, que no les faltaría nada, que a Bruno lo educarían entre los dos, que serían una familia feliz, diferente, a su manera, pero feliz.

Clara dijo que estaba de acuerdo, pero, evidentemente, pensaba otra cosa. Una vez más confirmaba que es imposible entender a las mujeres. En cuanto encontró a otro, lo sacó a él de la escena y hasta le quitó al hijo, Camilo tenía que protegerse. Por eso decidió que lo mejor era cortar por lo sano, acabar definitivamente el contacto con Bruno. Su nueva vida en Estados Unidos sería siempre más amable —ese muro de abrazos y sonrisas complacientes que construirían alrededor de él—. Quizás el tiempo y la distancia terminarían dándole la razón, quizá su hijo, ya más adulto, en algún momento lo buscaría, y entonces él tendría su oportunidad. Ahora no valía la pena entrar en una competencia en la que Camilo tenía todas las de perder. Por eso decidió cerrar el capítulo, no pensar más en Bruno y cómo sería su vida, no torturarse, seguir adelante.

Hay acontecimientos en las familias, que separan a sus miembros, como bolas de billar, azotadas por otra que llega a impactarse contra el grupo. Ese golpe certero, pudo ser la muerte del padre, que marcaba, no sólo el final de una etapa, sino también de una historia. Hay otras ocasiones en que no es un choque específico lo que provoca la dispersión, sino un estímulo que, con la energía suficiente, va dando distintos golpes, en distintos momentos, y provoca que, una a una, las participantes de esa partida se desplacen en direcciones insospechadas. Esa segunda bola, en la historia de la familia Martínez Alcázar, había sido siempre el retrato de la abuela Lucía.

—Camilo, necesito hablarte —fue Lucía la que, sin saberlo, lo sacó de su estancamiento emocional.

Cuando el teléfono, que llevaba días sin ser utilizado, comenzó a sonar, Camilo lo miró dispuesto a ignorarlo, como lo había hecho últimamente. Pero al darse cuenta de que era su hermana quien lo buscaba, contestó, casi con esperanza, porque probablemente Lucía le contaría algo divertido o, por lo menos, algo banal que le hiciera indignarse y pensar en otra cosa.

Lucía ya iba en camino cuando le marcó, quizás estaba confiada en que su hermano dejaría lo que estuviera haciendo por atenderla, que todo podría pasar a segundo término si ella necesitaba atención. Eso pensó Camilo, cuando la hermana atravesó la puerta, como si fuera su propia casa, y miraba con más asco que asombro: la basura dispersa en el suelo; el volumen a toda potencia en el simulador de vuelo; su apariencia de barba crecida y pantalón reutilizado. Antes de levantarse a saludarla, con la palanca de velocidad del simulador bien agarrada, Camilo dudó si no se arrepentiría de haberla dejado entrar.

Camilo no se arrepintió.

—Cuéntame, ¿cómo estás? —le preguntó, buscando algo que cambiara su atención de lugar—, cómo está tu marido.

—¿Juan Carlos? —preguntó Lucía asombrada—, de lo más encantador, no imaginas lo bien que se ha portado conmigo desde que murió papá, es que no sabe cómo consentirme —y al decir eso giraba los ojos al cielo y sonreía embelesada, y cualquier extraño habría jurado que eso era una muestra de verdadero arrobamiento por el marido. Pero Camilo no, él veía a su cuñado corriendo de un lado al otro con el teléfono cosido a la oreja, su cabello perfecto siempre, la mente lejos, ocupada en sus negocios o en sus amigos, en todo menos en Lucía —. Cenamos todos los días juntos, está súper pendiente de mis tres juanes, mis hijos —y Camilo sentía que estaba escuchando un parlamento bien ensayado, no una conversación—, llega a la casa temprano...

—Pues qué bueno, ¿no? —atajó Camilo, con poca paciencia para tolerar fantasías, estaba listo para cambiar de tema, pero Lucía tenía más que decir, parecía que necesitaba escucharse.

—Yo lo valoro muchísimo —abría los ojos enormes, como vendedora de infomerciales de tv cuando intenta demostrar las bondades de un producto: "Con este pelador de plátanos, su vida en la cocina se verá transformada"—, siempre ha sido buen papá y buen esposo, pero ahora yo noto que esta más atento, ¿sabes?

—Me da gusto, Lucía —quizá los ojos a medio cerrar de Camilo, la sonrisa de lado, la carcajada plástica. Algo le dio a Lucía una respuesta que no era la deseada, porque se apresuró a aclarar.

—Todos los matrimonios tenemos épocas difíciles, ¿no es cierto?

—No sabría decirte, yo nunca me he casado —volvió a atajar Camilo, pero no hubo caso, Lucía no lo escuchó.

—Creo que hemos pasado una gran prueba, ¿sabes? Hasta este momento de mi vida, me siento verdadera pareja de mi esposo, ¿qué extraño no? Él siente lo mismo, y para festejarlo estamos pensando hacer un viaje, sólo nosotros dos, pero será cuando termine un proyecto que lo trae loco...

—Pues me da gusto —tal despliegue de armonía era perfecto para diseñar la publicidad de una medicina para la impotencia o un seguro de vida—. Y... cuéntame, ¿en qué te puedo ayudar?

Para agrado de Camilo, Lucía dejó de declarar lo feliz de su vida matrimonial y tuvo el tino de no comentar el desorden en la oficina de su hermano (ahora Camilo dudada que lo hubiera notado), y sin interesarse en preguntar cómo estaba, o qué había hecho en el último tiempo, cómo estaba Bruno y qué sabía de Clara (omisión que Camilo también agradeció), sacó de su bolsa un ejemplar maltrecho de una revista en la que salía el retrato de la abuela Lucía, con un reportaje en donde Livia y las hijas de David, su hermano, parecían conocedoras de arte, había fotografías de su cuñada posando orgullosa. Lucía le mostró los comentarios que más la llenaban de furia: Leía en voz alta y con cada palabra parecía que supuraba indignación.

Cuando terminó de leer, azotó el ejemplar sobre la mesa y le contó que le llamó a David para reclamarle, y éste, con cínica parsimonia, le explicó sus intenciones respecto a la distribución de la herencia. Evidentemente, Camilo no había escuchado nada del retrato de la abuela Lucía, así que le tomó por sorpresa toda la historia: Que David se llevó el retrato a su casa en vez de llevárselo a la casa de Pinar, que seguramente Blanca, "ya ves cómo le gusta hacerse la interesante", lo solapó para engañar a Aurora, y que el hermano reclamaba la invalidez de la donación, como citó textualmente, ignorando una de las últimas voluntades de la madre.

A Camilo le sorprendió que lo que parecía provocarle más furia fuese ese reportaje y todas las mentiras que se contaban:

—La falsedad es lo que no soporto, tú sabes como soy yo —Camilo no sabía qué responder ante esa afirmación—. No voy a permitir que utilicen esa imagen, que ha sido tan importante en la vida de mi familia, para engañar a nadie, odio las mentiras Camilo, tú lo sabes...

—A ver, vamos por partes —Camilo intentó recoger los datos más significativos y concluir— ¿Me estás diciendo que David consiguió llevarse el retrato de la abuela Lucía a su casa, sin que Aurora le rompiera un brazo? Eso ya tiene merito, tendrías que reconocerlo.

Imaginar a Aurora con los ojos desorbitados, jaloneando el retrato en la cochera de la casa de Pinar, y a David, sin esfuerzo, cargándolo y metiéndolo a su auto, provocó en Lucía una sonrisa espontánea. Camilo también sonrió.

—Haciendo a un lado esa gran hazaña, no te preocupes tanto —atajó el drama, cariñoso—. David tampoco es invencible, él es sólo el albacea. Los cinco somos herederos. Los cinco tenemos los mismos derechos.

—Sí, pero David parece decidido, si no, ¿por qué sacaron ese reportaje tan cursi? Seguro tiene otras intenciones, él y su esposa, arribista, tan manipuladora.

—La última voluntad de mamá fue dejárselo a Aurora, no a ti, no a mí, no a Blanca y mucho menos a David —el tema comenzó a interesarle a Camilo.

—Es que eso tampoco es justo, es más, estoy segura de que mamá se lo dejó a Aurora por distracción o lástima, porque si hubiera pensado bien, se lo habría dejado a David, que era su consentido —gancho al hígado contra Camilo—, y tampoco hubiera estado bien. David era el niño de sus ojos, ¿no recuerdas? —Camilo lo recordaba, todos los días: "¿por qué no sacas buenas calificaciones como tu hermano?, ¿nunca vas a madurar? Contigo todo son disgustos". El estómago le comenzó a arder— Basta de injusticias, ni para Aurora ni para David, ahora tenemos la oportunidad de la revancha. Pelear por lo que es justo y que gane el mejor. ¿No te parece? — Lucía era capaz de quitar la atención de su ombligo y todo lo que le pasaba a ella, para buscar enardecer al hermano, darle en donde le dolía, motivarlo y hacerlo cómplice. Atrás de la indignación que comenzaba a subir en Camilo, también había algo de asombro, al recordar la claridad que Lucía su hermana podía llegar a tener.

El esfuerzo rindió frutos.

La expresión de Camilo cambió, y en su mente pensó en David como una camisa con puños almidonados, la corbata de seda con el nudo muy derecho, la loción impregnada en el saludo. ¿A quién había visto así últimamente? Camilo pensó en Livia, siempre presente, casi pastoreando a David, no lo dejaba ni a sol ni a sombra. Las hijas que no se irían a ningún lado, permanecerían al cobijo del padre.

El veneno hizo su efecto y Camilo destapó una rabia infantil que llevaba mucho tiempo ignorando, recordó a su hermano mayor ganando la carrera y a su madre aplaudiendo embelesada, como si él mismo, Camilo, fuera de otro equipo, de un equipo ajeno al de él, al de ella, un equipo perdedor.

—Esta vez no se va a salir con la suya, lo vamos a detener Lucía —declaró y, al decirlo, experimentó una satisfacción, un sentido de propósito que no había tenido en mucho tiempo.

Camilo, como su abuela muchos años antes, salió del aletargamiento gracias al retrato de la abuela Lucía: tanto uno como el otro estaban seguros de que a través de esa imagen podrían cobrarle al universo las injusticias de las que habían sido objeto. Compensar con algo, lo mucho que la vida les debía.

***

Antes de hablar con su hermano, Camilo buscó un abogado: "Éste no pierde una, es el más cabrón de la ciudad", decían todos los que lo conocían, y eso era lo que él necesitaba, como si supiera que el problema entre David y él no se solucionaría tranquilamente, o, peor aún, como si deseara que así fuera, una batalla cuerpo a cuerpo, librada en un campo de lodo y lluvia: ganchos al hígado, patadas en la cara. La fuerza de la justicia como motor. Una batalla en donde sólo vencería uno, y ése sería el mejor y el único. De una vez y por todas.

—Podríamos decir que no está jugando todo lo rudo que podría jugar —aclaró el abogado experto en herencias y sucesiones, y agregó—: porque ya está en posesión del bien y podría argumentar que desde antes le pertenecía. Para probar lo contrario tendríamos que presentar muchas pruebas. Lo que me cuentas me da la idea de que tu hermano intenta repartir lo restante de la masa hereditaria de forma equitativa.

—Esa atenuante a las intenciones de David, no pareció disminuir el hambre de justicia en Camilo.

—¡¡De qué hablas?!, ¡¡Equitativo!? —aclaró Camilo, intentando, quizás, enardecer a su gallo para que luchara con más furia—, ¿sabes cuánto vale ese retrato? No sólo para mi familia, sino en el mercado del arte. Va a ser muy difícil que esta repartición sea equitativa.

El abogado, haciendo gala de su reputación, comenzó a preguntar más sobre las características del retrato; el posible valor de la casa de Pinar de la Venta y algún otro objeto significativo contenido en la masa hereditaria. Con la mirada hambrienta del que detecta una presa fácil, tomó nota, y después de analizar el caso por unos minutos, le ofreció a Camilo, exultante, que le rescataría su pintura mediante el pago de diez por ciento del valor de los bienes recuperados.

Camilo aceptó sin titubeos, el costo era lo de menos; sin embargo, sabía que esto era sólo el principio, un abogado hambriento no sería suficiente para su guerra. Camilo necesitaba a sus hermanas, deseaba aplastar a su contrincante, y qué mejor herramienta que ellas para debilitarlo.

Buscó a Aurora esperando que, por el vuelco que había dado su vida desde la muerte de don David, estuviera más flexible (si continuaba con su idea de donar el retrato al Museo Regional de Guadalajara, habría otra guerra que él ya no estaba dispuesto a librar), lo único que necesitaba era su apoyo para hacer frente contra David, para que sepa que no puede ganar en todo, que no se puede salir siempre con la suya.

—Entiende, Aurora, si los cuatro nos unimos para quitar a David de albacea, será más fácil que un juez nos dé la razón y así no podrá chingarnos a todos, como siempre lo ha hecho.

—Ya no es sólo el retrato de la abuela Lucía, ahora también es la casa. ¿Sabes que me pidió que me salga de mi casa? Me va a dejar en la calle, sin nada —al escucharla quejarse, Camilo imaginó a una niña abandonada, de noche, bajo una tormenta, desvalida y con mucho miedo. Casi le dio risa, era imposible pensar en Aurora en esos términos y, sin embargo, quizás eso era lo que ella esperaba.

—Por eso te digo, hermana, vamos a quitarle el retrato y todo lo que podamos —a Camilo le interesaba más arrancar, despojar, vencer, que quedarse con algo.

—Pues no sé si me interesa hacerlo contigo —Aurora no parecía muy entusiasta con los proyectos de Camilo—, ¿qué propones? Primero le quitamos el retrato a David y después qué, ¿nos peleamos nosotros para ver quién se lo queda? No, gracias, yo no quiero saber nada tampoco de ustedes. Ese retrato es mío. Tú lo sabes, Camilo. Esa pintura es mía y la ley tendrá que protegerme —sentenció con esa cantaleta necia que no cesaba—. Yo ya busqué mi propio abogado y le meteremos una demanda por robo; estoy buscando testigos, ustedes, si son decentes, tendrían que testificar a mi favor. Él irá a la cárcel, no me importa que sea mi hermano.

Camilo calculó si a él tampoco le importaba que fuera su hermano, pero se detuvo, era inútil pensar en eso ahora, debilitar su furia, lo urgente era conseguir una aliada y Aurora no se la estaba poniendo fácil.

No podía ofrecerle que Blanca y Lucía se unirían para arrebatarle el retrato a David y después dejárselo a ella. Si ésas eran sus condiciones, Aurora no encontraría a nadie que la apoyara, y quizá lo sabía. De algún modo, el retrato de la abuela Lucía había cobrado relevancia para cada uno y ya nadie lo quería soltar así de fácil.

Sin atreverse a reconocerlo, Camilo también había comenzado a desearlo, calculando que esa mujer altiva y dominante aterrizaría perfectamente en su sala, iniciando una batalla frontal contra el hombre escondido tras la cuadrícula de colores que ya la esperaba. Aurora no era la única que merecía ese retrato, él también, ahora lo sabía. Se imaginaba la pintura de Roberto Rébora, el hombre, atrapado tras esas rallas de colores, saliendo de su encierro y enfrentándola a ella...

Un trofeo, un mensaje, un recordatorio, una prueba, un pago. ¿Qué era el retrato de la abuela Lucía para cada uno de sus hermanos?, ¿para él? No lo sabía, lo único que tenía claro era que el destino de esa pintura dejaría cicatrices imborrables en cada uno de ellos y, sobre todo, en su relación de hermanos.

Claro en su objetivo, Camilo quiso sacar algo de ventaja de la reunión, sabía que Aurora no sería una aliada, así que lo único que ella podía darle en ese momento era información: por eso le preguntó, más detalladamente, qué haría con el abogado y los tiempos que el otro le había propuesto, "para no traslaparnos, Aurora", le explicó, pero lo que en realidad buscaba era moverse a su lado, quizás adelantarse para asustar a David y que fuera más fácil manejar las cosas a su favor.

✳✳✳

A Blanca la encontró en la plaza de la Liberación, en pleno centro de la ciudad, quedaron de verse en una banca, justo frente al Museo Regional de Guadalajara. "¿En este museo tan triste quería Aurora abandonar el retrato de la abuela Lucía?", pensó Camilo cuando llegó al lugar. Blanca había ido a presenciar el espectáculo de unos malabaristas que pidieron permiso para trabajar en ese punto durante el invierno y, según le explicó, necesitaba tomar algunas fotografías para armar un expediente.

—¿No te preocupa moverte por estas calles en la noche? —le preguntó Camilo, asombrado.

—¿Por qué? Aquí todos nos conocemos —y deteniéndose un momento, aseguró—; el barrio me respalda —, más como un desafío que como una broma.

Camilo seguía olvidando cuánto había cambiado Blanca los últimos años, siempre se veía tensa, a punto del ataque de furia, y él no entendía qué le sucedía —quizá tenía algo en contra de él, no lo sabía— si trabajaba en lo que le gustaba y siempre estaba acompañada del Francés. Quizás había sido la maternidad. Ese día, por cierto, Antoine no estaba con ella. Por supuesto que Camilo no preguntaría por qué o dónde estaba el Francés. Si a él no le gustaba que le preguntaran, tampoco le interesaba meterse en la vida de los otros.

Después de ver cómo, en todas las posiciones posibles, Blanca filmó y fotografió a tres chicas y un muchacho que, sujetados de una cuerda atada a dos árboles, volaban por el cielo y lanzaban pelotas y aros con ágil destreza, la recibió en su banca. En cuanto se sentó, él le propuso la alianza, le aseguró que ésa sería la única forma de garantizar que todos opinaran sobre el destino del retrato de la abuela Lucía.

—Cuando niños, vivías en otro universo y cuando regresabas te quejabas de que no te tomáramos en cuenta, bueno, ahora tienes tu oportunidad para opinar y hasta decidir —Camilo no creía que no la hubieran tomado en cuenta, pero ahora necesitaba apelar a cualquier añoranza (aunque fuera infundada), para conseguir una aliada.

—Déjame entender —aclaró con algo de sorna—, tú dices que nos aliemos para pelear en contra de David —ahí estaba la expresión amarga de su hermana menor.

—Yo digo —aclaró con cautela— que nos aseguremos de tener todos las mismas posibilidades y que nuestra opinión sea escuchada. Si dejamos a David, él va a decidir todo, sin importar lo que pensemos los demás. Como en el funeral, ¿no te pareció ridículamente ostentoso?

—¿Por qué no nos reunimos para hablar de eso civilizadamente? —propuso, y al escucharla, Camilo miró a aquella niña con dos coletas rubias, los lentes de papá y el saco de la madre, jugando a ser adulta.

—Porque a David no le interesa hablar civilizadamente.

—¿Cómo sabes? —preguntó, y esa veta de amargura en la voz, esa ira que Camilo tenía bien detectada, volvía a brillar en los ojos de su hermana. Sí, seguro tenía algo en contra de Camilo, pero en ese momento a él no le interesaba averiguarlo.

—Blanca —le dijo intentando apelar a su sentido de la justicia, invocar a la pequeña de coletas y lentes de adulto—, amenazó a Aurora, le exigió que se saliera de la casa porque va a vender todo, ¿tú sabes lo que va a sentir Aurora cuando la saquen de esa casa? A David sólo le interesa el dinero, ¿no te parece suficiente prueba para detenerlo?

—Me parece prueba suficiente de que tenemos que hablar con él y hacerle entender lo que los demás queremos.

Camilo no podía creer que Blanca no se solidarizara con Aurora y el hecho de que pronto se quedaría en la calle. Quizá Blanca estaba más de acuerdo con David de lo que quería reconocer. Quizás entre los dos se estaban poniendo de acuerdo para joderse a los demás. Camilo comenzó a dudar seriamente si, como sospechaba Lucía, se pusieron de acuerdo los dos y ella recibiría una tajada. Blanca y el Francés viviendo en ese departamentito miserable, con esculturas de papel y juguetes de segunda mano, siempre necesitados de dinero, con el hijo de pantalones zancones, heredados, ¿de quién?, quizá de algún malabarista...

—Blanca, ¿tú le ayudaste a robar el retrato de la abuela Lucía? —se atrevió, así, sin preámbulos, quería tomarla por sorpresa, ver su reacción y con ella conocer la verdad.

Sus ojos pequeñitos y brillantes, lanzas de furia, el aire apretado antes de desbocar su respuesta, la indignación que escapó por todos sus poros, despejaron las dudas de Camilo: ella sólo sabía que David se ofreció a transportarlo, justo el día de la muerte del padre, pero nunca pensó que se lo llevaría a su casa. Camilo aprovechó la ocasión para despertar en ella un sentido de culpa

—Tú lo sacaste de casa de nuestros padres y ahora es más fácil que nunca que David nos lo quite a todos. ¿No vas a hacer nada? Todo esto también es tu responsabilidad —no podía medirse, tenía que forzarla, por culpa, por miedo, por lástima, por lo que sea...

—Pues no sé si sea mi responsabilidad, lo único que yo hice fue llevársela a papá al hospital y funcionó ¿no te acuerdas? Ésa fue la última vez que lo vimos sonreír —el chantaje no resultó y, al contrario, el golpe de Blanca fue más contundente—; lo que sí sé, es que a él no le hubiera gustado todo este pleito.

Camilo lo sabía, era cierto que su padre no hubiera querido una guerra entre hermanos, sobre todo, una por el retrato de la abuela Lucía; pero quizá tampoco querría, si hubiera tenido el valor de enfrentarlo, el desprecio solapado con el que su madre trató a Camilo siempre. Esa manera sistemática de no mirarlo, de no escucharlo. Ante la preferencia que ella tenía por David, su padre sólo fue capaz de intentar compensar con atención y cariño, los favoritismos de la madre.

La conversación llegó a un punto muerto, de alguna forma Camilo presentía que así sería con Blanca, y con asombro se preguntó en dónde había quedado esa hermana que lo seguía para todo y festejaba sus bromas, la dulce, la divertida, que tenía hambre de saber y siempre muchas preguntas rondándole en la cabeza. Esa hermana ya no estaba ahí, por eso optó por engañarla a ella también, decirle que hablaría con David en los términos que ella pensaba, que tenía razón: "¿Qué hubiera querido nuestro padre?". Pero en el fondo estaba convencido de que la razón estaba de su lado, que él tenía todo el derecho de iniciar esta batalla y ganarla para traer, por fin, justicia a esa familia.

Cómo hace falta sentir que se puede hacer justicia.

Una noche antes de encontrarse con David, no durmió, se levantó temprano, se bañó y, sin rasurarse, escogió cuidadosamente el atuendo más casual que tenía: pantalón holgado y camisa de lino azul, guaraches alemanes y el cabello en una cola de caballo. Al vestirse imaginaba el traje acartonado de su hermano, el cuello apresado por la corbata de seda, el olor a loción que dejaría en su mano al saludarlo, y estuvo seguro de que David no podría más que sentir envidia de verlo así, tan cómodo, tan relajado.

En cuanto cruzó la puerta de la oficina de David, pesada y ostentosa, una batería de indignación alimentó sus intenciones. Todo ahí estaba pulido y brillante, todo era sólido, permanente, nadie se iría a ningún lugar. Respiró profundo, imaginó a sus hermanas, el sabor amargo y dulzón de la venganza. Necesitaba esa confianza, iniciaba una batalla que sí podía ganar, tenía las armas necesarias, estaba preparado, era una revancha contra la injusticia, el abandono. La compensación a todo lo que había ido mal en su vida.

Lo primero que hizo fue mentirle, asegurarle que tenía el apoyo de sus tres hermanas para ejecutar acciones legales —una vez más en su vida, no estaba respaldado como hubiera querido, pero ahora no pensaba detenerse por eso—. Le informó que le había explicado a cada una la situación y que todas estaban de acuerdo con él, y sus objetivos eran los mismos, y que si David no se sentaba a negociar, terminaría perdiendo más que todos.

—Para empezar, vamos a pedir que el juez designe a otro albacea, para que te obliguen a entregar el retrato y hagamos una repartición decente...

Al decir "decente", Camilo implicó la ofensa. No le diría abiertamente "ladrón", no por ahora, era suficiente con ponerlo en guardia. Pero, para su sorpresa, lo que violentó a David, más que la insinuación a su honestidad, fue el hecho de que los cuatro se hubieran agrupado en contra de él. Camilo lo supo porque más tardó en mencionarlo, que David en cambiar de expresión, enderezarse, inclinarse sobre su escritorio de madera oscura, tipo chippendale, entrecerrar los ojos y amenazarlo:

—¡¿Ustedes creen que pueden hacer algo en contra mía!? No pierdan el tiempo —gritó, como si en verdad estuvieran los cuatro frente a él y no sólo Camilo. Después, soltó el aire, se tiró hacia atrás, se detuvo un momento y le propuso—, mira, Camilo, mejor trabaja conmigo para que esto salga lo más rápidamente posible y todos queden conformes. ¿De acuerdo?

—Nosotros no te lo vamos a permitir David, porque no es justo —aprovechar la debilidad descubierta, atizar en donde le dolía, "nosotros", y después soltar las palabras más significativas para él, "no es justo".

—No se arriesguen —intentó mostrar su superioridad—. Conozco gente, podría mover las piezas en un chasquido y hasta dejarlos sin nada, ¿comprendes? —Nuevamente les hablaba a todos sus hermanos, no sólo a Camilo— Quizás a ti no te importa, pero estoy seguro de que a Aurora y a Blanca sí puede afectarlas —Camilo intentó una sonrisa que ocultaría su miedo. Sí, era cierto que si él les quitaba la herencia, las más perjudicadas serían Blanca y Aurora, pero, finalmente, ellas tampoco querían cooperar, ¿qué podía hacer él?

—Pronto vas a saber de nosotros —lo amenazó. Lo más importante era dejar sembrado el veneno.

Salió de la oficina de su hermano sin haber llegado a ningún acuerdo y sin entender exactamente cómo había logrado enfurecerlo. Algo tuvo que ver el hecho de que Camilo hablara en nombre de él y las tres hermanas, eso era claro. Sin embargo, Camilo sabía que no contaba con las armas prometidas y, aun así, se sentía poderoso. Sí podría ganar esta batalla que lo sanaría por todas las otras batallas perdidas.

Se peleaba con David como lo habían hecho cientos de veces en su historia; el otro, mayor, mostraba su fuerza cual gorila azotándose el pecho, y Camilo resistía el embate sabiendo que si pensaba con frialdad, podría compensar su debilidad con astucia, pero, a diferencia de esos otros pleitos, en los que en cualquier momento llegarían sus padres, a tranquilizar la situación e impartir justicia —no siempre justa—, en esta ocasión la batalla sería a muerte, tendría que haber un vencedor y un vencido, y de todas maneras, los dos terminarían perdiendo.

Camilo lo sabía, pero no se atrevía a detenerse, no quería detenerse.

David

Por insistencia de Livia, David lo contactó. Buscaron por todo México a un experto en la obra de Gerardo Murillo que pudiera extender un certificado avalando la autenticidad de esa pintura sin firma. Después de varias llamadas telefónicas y muchos mensajes electrónicos en los que se mostraron fotografías de ésta, incluidas unas con detalles que el mismo experto solicitó. Llegó a Guadalajara un hombre alto, de bigote negro y angosto sobre unos labios delgados, con trato refinado y el único interés de conocer la obra, como si nada más existiera a su alrededor; como si Guadalajara y sus atractivos turísticos, la casa con imponente vista a la ciudad, ni siquiera su anfitriona afanada en ser amable, nada tuviera la menor trascendencia, sólo esa joya que quizá pintara Gerardo Murillo, el Dr. Atl, y la historia romántica o tormentosa que escondía.

—¿Gustan tomar un café? —preguntó Livia solícita a él y al ayudante, un chico delgado y silencioso que lo acompañaba cargando un maletín negro.

El experto negó con la cabeza, no se molestó en responder, pues ya su atención y la inclinación del cuerpo estaban entregadas a la contemplación del cuadro que por fin tenía frente a él. David se paró a la entrada de la sala, a prudente distancia, dejando antes, sobre la mesa, una caja con cientos de fotografías. El chico sacó una carpeta con imágenes de diferentes obras del doctor Atl, y mientras el experto observaba cada centímetro del retrato de la abuela Lucía, regresaba a las imágenes de la carpeta tratando, quizá, de corroborar el trazo del artista. Después, con ayuda de su asistente descolgó, giró la pintura y pasó las yemas de sus dedos por el bastidor que sostenía el lienzo, miraba el color y la textura de esa madera barata. Acercaba la nariz para ¿olfatear? David nunca había visto nada igual. El chico, de modales delicados, seguía los movimientos del experto, sacaba uno a uno los instrumentos que el otro necesitaba, sin que se los hubiera pedido. Ahora salía una lámpara de luz azul que dirigió hacia el lienzo y, por ese reflejo, algunos trazos se realzaban fosforescentes.

Después de un largo estudio, el experto, con ayuda de su asistente, volvió a colgar el cuadro y se sentó ante él, en el sillón de la sala cruzó las piernas, recargó la espalda y con la mirada atenta abarcó la obra y sus detalles, como si sus pupilas fueran capaces de medir la distancia entre la frente y el mentón de la modelo, la cabellera negra con ondas azules y rosas, como si esos ojos profundos lo desafiaran sólo a él. Con la carpeta a su lado, continuaba buscando imágenes similares y las comparaba. Poco a poco, una expresión triunfadora comenzó a dibujarse en su rostro, aunque a ratos hablaba consigo mismo y parecía no ponerse de acuerdo.

Casi dos horas de silencioso análisis. Dos horas en las que el matrimonio anfitrión no habló para no molestarlo. Hasta que el angosto bigote del experto se extendió a todo lo ancho, sus ojos destellaron un brillo de placer y los brazos relajados anunciaron que la examinación había llegado a su fin y ese fin le complacía. Fue entonces cuando reparó en David y Livia que, cual pescador ofreciendo su perla más preciada, esperaban el veredicto del experto.

—He buscado en los archivos gráficos —observó a la pareja y, quizá más para afirmarse él mismo que para informarles a ellos, explicó—, en los registros de exposiciones, en fotografías de estudio, en libros, catálogos, y no aparece este retrato. Es extraño, porque la obra del Dr. Atl está muy bien documentada cuando estaba en proceso y, por supuesto, las exposiciones en que participó. Sin embargo, no es imposible que esta pintura sea de él, pues realizó mucho trabajo privado.

—Es cierto, yo he visto en internet muchas imágenes del Dr. Atl pintando en su estudio, o hasta en el campo —comentó Livia intentando, quizás, impresionar al experto con su dominio del tema, pero aquél sólo atinó a detener el aire, sin responder, asintió breve y continuó soltando lo que su mente procesaba.

—Por la consistencia y la descomposición del color —continuó con tono más pausado, severo, como si quisiera evitar que lo volvieran a interrumpir—, no tengo la menor duda de que la pintura sí es petro-resina, con las mezclas que él inventó y utilizaba. Para contrarrestar la ausencia de firma es fundamental encontrar lo que llamamos "las firmas secretas del autor", es decir, su sello, cómo resolvía la estructura de la obra, la existencia de paisaje, o no, en el fondo del retrato, los trazos para darle movimiento a ciertas zonas que podrían pasar inadvertidas ante un espectador distraído. También cuestiones secundarias, como la posición de la modelo o la forma en que resolvía las manos, el cabello, los ojos, la luz —al tiempo que terminaba de hablar, como si con esa explicación él también hubiera entendido, tomó aire y declaró por fin—. Teniendo en cuenta todo esto, me parece que no hay lugar a dudas: es un Dr. Atl auténtico y, si me permiten la comparación, junto con otro de Naui Ollin, uno de los más hermosos que pintara el maestro... aunque en este retrato —volvió a los cálculos y a la necesidad de aclarar sus propias ideas—, el maestro se detuvo con asombrosa paciencia en destacar la textura de la piel, la fuerza de la mirada, hasta el brillo de las perlas. Parece, más que un retrato, un paisaje, uno de esos sutiles pero a la vez majestuosos paisajes que tan bien lo caracterizaron —y luego aseguró, con la confianza del experto que vive de investigar el legado de su ídolo—; me atrevería a decir: es como si el maestro no hubiera conocido realmente a esta mujer y, más que pintarla, la estuviera descifrando —deteniéndose en esa aseveración y en la expresión complacida de David y Livia, preguntó—: ¿Cómo llegó esta obra a sus manos? y ¿cómo es que no se sabía de ella?

Los cuatro por fin se sentaron, y David le narró la historia, algo de lo que su padre contó aquel último día, la que su madre había dejado ver y, por supuesto, todo lo que recordaba de su abuela, ya que siendo él, el nieto mayor, contaba con información privilegiada. Para justificar el ocultamiento de la obra durante tantos años, tuvo que explicar sus propias teorías, sobre el contexto en el que se dio su génesis y las creencias o miedos por los cuales la familia de su madre, "una viuda con sus hijas provincianas y temerosas", había mantenido oculta la obra.

—Las fechas coinciden con los datos biográficos del maestro, y las circunstancias intensas y fogosas con las que me cuenta que se creó la obra, contribuyen a demostrar que tiene el sello inconfundible del volcánico Dr. Atl. Pero dígame, ¿tiene alguna otra prueba?, ¿cartas?, ¿fotografías? Algo que nos pueda dar más certezas.

Fue cuando David mostró las fotografías que, unos días antes, había extraído de la casa de Pinar de la Venta, cuidándose mucho de que Aurora no lo viera, porque seguramente hubiera tratado de impedírselo: En la primera estaba la abuela Lucía de joven, poco tiempo después de que se pintó el retrato.

—No tengo duda de que es la modelo —declaró el experto con su ojo clínico—; sin embargo, si me permite, parece que el artista pintó a una mujer más feliz, ¿no le parece? —claro que le parecía, su abuela, hasta donde él sabía, siempre fue una mujer triste, pero David no iba a entrar en detalles, se lo debía a su madre.

Ante la discreta sonrisa de David, el experto continuó su inspección. Ahí estaba la abuela Lucía el día de su boda, y unos años después, su madre, joven, casi niña, con el cuadro recargado en el suelo, a un lado de ella, y del otro, la abuela con la cara espantada de quien se acaba de despertar, ¿estaba en pijama? Esa imagen era muy extraña, porque doña Lucía cuidaba mucho su apariencia; David no imaginaba cómo alguien había conseguido tomarle una fotografía en ese momento tan descuidado. Al reverso de la foto, con la letra de su madre, un mensaje: "el día en que la esperanza llegó a nosotros". En otra fotografía, sus padres vestidos de novios. Después empezaron a circular diferentes imágenes de sus hermanos, y de él también, en variados momentos de la historia, y en todas, el retrato de la abuela Lucía al fondo.

Como en un acto de deformación profesional, el experto se concentró en las fotografías desplegadas sobre la mesa, volvió a poner su atención severa, ignorando a sus anfitriones, y sin que nadie lo solicitara, sin que David comprendiera qué estaba haciendo, el hombre las comenzó a acomodar en una especie de línea de tiempo, basándose en el vestuario, el papel fotográfico, la calidad de la imagen. Más que la historia de la pintura, lo que el hombre parecía querer rescatar era la historia de la familia de la que había salido esta obra de arte.

—Claro que ella es la modelo —dijo con certeza absoluta—. Es una lástima que no haya alguna durante el proceso de creación —el hombre tomó la fotografía, frunció el ceño y la miró detenidamente para después dejarla de nuevo en el lugar que ya antes le había asignado—. No, hay muchas fotografías del día de su boda, que, evidentemente, fue algunos años después —y justificó—: además, en esas imágenes no aparece su retrato. Y ella, ¿quién es? —preguntó señalando con el dedo.

—Mi madre —respondió David, orgulloso.

—El parecido es notable, pero claramente ella no es la modelo —después de definir ese dato, se concentró en las demás fotografías ya acomodadas—. Uno, dos, tres, cuatro, ¿cinco hijos? —señaló a cada uno de los pequeños que, con sonrisa de travesura, se apretujaban ante el lente de la cámara, y siguió revisando otras imágenes: Camilo disfrazado de vaquero; Lucía vestida de gala antes de salir a una fiesta, ¿su graduación?; Blanca y varias muchachitas en uniforme comiendo helado; Aurora en su primer día como doctora, y David cuando fue a pedir la mano de Livia. —Y esta fotografía, ¿en qué año se tomó?, y ésta es más antigua, ¿no es cierto? —hasta que llegó a la última— ¿Éste es su padre?, ¿la más reciente?

—Sí —dijo David con un poco de nostalgia—, ésa fue su última fiesta de cumpleaños.

El experto continuaba escudriñando la intimidad de su familia, provocando en David una sensación de vulnerabilidad, como si un intruso se metiera en su cama o entrara en su regadera. Hubiera querido recoger todas las fotografías, rápidamente, con violencia, y devolverlas a la caja, en donde algunas habían dormido por años, pero se contuvo, hasta que por fin el hombre se enderezó, se alejó de las fotografías, dejó de fisgonear y comentó en una especie de reflexión final:

—He observado que los retratos de familia, al pasar las generaciones, van perdiendo presencia dentro del hogar que los acoge. Como si se gastara su energía después de que sus protagonistas desaparecen. Se vuelven objetos decorativos, invisibles al ir y venir cotidiano. ¿No le parece?

David asintió con la cabeza. Ningún comentario. No le interesaban las opiniones de ese pretencioso, que sólo hasta que estuvo seguro de que estaba frente a una obra de arte importante, se decidió a ser amable con ellos y hasta se atrevía a compartir sus apreciaciones personales.

—Pues no me queda más que agregar, tiene usted una obra de arte espléndida y muy valiosa —dijo al darse cuenta de que el otro no estaba dispuesto a la plática ligera y, sin más, se levantó para anunciar su partida.

—Usted nos enviará el avalúo, ¿no es cierto? —preguntó David, que sólo esperaba escuchar una confirmación. Quizá quería tener un número en su mente, por si necesitaba hacer cálculos para dividir la herencia.

—Disculpe la pregunta, pero... usted está interesado en saber ¿cuánto vale?, o ¿en cuánto la puede vender? —los ojos pequeñitos se medio cerraron y los labios delgados se apretaron a un lado, como si estuviera a punto de hacer un truco de magia y no quisiera ser descubierto.

—Que, ¿no es lo mismo?

—Permítame ponerlo de esta manera —sonrió, ¿se divertía?—. En general, los retratos de familia no se venden fácilmente, más Diegos Rivera de los que usted se imagina, Tamayos y Orozcos, languidecen en las bodegas de sus propietarios, porque ni ellos ni nadie quiere tener a la abuela, la tía o la parienta de triste memoria, imponiendo su presencia aristocrática, salvaje o triste, a mitad de la sala.

—¿Quiere decir que si yo pongo a la venta este retrato, no voy a encontrar comprador?

El hombre ya iba a asentir, como si la pregunta de David fuera la más obvia del mundo:

—Me cuesta trabajo pensar que una pieza tan hermosa como ésta, no encontrará un comprador al instante de ser puesta a la venta; sin embargo, si es un retrato de familia y eso implica... —de repente se detuvo, como queriendo recordar algo—. Justo ahora hay un coleccionista japonés que está buscando por toda latinoamérica retratos de familia, es lo único que le interesa —y mirando a Livia y a David, agregó—. Si están interesados, puedo ponérlos en contacto con él.

—Gracias —atinó a decir David—, pero no estamos interesados en vender.

—He sabido, por fuentes confiables, que ha realizado varias transacciones y todas han sido a precio justo y pago inmediato, no se...

—Gracias, pero el retrato no se vende —, repitió, tajante.

—Entiendo —concedió el experto—, es una pieza muy bella como para deshacerse de ella.

Los dos de pie, uno frente al otro, apretón de manos que terminaba con todo el intercambio.

—Necesito enviar a un colega que vive aquí en la ciudad y él dará una segunda opinión. Son cuestiones de protocolo, pero no tengo duda del veredicto, así que en unos días le estaré enviando un certificado de autenticidad y, por supuesto, un estimado del valor de la pintura.

—Muchas gracias —fue Livia la que, con dos brinquitos ya estaba junto a ellos y contestó entusiasmada.

David se sentía confundido entre la necesidad de proteger su intimidad y la importancia de ser educado. Lo único que quería era que este del bigotito alargado desapareciera de su casa y no volverlo a ver.

—Quisiéramos invitarlos a comer —ofreció Livia, para liberar a su marido del trance, y David se excusó diciendo que él no podría acompañarlos, tenía trabajo pendiente.

—Sólo permítame repetir, a riesgo de ser imprudente: si usted está pensando, remotamente, en venderla, la posibilidad más viable es este coleccionista. Yo no lo conozco personalmente, pero sé de las compras que ha hecho y todas han sido rápidas y a precio justo.

Piénselo bien, quizás esta oportunidad no se repita —ahora habló con un poco más de intensidad—, muchas veces, los objetos no nos devuelven los cariños, pero su valor económico nos proporciona otros placeres en tiempo presente —ahora parecía vendedor de criptas o de tiempos compartidos en la playa.

Y con esa frase gastada, quizá porque no lo sentía realmente, extendió su mano, sonrió, mucho más solícito de como había llegado, miró fijamente a David, tratando de entender si sus palabras habían surtido efecto, y después de darle un último vistazo al retrato de la abuela Lucía, salió con Livia, entusiasmada por llevarlos a un restorán nuevo en Providencia. Quizás ella deseaba establecer contacto con alguien tan bien relacionado en el mundo del arte, quizá soñaba con volverse una habitué de sus eventos culturales. David no lo sabía, pero en ése momento, no le importaba.

Se quedó solo, anclado en el sillón de la sala, mirando las fotografías que, como hierbas secas al tallarse, por el interés de ese desconocido recuperaron el olor, las imágenes cobraron voz y, a través de ellas, David revivía la historia de sus padres, su infancia, sus hermanos, con el asombro de lo recién descubierto. Como si los ojos de aquel extraño le hubieran mostrado algo que él mismo ya había olvidado, o, peor aún, no había visto.

Esa pintura tenía un valor que, en un principio, David no había calculado en su justa medida. Por circunstancias que no valía la pena enumerar (no quería recordar que engañó a Aurora, que tenía el retrato de la abuela Lucía en su sala, iluminada con una lámpara especial, sin autorización de su legítima dueña, y ahora no permitiría que se la quitaran). Él era el custodio de semejante tesoro y era su responsabilidad tratarla con el cuidado que se merecía. Tenía que encontrar la manera de conservarla. Livia tenía razón, "Sólo tú puedes hacerlo".

Por otro lado estaban Livia y la obsesión que ella misma había desarrollado por el retrato de la abuela Lucía. "Qué bueno que nos vamos a quedar con ella", le decía casi todas las noches. "Es lo justo, tú eres el hermano mayor y el que más ha trabajado por la familia", argumentaba, y como para que el otro no bajara la guardia, recordaba diferentes sucesos que necesitaban compensación, como la ocasión en la que no habían puesto su lugar en la mesa, o aquella vez en la que olvidaron incluir a las hijas en el intercambio de Navidad, cuando tenían dos y tres años. Quizá conservar el retrato también le daría a ella esa sensación de justicia que había buscado inútilmente en su propia familia.

Del abandono y el deseo de hacerlos sufrir, que lo vieran; pasó a la duda, después de informarle a Aurora que no se quedaría con el retrato; pedirle, además, que desocupara la casa y atrás de los gritos sentir su desesperación, dudó, él no quería hacerle tanto daño.

Sin embargo, todo cambió —o quizá todo tomó el lugar que estaba destinado a tomar— cuando Camilo, en nombre de las hermanas lo amenazó con que se unirían para sacarlo de la jugada; entonces David entendió que ese sentimiento de infancia que Livia había identificado tan bien, no había sido inventado, que no era su culpa por ser él el consentido de la madre, lo que lo había distanciado de sus hermanos, que eran ellos los que, quizá por envidia —como decía Livia continuamente—, quizá por celos, lo habían hecho a un lado sistemáticamente. Fue cuando dejó de preocuparse por la justicia, por repartir equitativamente la herencia, por evitar pleitos. Si los otros cuatro lo mantenían afuera siempre, hiciera lo que hiciera, lo justo es que él se quedara con algo tan valioso.

El riesgo era claro: si los cuatro hermanos se unían contra él, lo podrían sacar de la jugada, entonces no tendría oportunidad de quedarse con el retrato de la abuela Lucía. David también sabía que los bienes de su padre no alcanzarían para dividir en cinco partes la herencia, siendo una de ésas, el retrato de la abuela Lucía. Había que pagar a los otros el valor proporcional de la pintura, y él no contaba con la liquidez suficiente para eso: La casa nueva, las actividades de las hijas, los hábitos de Livia, todas gastaban mucho, y David apenas podía mantener el barco a flote, no podría disponer del dinero. Lo único que estaba claro era que él no se dejaría vencer por ellos. Nunca lo había permitido, no empezaría ahora. Con esta pintura como compensación, como premio irrefutable, seguramente se le acabaría la furia y hasta podría convivir con ellos, nuevamente y en paz.

Eso es lo que su madre hubiera querido.

Ese día, como muchos años antes su abuela Lucía, David decidió que la justicia estaría de su parte, la revancha no se haría esperar y a través de ese retrato, él sería capaz de recuperar lo que le habían negado.

Blanca

Sin soltar completamente el embrague, Blanca cambiaba de velocidad y aceleraba el motor para provocar el ruido metálico y rasposo que reflejaba tan bien esa sensación que traía por dentro. Llegaría a la casa de Pinar de la Venta antes de la hora fijada por Aurora, porque no quería estar más tiempo entre los muros amarillos de su departamento... con Antoine.

Se sentía atrapada, sobre todo después de esa noche en la que Antoine, con la ternura que sólo guardaba para ella —cada que hablaban de algún tema importante, Antoine entraba en personaje, como los actores: primero, esos enormes ojos azules venadeaban la mirada de Blanca hasta que la tenían bien sujeta. Tomaba aire y con la conciencia quizá de las diferencias culturales, los idiomas, la historia que los separaba; comenzaba a hablar asegurándose de que ella comprendía cada una de sus palabras, y que él mismo entendía lo que ella respondía. Al principio a Blanca le enternecía ese esfuerzo. Últimamente no lo soportaba—. Él le explicó lo que ella había comprendido desde el primer momento: Tenía que aceptar la propuesta del circo Knie, no había otra opción, si no lo hacía, se arrepentiría. Lo que tenían ahorrado no era suficiente, es cierto, pero de algo les serviría, él podría pedir un préstamo. El sueldo no era tan bueno, de eso ya se habían dado cuenta por los cálculos que hizo Blanca, pero sería sólo al principio, Antoine sabía que pronto mejoraría y podrían vivir bien en ese país tan costoso. Él estaba convencido de que mudarse a Suiza sería bueno para la familia.

Todo el proyecto de mudarse a ese otro lado del mundo se le arrastraba como las velocidades de su camioneta. Recordaba tanto a su madre: suspicacia o abierto desprecio ante la vida que había escogido con Antoine. ¿Tenía razón? Blanca buscaba argumentos, datos concretos que respaldaran su reticencia: Suiza era otro mundo, un país anquilosado por la tradición y la geografía "Una jaula de oro", dijo su madre varias veces. Ella había escuchado a muchos que se quejaban de la frialdad de su gente, de la rudeza del clima. Además, con los movimientos de ultraderecha campeando por todo Europa y en Suiza, los más xenófobos de todos, cómo llevar a su hijo, con pinta de latino, allá. Ella y Gill serían siempre ciudadanos de segunda clase.

En México, en cambio —Blanca no diría esto en voz alta. No lo reconocería ni ante ella misma—, tenía la fisonomía adecuada; el apellido correcto; el estrato social justo. Con la actitud correcta ella podía desenvolverse con quien quisiera y en donde quisiera. Blanca tenía ventaja sobre muchos y lo sabía. No sólo eso, en su país, Blanca sería siempre de las de arriba y eso no lo suprimiría la vestimenta más sencilla o el oficio más alocado.

Sin embargo, Antoine era su esposo, y trabajar en el circo Knie era el sueño de su vida. La ilusión no sólo de él, de sus padres también, ¿cómo negarle esa oportunidad? Necesitaba tiempo y encontrar la mejor manera de convencer a Antoine, quizás él recapacitaría y quisiera quedarse, quizá se iría sin ellos. "Algo de traición, del más burdo engaño se fragua al unirse con un cirquero y no estar dispuesta a hacer las maletas", ¿quién dijo eso?, ¿ella? ¿él?... ¿su madre? No importaba, sería una traidora porque no podía hacerlo, no podía dejarlo todo, irse lejos, ser y proteger en ese mundo, tan ajeno a ella.

Esa tarde, antes de salir de su departamento, muros amarillos y esculturas de papel maché, Antoine había sentado a Gill en su regazo y le mostraba la computadora con imágenes de bosques muy verdes; niños jugando en la nieve; lagos cristalinos y calmos; pueblos abigarrados entre montañas. Le hablaba de lo hermoso y limpio que era Suiza, y todo lo que podrían hacer juntos.

Blanca estaba sentada en el único sillón de la sala intentando tejer una cobija de cuadros amarillos que tenía años sin terminar, pero no perdía una sola palabra de la conversación y levantaba los ojos con disimulo cuando Gill le preguntaba a su papá algo de lo que estaba viendo: cómo era la nieve y si podrían tocarla.

—No sólo la vamos a tocar, vamos a hacer bolas bien apretadas, y el que junte más, será el que gane la batalla —soltaba la carcajada—. Porque hay batallas en la nieve, tienes que estar preparado.

La sonrisa de Gill se desplegaba chimuela, al tiempo que Antoine disfrutaba su sorpresa, lo abrazaba y reía divertido, hasta que Blanca lo interrumpió, no podía más.

—Antoine —le dijo bajando el tejido amarillo, apretándolo con sus manos mientras hablaba—, no tenemos más que cincuenta mil pesos en el banco. Con eso no podremos cubrir todos los gastos para llegar a Suiza, rentar una casa y vivir hasta que yo pueda obtener un permiso de trabajo.

—Vamos a poder —afirmó con su modo extranjero. Algunas veces era difícil entender su acento (acento que le granjeó el título de Francés, pese a que era Suizo)—, tenemos que aprovechar esta oportunidad, porque si no lo hacemos ahora, quizá no vuelva —le volvió a repetir, aunque ya lo habían hablado hacía unos días, cuando buscó su mirada y entró en personaje para convencerla.

Lo que más enardecía a Blanca era percibir su emoción a través de esa mirada dulce y la sonrisa que se abría más allá de su nariz aguileña cuando planeaba esa nueva vida que, según él, vivirían juntos.

—Sólo alcanzaría para que te fueras tú —¡Bingo! Blanca se enderezó disimulando la emoción, un camino se abría, ésa era la solución para que todo se desarrollara sin confrontaciones: Que él se fuera, y estando lejos sería más fácil darle largas al encuentro, poner pretextos que los distanciaran, separarse, hasta hacerle comprender que ni ella ni Gill se moverían de México—. Pensémoslo.

Con el niño en su regazo, Antoine se giró lanzando esos rayos azul profundo, cazando su mirada, como lo hacía cada que quería entender algo importante:

—No. Nos tenemos que ir todos juntos, por eso somos una familia —aclaró, incisivo—; estás de acuerdo, ¿no es cierto? —su mirada, rayos azules, la atosigaba y recordaba la teoría que tanto le había repetido: "a los mexicanos no les gusta el enfrentamiento, por eso no saben decir llanamente lo que piensan y resultan tan confusos".

—¿Qué están haciendo las niñas? —preguntó el pequeño, que no estaba interesado en la conversación de sus padres, y sin dejar de observar las imágenes de la pantalla, se quedó prendido de aquéllas, que con gorros y bufandas se deslizaban por una superficie de hielo, rodeadas de bosque—. ¿Es una pista como la del centro comercial?

Girando hacia la pantalla, su mirada soltó a Blanca hasta el último segundo. Entendió lo que su hijo le preguntaba y empezó a hablarle sobre los patines largos que se utilizan en los lagos, la distancia que se podía recorrer y las competencias en invierno. "Mucho más divertido que en el centro comercial", aseguró.

—Las mujeres de Europa ya no quieren hacer familia —declaró el Francés, a poco de conocer a Blanca, una tarde después del trabajo, con un plato de plástico y tres tacos de Carnaza, sentados hombro con hombro en una jardinera de la calle—, a ellas sólo les interesa trabajar, ganar dinero y viajar.

A Blanca le extrañó el comentario, no entendió a qué venía, ella le hablaba de otra cosa: su infancia y de cómo jugaba con sus hermanos en la casa de Pinar de la Venta. "Cuando íbamos al bosque de La Primavera, mis hermanos grandes inventaban unos juegos muy arriesgados y yo siempre los seguía: subir el cerro, escalar los muros de piedra, a veces hasta cruzábamos la carretera y después nos poníamos de acuerdo para no decirles a nuestros padres dónde habíamos estado, éramos un gran equipo...".

—¿Te gustaría tener hijos? —le preguntó Antoine con sus ojos como gotas de dulce, sin más, antes de que ella pidiera un refresco de manzana, "quiero que lo pruebes, es de una fábrica local", había dicho casi al mismo tiempo, y ante la pregunta de él, se le congeló la mano a medio levantar, se quedó sin habla. Después de un momento de confusión, prefirió ignorarlo, continuar en lo que estaba y pedirle al mozo que le trajera dos refrescos de manzana.

Antoine no insistió, en cambio, con la emoción impresa de quien esconde un tesoro y se demora en revelar su ubicación, le habló de cómo fue su propia infancia en el pueblo suizo, el bosque que atravesaba para ir a la escuela, las castañas calientes en invierno y la búsqueda de champiñones en otoño. Sus hermanas, siendo mayores que él, no lo habían acompañado, él creció más bien solo, pero a cambio tenía otras historias, le hablaba de los veranos en el circo: "Cuando vas a circo, la crueldad del mundo y sus exigencias desaparecen. Entras en otra dimensión donde es posible sorprenderse, llorar y reír sin consecuencias... hasta que acaba la función", aseguraba, convencido, como recién converso.

Cuando Antoine hablaba de su infancia sin hermanos, Blanca sentía la magnanimidad de quien tolera a una especie inferior: "Qué triste crecer tan solo". Sin embargo, estaba convencida de que, aunque los hubiera tenido cerca, nunca habría sido igual a la relación de ella y sus hermanos, porque él era europeo; Blanca sabía que las familias en ese lado del mundo eran frías y distantes, sin los valores bien latinos de cuidar y proteger a los de su propia sangre. Quizá fue la intuición de esa diferencia, lo que hizo que él valorara tanto a la familia de Blanca y se esforzara por entenderlos y pertenecer. La admiración de él hacia su infancia y su vida en familia, la hacía sentir especial y creía que, en esa pareja, ella era poseedora de un tesoro ancestral y la única capaz de transmitirlo.

—Suena muy divertido eso de poder meterte a nadar al lago cualquier día, sin esperar a que llegue el domingo, o pasar los veranos en la caravana de un circo —aseguró Blanca, que ya se había acabado sus tres tacos de carnaza y estaba decidiendo si pediría uno más de maciza.

—Es maravilloso, ¿te gustaría hacerlo conmigo? —le preguntó, mirándola con esa atención que parecía lanzarle redes.

Blanca estaba impresionada con las motitas de colores en sus ojos y con el largo incalculable de sus pestañas y lo único que quería era volver a sentir esa mirada dulce e intensa, y por eso dijo lo primero que le vino a la mente, lo más lógico.

—Claro, ¡a quién no le gustaría! —respondió buscando esa mirada dulce, intensa, sin estar realmente consciente de lo que decía.

—Muy bien —concluyó el suizo, satisfecho. Acostumbrado como estaba, a tomar la palabra del otro con la seriedad de un contrato, seguramente no necesitó más promesas. Con energía le dio la mordida al taco de carnaza que todavía no aprendía a sostener, desparramando la carne por todo el plato, y con la boca llena, advirtió—: porque los que crecemos en el circo, siempre volvemos a él...

Después de casi diez años de estar juntos, Blanca había olvidado esa conversación, la vida de Antoine en Europa era una realidad que no la tocaba, sucedida en otro tiempo. Ni siquiera conocía Suiza, los primeros viajes que hicieron juntos, reuniendo un escuálido presupuesto con sus pequeños sueldos, fueron dentro del país o por Suramérica, "me gusta tu cultura y quiero entender todo de ella", justificaba él, y Blanca, poseedora de aquel secreto ancestral, la única que podía transmitirlo, le parecía lo más lógico. Después nació Gill —un poco fuera de programación— y necesitaban planear, prever el futuro de su hijo; en México sí se sabía hacer familia, además era más accesible, más barato. Europa se convertía en una utopía. Suiza no estaba en el menú de su vida, casarse con un extranjero tenía como únicas consecuencias eliminar el picante de la comida, separar la basura con obsesivo cuidado y desarrollar un odio enfermizo contra cualquier sustancia —real o intuida— que dañara el medio ambiente.

La amenaza de lo extraño, lo distinto, lo incomprensible, el sacrificio de tener que dejarlo todo para seguir a ese hombre a otro mundo, sólo lo vislumbró su madre, y a estas alturas de la vida, Blanca comenzaba a recordarlo.

Esa tarde de las imágenes en la computadora, con Bruno y Antoine navegando entre pinos, lagos y nubes esponjosas, Blanca creyó encontrar una salida: lo dejaría ir, y estando lejos, poco a poco, le haría entender que ni ella ni Gill lo seguirían, ¿después? Ya vería más adelante. Por primera vez desde que empezó todo este asunto del circo Knie, casi se relajó, hasta que sin saber por qué, imaginó nítida la expresión de Antoine si supiera lo que estaba calculando hacer. Se levantó del sillón de un brinco y lanzó el tejido de cuadros amarillos a su canasta en el suelo, tomó el morral, se lo cruzó al pecho y jaló las llaves de la camioneta, necesitaba escapar.

Antoine y Gill apenas consiguieron responder al beso apresurado que les plantó en la mejilla y la vieron caminar hacia la puerta como escapando. Antes de cerrar, Blanca se giró, no quería irse sin detener, aunque fuera un poco, el castillo en el aire que comenzaban a construir :

—Basta de fantasías, que no estamos en el circo —dijo Blanca levantando la barbilla con dignidad y algo de displicencia, y Antoine frunció el ceño, torció la boca, seguramente no entendía lo que estaba pasando—, y más vale que por ahora sigamos encontrándole ilusión a los patines de ruedas en la banqueta y los almuerzos a orillas del rejuvenecido Lago de Chapala —y ante la expresión sorprendida de él, aclaró—, digo, hasta que las cosas cambien, ¿no? —mintió. Se acomodó el morral con su lazo naranja al frente y cerró la puerta.

El morral seguía ahí cuando subió a la camioneta y fue cuando intentó meter la primera velocidad, que le estorbó. Tenía que quitárselo para poder mover la palanca. "Debe de ser muy especial este muchacho", dijo la madre cuando miró aquel bolso de lazo naranja con telas sobrepuestas azul, rosa y aplicaciones de piedras. Blanca se emocionó calculando que, quizá, su madre, que la apoyaba en todo, había vuelto y le contestó: "Es de India, me lo mandó traer, no se encuentra en las tiendas de aquí", inocente y orgullosa, sin vaticinar que también por ese objeto tan rústico, un poco chillante, Antoine incrementaba puntos negativos en el ánimo de su madre. "¿No te parece un poco extravagante para llevarlo todo el día?", dijo doña Raquel a modo de pregunta, aunque en verdad era una afirmación. "No, me encanta", respondió Blanca, convencida.

Sobre la ruidosa camioneta, mientras pisaba el embrague para cambiar de velocidad y tomar avenida Vallarta, Blanca miró el morral de lazo naranja, vencido en el asiento del copiloto y, por primera vez, dudó que, quizá sí, el morral con sus piedras y sus telas de colores, era un poco extravagante.

***

Eran las cinco de la tarde cuando Blanca cruzaba, con el embrague arrastrado, avenida Vallarta. Llegaría antes de la hora a la que había convocado Aurora:

Los espero en casa para que se lleven sólo sus cosas. Mañana entra la mudanza. Lo que quede se irá a la basura.

Decía su mensaje de texto, con ese tono lapidario que parecía ser el único que tenía.

Cuando se aproximaba a la casa, suavizó la marcha. Despacio alcanzó su lugar en el estacionamiento y apagó el motor, se colgó el morral con esas telas de colores y tantas pierdas abigarradas y caminó hacia la puerta. La entrada estaba oscura, el suelo tapizado de hojas secas; el ambiente daba la sensación de final de feria, cuando sólo queda basura desordenada, puestos a medio quitar y tenderos cansados que lo único que desean es contar su dinero y regresar a casa.

Al cruzar la puerta, Blanca sintió un escalofrío, el panorama no era más alentador. Los muebles de la sala estaban arrinconados, los adornos marcados con etiquetas que, sujetas con un listón, definían el valor monetario, y otros más amontonados en las cajas de cartón junto al ventanal de la terraza. Los vidrios, manchados de lluvia, nada que ver con la transparencia con la que los mantenía Hermelinda desde hacía años.

Dejó su morral de lazo anaranjado y piedras bordadas sobre una mesita de la entrada, como aquel que, por respeto, se quita el sombrero al ingresar a una iglesia. Con voz clara y suave llamó a su hermana. ¿De qué ánimo estaría? No hubo respuesta en la cocina, ni en el jardín. Silencio, oscuridad, pero ella sabía dónde encontrarla: cruzó el pasillo de los cuartos y empujó la puerta de la recámara de sus padres. Ahí, sobre la cama, rodeada por un amasijo de ropa, como polluelo en el nido esperando a ser alimentado, sostenía el Cristo que siempre había pendido de la cabecera de sus padres:

—Esta pieza de marfil con madera de ébano vale como cien mil pesos, ¿tú lo quieres? Porque si es así, lo tendrás que pelear...—preguntó Aurora a modo de saludo.

La doctora parecía diez años más vieja que hacía unos días, con la espalda encorvada, la mirada apagada y el cabello mostrando las canas que evidenciaban la falta de cuidado de un retoque de tinte.

—No entiendo nada de lo que dices, Aurora .

—Artículo 2343: La donación verbal sólo producirá efectos legales cuando el valor de los muebles no pase de doscientos pesos. Artículo 2344: Si el valor de los muebles excede los doscientos pesos, pero no los cinco mil, la donación debe hacerse por escrito. Si excede de cinco mil pesos, la donación se reducirá a escritura pública —repetía mecánica los artículos, mirándola con indignación, como si diera por hecho que ella también la traicionaría—. Ahora resulta que para regalarnos algo, nuestros padres tenían que haber llamado al notario, ¿no es ridículo?

—¿De qué hablas?

—Tú sabes de qué hablo —respondió girando su cuerpo hacia ella, la quijada trabada, la cara apretada en un gesto de furia—, David quiere quedarse con el retrato de la abuela Lucía y está inventando que, porque mamá no firmó ante notario, entonces no me regaló nada. Pero sí lo hizo, él lo sabe, todos lo saben...

—¿Estás segura que quiere hacer eso?

—Claro que estoy segura. Camilo también está buscando abogados, dice que va a defender el retrato, ¿para qué?, para quedarse con él. Lucía, ni se diga, ella es la primera que me lo quiso robar. Y tú... ¿ya pensaste en el dinero que podrías obtener si vendes ese retrato? Claro que ya lo pensaste, por eso estás aquí.

—No digas estupideces, Aurora —la calló Blanca, que más que reprimir a la hermana, se asustó de ella misma cuando, sin mucho esfuerzo, en su mente se dibujó el alivio que ese dinero le podría proporcionar: "Escuela para Gill... yo sola, sin el sueldo de Antoine". Pero la detuvo esa expresión de Aurora, descompuesta, acabada.

—¿Sabías que el albacea también recibe un porcentaje de lo distribuido?, ¿sabías eso? No sólo quiere robarme el retrato de la abuela Lucía, sino que, además, le vamos a pagar por eso —dijo, con ganas de destruir cualquier mérito del hermano—, hasta le vamos a pagar para que nos chingue a todos.

—No creo que David quiera robarse nada, lo único que quiere hacer es repartir la herencia de nuestros padres, de una manera justa y equitativa.

—El retrato de la abuela Lucía es mío. Mamá me lo dio. Lo sabes tú, lo sabe Camilo, lo sabe Lucía y lo sabe David. No me importa que sea legal o ilegal, no me importa lo que opine el notario sobre cómo mi mamá debió regalarme algo que era de ella.

—¿Va a venir David? —Blanca sabía que nada de lo que dijera tranquilizaría a su hermana, prefería entender qué terreno estaba pisando. Quizá hasta prevenirlo o prevenir a todos y cambiar la reunión de día.

—No sé y no me importa —declaró complacida de supurar su amargura—. No me importa nada: meterlo a la cárcel es lo que quiero. Que todo mundo se entere del hermano ladrón y miserable que es —giró su cuerpo para enfrentar a Blanca y, como amenazándola, explicó—: Me estoy asesorando con un abogado. Dijo que pelear contra David era insuficiente, que seguramente todos, al final, querrían una tajada, ¿y sabes qué? Tiene razón, así que ya sabes, no me voy a dejar, ni de ti ni de nadie.

—¿Perder a un hermano tampoco te importa? —preguntó Blanca juzgándola. Si hubiera podido, habría negado con la cabeza para mostrar su desprecio, calculando lo desviados que Aurora tenía los valores, para darle prioridad a una pintura antes que a su relación fraterna.

—¿Yo? Y qué dices de Camilo que tiene contratados a no sé cuántos abogados, ¿y Lucía?, que bajita la mano, seguro calienta a uno y a otro, para que se despedacen, joderse a todos y quedarse ella con el retrato ¿Y tú?, que solo vives para ti y tus historias, que todo siempre te ha valido madres. ¿Perder a un hermano?, ¿qué hermano tengo? Y tú, ¿tienes todavía algún hermano?

—Pues ustedes hagan lo que quieran —concedió Blanca y se giró, como dándole la espalda a una batalla indigna. Sintiéndose tan ajena a la problemática que confrontaba a sus hermanos, convencida de que el fango en el que se enlodaban ellos, a ella no la tocaba—, yo me voy de aquí a empezar por las cosas que hayan quedado en mi cuarto —y salió de la recámara como escapando.

Pocos pasos la separaban de su antigua recámara, y cuando cruzó la puerta, un golpe de recuerdos la congeló: la disposición de los muebles estaba igual que como ella la había dejado, sólo que sin decoración, despejado, como en hotel de carretera. No había vuelto a entrar a ese lugar desde que salió de la casa con su maleta llena de proyectos, el morral de lazo anaranjado y piedras incrustadas cruzado al pecho y el desprecio de la madre empujándola a sus espaldas.

No volvió a ver a su madre, sino hasta que estaba muy enferma, muriéndose, pero no fue suficiente, porque en esa ocasión también quedaron cosas por decir, cariños que dar. Después, cuando murió doña Raquel y ella restableció relaciones con su padre, iba con regular frecuencia a visitarlo y llevaba a Gill, pero evitaba entrar a ese que fue su espacio íntimo. Quizás era una actitud de respeto ante el desencuentro que violentó la relación; quizás era que no quería toparse con esa otra Blanca, la que había crecido en aquel mundo protegido en donde la abrazaban y le cantaban bajito, sólo a ella.

—Yo creo que éste es el único lugar en el que David no encontró un objeto de valor para su inventario —comentó Aurora—, ¿le pasaste una lana por debajo de la mesa? —preguntó burlona. Quizá la presencia de Blanca había encendido su ánimo y decidió salir de ese nido de ropa, formado por historias que no eran suyas, y seguirla para desafiarla con más discusiones; sin embargo, al entrar ahí también se sorprendió, seguramente ella tampoco había vuelto—. Mamá fue la última que acomodó este cuarto, ya lo había olvidado, ¿cinco años que te fuiste?

—Casi diez —aclaró Blanca con tedio, sabiendo lo inútil que era intentar que su hermana se concentrara en otra cosa que no fuera su propia y amarga existencia.

—Por cierto, ahí, adentro del cajón de la cómoda hay un paquete que mamá dejó para ti, ¿nunca te lo llevaste? El que dice "Para Blanca", con su letra; seguro David no lo vio, porque si lo hubiera visto, se lo habría llevado también, sin avisar —calculó con ese tono seco de quien no tiene más desprecio que agregar.

Blanca se acercó, desconcertada.

—Hace tantos años que murió mamá, ¿cómo no me habías dicho que ella dejó esto para mí?

—No creí que te importara, como siempre has sido tan libre... —y al decir esto, la mirada vengativa volvía a su rostro. Blanca sintió que con ese acto, su hermana le cobraba ésa libertad que ella misma nunca se había permitido.

No tenía caso discutir, reclamarle el olvido, la indiferencia o la revancha. Lo único que Blanca necesitaba era descubrir el contenido de ese paquete, y cuando lo abrió, no se desilusionó.

Era una caja muy bien envuelta con papel de china y un lazo amarillo, parecía un regalo. Sin detenerse, lo desenvolvió, como se hace con los regalos de Navidad, veloz y festiva. Era un marco rectangular de plata sólida y en él, la imagen de sus padres y los cinco hermanos posando en el jardín, con el pino y los dos encinos a sus espaldas. La imagen, en estos tiempos de discordia, resultaba casi una rareza: todos sonreían. Ésa fue la última fotografía que se tomaron. Y su mamá quería que ella la conservara, por eso la mandó agrandar, por eso compró ese marco de plata tan sólido y lo dejó ahí, guardado, para que Blanca lo descubriera, como había hecho mil veces, con los dulces del ratón o el pastel de cumpleaños.

Por encima de su hombro, Aurora miraba atenta:

—¿Cuánto se aumentará el valor de la masa hereditaria con ese marco de plata?

Blanca no se molestó en responder al comentario de Aurora y, sin dudarlo, fue hacia la entrada y guardó el marco con la fotografía de su familia, dentro de ese morral que le había regalado Antoine. Esa imagen que su madre había dejado, especialmente envuelta para ella.

El sol caliente del atardecer se acostaba sobre el jardín, alargando las sombras, y Blanca sintió su calor; de pronto, ver las cajas, los muebles amontonados, los adornos inventariados, la etapa que terminaba; ya no le pareció desolador. No sabía que unos minutos después estaría envuelta en un laberinto de riesgos y decisiones que cambiaría, una vez más, su percepción de todo lo que estaba a su alrededor y, sobre todo, la percepción que ella tenía de sí misma.

Entre los sillones dispersos como fichas; las lámparas amontonadas, los platos fuera de lugar y el ambiente enrarecido de mudanza, lo único que permanecía en su lugar era el candil de cristal que, como le explicó Aurora, tenía que venir un equipo especializado a quitarlo para venderlo también. Blanca ya empezaba a sentirse incómoda. Sobre todo por el vacío de conversación entre ella y Aurora. Esa atmósfera de tensión que se da cuando dos, que antes fueron muy cercanos, ya no pueden tocarse, como si las palabras expuestas y las ocultas, las ofensas proferidas, los juicios, formaran islas distanciadas en las que cada una reina, sin una barca para alcanzar la otra orilla.

A las seis de la tarde llegaron Camilo y Lucía, pero eso tampoco representó un gran alivio para Blanca. Lo cierto es que cada que miraba a Camilo se le amargaba la sonrisa, recordaba, sin poder evitarlo, que antes de morir su madre había preferido a Bruno, el hijo de Camilo, más que a Gill, su hijo.

Era tan extraño que su madre se hubiera volteado en el último momento contra ella, no lo entendía, por eso calculó que fue Camilo quien la envenenó de ideas: Que ella y Antoine apenas tenían que comer y que invitaban a amigos a hospedarse y les cobraban. Que pasaron una noche en la cárcel por disturbios... Algo que la escandalizara. El único que podría haberlo hecho era Camilo, seguro habría querido, después de una vida de tratarla mal, congraciarse en el último momento, aplastándola a la hermana.

En cuanto entraron, Blanca los notó crispados. No fue sólo el asombro al mirar el desorden a su alrededor, extrañeza y asco. Se sentaron con la expresión encendida de quien tiene seis argumentos galopando en su cabeza y no puede soltar ni siquiera uno. Seguramente llevaban todo el camino, hasta Pinar de la Venta, carburándose uno al otro en contra de David, o de Aurora, quizás hasta en contra de ella misma.

Ahí estaban los cuatro esperando al quinto hermano, bajo ese techo que había sido testigo de su historia, esa historia que ahora amenazaba con aplastarlos. Ahí estaban reunidos, cada uno buscando completar su fuerte, sin saber cuáles eran los pedazos que faltaban. Ahí estaban, dueños del mismo dolor, incapaces de soltarlo para, entre todos, dejarlo ir.

—Tenemos que repartirnos lo que David dejó señalado —instruyó Aurora, como abriendo la conversación, y agregó—: Nada más les digo que no sé lo que ustedes estén pensando, pero yo no voy a permitir que ni David ni nadie me quite el retrato de la abuela Lucía, ¿está claro? —repitió sin que le preguntaran, por enésima vez, y Blanca sólo giró los ojos al cielo.

—¡Pero a ti qué te importa la pintura, si hasta la querías donar a un museo! —gritó Lucía desesperada. Como siempre, se sentía la única afectada cuando se hablaba del retrato de la abuela—, ¡si tú no la quieres!, ¡no la quisiste nunca, deja por lo menos que otro sí la disfrute!

—¡Es mía! —gritó la doctora, e inclinó el cuerpo para adelante, la quijada trabada, la mirada de furia, brazos extendidos y puños apretados. Nada tenía que ver con la doctora meticulosa que giraba instrucciones a las enfermeras, corregía a sus compañeros médicos y creía, que siempre tenía la razón— ¡Mi mamá me la dio a mí!, ¡y todos lo saben!

—Pues mi abuela decía que yo era la más parecida a ella y que yo debía quedarme con el retrato, ¿no te acuerdas de eso? Yo puedo decir que la abuela me la dio a mí primero. Es más, tengo una carta que lo dice.

Blanca jamás había escuchado de esa carta y hasta dudó si Lucía, su hermana, estaba mintiendo.

—Pues no sé cómo le harán para probar lo que dice cada una —acotó Blanca, harta de la necedad de las dos—, porque está claro que lo que menos importa aquí es la opinión de nosotros. La ley es lo que cuenta. Como yo lo veo, es que David va a dividir todo lo que sea de valor en cinco lotes iguales. Vayan haciéndose a la idea, una de las dos, o quizá las dos, va a perder su adorado retrato. Aunque te lo haya dejado mi mamá —dijo señalando a Aurora y después a Lucía—, o te lo haya dejado a ti mi abuela.

Blanca no sabía si sus hermanas se tranquilizarían, o si se ofenderían con su posición tan simple, pero tajante. La reacción de cada una no se hizo esperar: Lucía miró a su hermana menor, con esa furia fría con que la había visto en el funeral cuando Blanca, torpemente, quiso mostrarle su apoyo contra ese marido tan frío que tenía.

Sin embargo, fue la reacción de la otra hermana la que más la sorprendió. De repente, Aurora pegó carrera hasta la mesa de la entrada. Blanca la miró y adivinó sus intenciones, corrió tras ella y, en un desplante de agilidad, alcanzó antes que la otra el morral indio con aplicaciones de piedras, y lo protegió con su propio cuerpo, pero Aurora había agarrado el lazo anaranjado y lo jaloneaba, desgarrando la tela azul, hasta que se escuchó desde adentro del morral un vidrio que se quebraba. Blanca, alterada por la amenaza y la sorpresa, no dejaba de gritar:

—¡Déjalo!, ¡déjame!, ¿¡estás loca!?

—¡Si a mí me quitan lo que es mío, lo tuyo debe de tratarse de igual forma! ¡Dámelo!, ¡déjalo! Para que sepas lo que se siente.

Parecían niñas disputándose una muñeca, pero con la furia y la amargura de adultas que se sienten acorraladas.

—¡Basta!, ¡cálmense!, ¿qué les pasa? —fue Camilo el que con voz potente y determinada intentó poner orden—. Esto no se va a arreglar con gritos, ni amenazas ni golpes. Aurora, detente ya. ¿Qué edad tienen?

—Tiene un marco de plata que cuesta, por lo menos, veinte mil pesos. Que lo saque para que lo valúen, para repartirlo con lo demás —la agitación le cortaba las palabras, tenía las mejillas encendidas por el esfuerzo—. Todos parejos, ¿no? Para que te hagas a la idea de que, quizás, aunque mamá te lo dejó a ti, no te toca hermanita —remató, burlona.

Con un jalón fuerte, Blanca terminó de arrebatarle el morral a Aurora, lo cubrió con su brazo mientras hacía esfuerzos por recuperar el aire. Ella también tenía las mejillas rojas y casi no podía hablar.

—¿Cómo te atreves a comparar? Yo no me despedí de mamá y ahora me encuentro que ella me había dejado esto. ¡Y tú nunca me dijiste nada! —gritó indignada.

Aurora iba a volver al ataque, cuando Camilo las detuvo:

—¡Ya cálmense! —gritó parándose entre ellas, olvidando el marco—. El problema no somos nosotros, ¿no lo entienden? David es el problema, él es quien nos tiene que preocupar, a todos. Si nos dividimos, él se saldrá con la suya, como siempre, y nosotros tendremos que aceptar —Camilo miraba a cada una con urgencia—. Si no nos ponemos de acuerdo, ya no sólo será la disputa por la pintura, será todo: el marco de plata que esconde Blanca en su morral, o el escritorio de papá. Nadie va a quedar conforme, tenemos que ponernos de acuerdo para quitarle fuerza a él, ¿entienden? —en ese momento, Blanca recordó el árbol aquél, al que siempre se subía sin saber cómo bajarse, pero no le preocupaba porque era Camilo el que, ante un grito de ella, corría a su rescate...

El enorme muro de la chimenea, como herida aún abierta, ostentaba la ausencia del retrato de la abuela Lucía. El sillón sin brazos del que se cayó el padre tras el accidente, era el único que permanecía en su sitio, como si con don David se hubiera quedado mirando el retrato de la abuela Lucía y, extrañado por su ausencia, no hubiera podido moverse. Todo lo demás estaba fuera de lugar. Los ventanales cerrados apretaban el ambiente. Las dos mesas laterales, sin adornos ya, junto con la de centro, arrinconadas.

Los hermanos se hicieron camino entre ese ambiente de bazar mal atendido, y cada uno encontró un mueble: una silla, un sillón o hasta una mesa en donde sentarse. Blanca lo notó, ahora todos parecían agotados, ¿tristes? Sin embargo, el ánimo entre ellos ya se había suavizado, quizá porque tenían un objetivo en común: necesitaban llegar a un acuerdo.

—David puede definir una repartición y presionarnos para firmar —declaró Aurora más desahuciada que furiosa. Quizá ya había barajado todas las posibilidades con su abogado y se sabía en desventaja—; me llamó para decirme que tengo que desocupar la casa, con un tono autosuficiente, como si yo le debiera algo al cabrón —y siguiendo la corriente de sus emociones, continuó—: El problema es que yo ahora no dispongo de liquidez para pagar un cambio de casa, él sabía eso. Seguramente Blanca también necesita el dinero —mirando con desprecio a la hermana continuó—, ella no tiene ni en dónde caerse muerta, y por dos pesos firmará lo que él le diga.

Blanca se removió ante ese comentario, apretó el morral en su regazo y pensó en Suiza, un futuro para su hijo, Antoine que ya no estaría para ayudarla... Aurora continuó:

—Con la urgencia mía y la de Blanca, David nos tiene acorraladas, ¿qué no entienden? La movida de vender la casa fue magistral.

—¿Se puede hacer eso?, ¿no tenemos que estar todos de acuerdo para que se ejecute el testamento? —preguntó Lucía.

—¿Te dijo si venía? —intervino Camilo, tratando, quizá, de ordenar sus ideas, prever lo que sucedería más adelante, ese día, ese momento, antes de que David llegara.

—No, y no me importa —Aurora volvió a supurar ese odio inútil.

—¿Quieren que empecemos a ver las cosas que nos podemos llevar? —propuso Blanca sin mirar a Aurora, estaba cansada de tanto enojo—. Los sillones no tienen etiqueta, si no tienen etiqueta es que no están considerados para vender... yo me los podría llevar y venderlos en cinco minutos, necesito dinero, ¿alguien más los quiere? —preguntó con dignidad, sabiendo que nadie los querría, sólo ella que "no tiene ni en que caerse muerta".

Ante el silencio de sus hermanos, Blanca se levantó de la mesa lateral que había escogido para sentarse y comenzó a mirar alrededor, deteniéndose en los candeleros, los platones, los vasos sobre la mesa. Esos objetos que, por haber estado guardados durante años, ya los había olvidado y, sin embargo, salían cargados de la energía de su madre, del padre, de la infancia.

Agotados, quizá de temer y discutir, los otros tres hermanos siguieron a Blanca. Se levantaron ellos también y comenzaron a inspeccionar, cajas de fotografías, cartas, herramientas, descubriendo entre los objetos, trozos de la historia, de su historia que ya habían olvidado. Qué extraño compartir sensaciones tan íntimas entre personas con las que se está tan distanciado. Hasta que sonó el teléfono, eran las siete de la noche y Blanca contestó. Era David avisando que iba saliendo de la oficina hacia Pinar y que les llevaría una propuesta de repartición, para ponerse todos de acuerdo. Sonaba tan convencido de su eficiencia, que Blanca sólo atinó a responder: "Ojalá que así sea".

Ante el inminente inicio de las negociaciones, los ánimos se crisparon nuevamente. La batalla comenzaría antes de lo esperado. En una especie de camaradería tácita, Camilo dio el primer golpe:

—David odia que le lleven la contraria —recordó con malicia— sólo con interpelarlo dos o tres veces será suficiente para provocar su ira. Que se dé cuenta de que no tiene todo bajo control.

—¡Y qué dices de su obsesión por el orden! —comentó Aurora con desprecio—, y más desde que se casó con esa neurótica de Livia, si las cosas no están milimétricamente acomodadas, se vuelve loco.

Blanca miró alrededor calculando que ese desorden tan desbordado no era producto sólo de aquellos que vinieron a valuar objetos, seguramente Aurora había puesto de su parte, revolver todo para molestar a David.

—Lo importante es dejar a Livia fuera de la jugada —recomendó Lucía—, ella es la más interesada en quedarse con el retrato, es una hipócrita y David no mueve un dedo sin ella. Livia es para David, como la cabellera para Sansón —remató divertida.

Blanca no comentó nada, por supuesto que podría agregar la debilidad de David por complacer a la madre, o la frustración del hermano por esa distancia que siempre sostuvo con el padre, pero no lo diría, ella sabía que estaba en medio de una conspiración y no quería participar en ella. Le parecía tan indigno... Una vez más, volvía a sentir que sus afanes se movían en instancias muy superiores a las de sus hermanos.

En cierto modo también sintió lástima por David, él se enfrentaba al peor enemigo que se puede tener: el que conoce tus debilidades más profundas; tus pecados más vergonzosos; aquel que sabe cómo opacar tus fortalezas: David se enfrentaba a sus hermanos.

—David habló hace más de dos horas, ¿por qué no llega? —fue Lucía la que con voz preocupada preguntó a los otros.

—Voy a llamarle —dijo Blanca, y escarbó en su morral hindú, del que no se había vuelto a separar, para sacar el teléfono celular.

Los tres hermanos, con la mirada siguieron los movimientos de Blanca. Después de cuatro intentos con el número de David y dos al número de Livia, Blanca bajó el teléfono.

—No sé qué pasa —los ojos bien abiertos y algo de miedo en la voz.

Todos conocían a David y su manera estructurada de hacer las cosas. Algo ajeno a su voluntad sucedió y por eso no había podido llegar, pero ¿por qué no llamaba? Los cuatro hermanos volvieron a la sala desordenada y sus muebles amontonados —esa que sacaría de quicio a David—. En silencio recuperaron sus lugares: Lucía en el sillón sin brazos, Aurora en una silla desbalagada del comedor, Blanca sobre la mesa lateral que estaba desnuda y Camilo se paró junto a la chimenea. Cesaron los comentarios amargos, las especulaciones respecto a David y sus planes, como si las fuerzas necesitaran reagruparse.

Blanca, y ahora también Camilo, no dejaban de intentar con sus teléfonos. Era inútil. Un extraño presentimiento entró a la casa, a través de la noche, entre las ramas de los árboles, pese a las ventanas cerradas y los vidrios opacos, cobijado con la oscuridad del bosque.

¿Por qué no llega David?

Lucía

A las once de la noche, sentada en el sillón sin brazos, Lucía no sabía por qué estar más nerviosa, si por los escenarios terribles que intentaban asomarse a su mente, o por sus hermanos que no se quedaban quietos: Aurora caminaba de un lado a otro de la sala, los puños apretados, la mirada fija en el suelo, como si la ansiedad fuera una cuerda que no le permitiera permanecer sentada. Camilo prendía un cigarro con la colilla del anterior, lanzando el humo y volviendo a jalarlo, buscando quizá tranquilizarse con esas inspiraciones. Blanca los miraba a todos indignada por su pasividad y hacía propuestas: ir a casa de David, ir a su oficina, llamar a la policía. Ninguno respondía, y Blanca giraba los ojos al cielo y volvía al ataque.

Quizá fue la tensión en el ambiente, pero Lucía pensó en su casa, en sus hijos, como si algo terrible hubiera caído sobre la ciudad y necesitaba protegerlos, a ellos, y tomó su teléfono, quería marcar rápidamente, casi sin que se notara, pero se detuvo al sentir la mirada fulminante de Blanca.

—Quiero ver si David me contesta a mí —mintió, y al segundo se arrepintió porque ella no tenía por qué justificarse, con Blanca, ni con nadie.

—No te va a contestar —respondió Camilo, y Lucía no sabía si le hablaba a ella o se hablaba a sí mismo, pues su atención estaba puesta en la pantalla de su teléfono, que casi perforaba marcando con los dedos, pegaba al oído y después de unos segundos volvía a mirar desesperado.

De pronto, un auto entró derrapando a la cochera de la casa. Los hermanos salieron corriendo a encontrarlo, deseando que esa llegada representara el fin de sus miedos. No reconocieron al que manejaba, pero sí a Livia, la cuñada, que se bajó apresurada hacia ellos dejando la puerta abierta. La respiración agitada, la voz cortada por un tartamudeo que hacía muy difícil comprender lo que intentaba decir.

—¿Dónde esta David?, ¿qué sucede Livia? —preguntó Camilo, que era el que estaba más cerca, pero sin soltar el cigarro, ni tocar a Livia, en guardia.

Fue Aurora la que, con su actitud de doctora que controla la situación —esa que rara vez utilizaba entre los hermanos— se acercó a la cuñada y le habló despacio, pero con voz firme:

—Cálmate Livia, no entendemos nada de lo que dices —se detuvo, la miró a los ojos, y cuando vio que Livia la encontraba en la mirada, le indicó—:Respira profundo, Livia, y dinos qué sucede, dónde está David.

En esa noche sin luna, que dejaba la oscuridad del bosque como protagonista, difícilmente se podían ver unos y otros. El foco de la cochera iluminaba sólo el rostro angustiado de Livia, delineando los perfiles de los otros, dificultando aún más que se entendieran. Blanca, mordiéndose las uñas, fruncía el ceño, y a través de la cuenca oscura de sus ojos, sólo se vislumbraba una beta de luz que apuntaba directo hacia su cuñada. Camilo, silencioso, no se había separado de Livia y la miraba con apremio. Lucía estaba petrificada, contenía la respiración, ante todo necesitaba entender qué era lo que estaba pasando. No era sólo la noche, la oscuridad, era la cara de terror de Livia, que se volvía más espeluznante, en contraste con la expresión de témpano de Aurora.

Algo de la angustia se transportó hacia Lucía y ésta pensó en sus hijos, nuevamente la necesidad de hablar con ellos, saber que estaban bien.

Después de tres intentos en los que Livia balbuceó inútilmente las palabras, y Aurora, sin atreverse a interpretar, le volvió a pedir que hablara despacio, que respirara, logró decir:

—Lo secuestraron —un segundo de silencio, los ojos negros de Livia se abrieron mostrando todos los infiernos que circulaban en su mente y una avalancha de sollozos tomó su curso—. ¡Lo secuestraron! —repitió más claramente, a gritos, como arengándolos.

Lucía se crispó completa, pero inmóvil, miraba a los demás, buscando la reacción de sus hermanos para entender si lo que escuchó había sido correcto. Camilo miraba a Livia con el ceño fruncido, como si hablara otro idioma, sin poder meterse su cigarro a la boca. Aurora dio dos pasos atrás, parecía que su cerebro necesitaba espacio para procesar la idea, se giró y se perdió un momento en la oscuridad. Blanca, sin suavizar la expresión, como si el espanto de lo que estaba escuchando no llegara a su ánimo, preguntó:

—¿Cómo lo sabes? Podría estar en cualquier lugar.

—Sí, ¿cómo lo sabes? —repitió Camilo, que quizá hubiera querido tener la mente fría de su hermana, para dudar como ella.

—Me llamó por teléfono a mí —dijo el hombre que antes estaba al volante del auto, ahora de pie junto a ellos, y daba un paso hacia el grupo. Ninguno había notado su presencia.

En ese momento, Aurora sacó su teléfono del bolsillo del pantalón, la luz de la pantalla sobre su cara le daba más dureza a sus facciones: la enorme nariz, las ojeras marcadas. Indiferente a su apariencia, intentaba una llamada que no llegaba a ningún lado.

—Su teléfono está desconectado —declaró desilusionada y guardó el aparato.

—¿Tú quién eres? —Camilo preguntó casi agresivo al hombre que había venido manejando con Livia y ahora se acercaba a ellos.

—Es Rogelio —Livia explicó, asustada, quizá, de tener que protegerlo—, es el socio de David, ¿no lo recuerdan?

—Yo te recuerdo —declaró Blanca—. te recuerdo bien, en la fiesta de cumpleaños de David, hace como cinco años —y volviendo al tema que le interesaba— ¿Tú hablaste con David?, ¿qué te dijo?, ¿qué sucedió?

—Sí, yo hablé con él, cálmense —exclamó Rogelio y se tomó su tiempo, deseando que, tal vez, por el hecho de pronunciarlas, las palabras surtieran efecto—. Se escuchaba bien. Lo importante ahora es actuar con rapidez.

—Entremos, mejor entremos a la casa —fue otra vez Blanca, y todos estuvieron de acuerdo.

Lucía se acercó apresurada con Livia, tenía miedo de que se desvaneciera, le temblaban los labios, las manos, hasta le costaba caminar. Lucía la ayudó para que no se tropezara en el suelo empedrado; entraron a la casa y la invitó a sentarse en el sillón sin brazos, ella se sentó a un lado. Los demás volvieron al lugar que intermitentemente habían ocupado durante la tarde: Blanca sobre la mesa lateral, Aurora en una silla que había jalado del comedor, Camilo junto a la chimenea.

A Lucía le extrañó la presencia de Rogelio que, al centro de la sala, con las piernas abiertas y el portafolio colgado frente a ellas, parecía un gimnasta listo para efectuar una rutina. Cuando se aseguró de que todos hubieran tomado su lugar, comenzó a hablar:

—Sucedió saliendo de su oficina, cuando venía en camino hacia acá.

El silencio eléctrico y las miradas espantadas de cada uno lo instaron a seguir hablando.

—David me llamó en persona, él fue quien me dijo lo que teníamos que hacer —Lucía, acostumbrada ahora a dudar de todo, se preguntó por qué, de todas las personas a las que podía hablarle, le habló a su socio. Rogelio continuaba hablando—. Dentro de todo se escuchaba tranquilo, no creo que estos cabrones que se lo llevaron sean de los que lastiman a sus víctimas. Está claro que al darle la oportunidad de comunicarse, quieren asegurarse de conseguir el rescate lo más pronto posible —se detuvo un momento, pensó sus palabras y continuó—; no me dijo que lo hubieran golpeado. Aunque no se sabe. Parecía bajo control —cambiando su expresión por una de apremio, concluyó—: si actuamos pronto, no habrá problema.

—¿Cómo sabes eso? —preguntó Camilo, desde su lugar junto a la chimenea, y Lucía también quería entender eso, ¿cómo lo sabía?

—Hace apenas unas semanas tuvimos un caso parecido —por la luz de la sala, Lucía pudo ver el cabello rizado de Rogelio, desordenado, la corbata aflojada sobre el cuello, tenía una actitud agotada, como si viniera de una larga jornada, sin esperanzas de terminarla pronto. ¿Temblaba? No sabía. Lo que sí era claro eran los esfuerzos que hacía para aparentar firmeza—. Estos malditos sólo quieren el dinero, pero eso sí, lo quieren rápidamente.

Sin más, Rogelio observó a su alrededor y se dirigió hacia la mesa del comedor, dejó sobre ella el portafolios, con el alivio de quien se libera de una carga pesada, lo abrió y hundió las manos en él, moviendo los dedos con agilidad para seleccionar entre los documentos que ahí llevaba; fue sacando unos y otros, apilándolos en cuatro pequeños montones.

—Está bien, pero... ¡no entiendo! —declaró Camilo y repitió apresurado, casi a gritos— No entiendo. Lo normal, creo yo, es ir a la policía para hacer la denuncia o esperar en su casa para recibir alguna instrucción de los secuestradores. ¿Él llamó en persona?, ¿cómo es que un secuestrado da instrucciones para que lo rescaten?, ¿y qué hacen ustedes aquí?

Ante esa pregunta, Livia sacó fuerza de algo más profundo que su miedo, o eso fue lo que pensó Lucía, porque se levantó de un impulso, ni restos del temblor en los labios, la mirada ya no era de angustia, era de decisión de apremio:

—¿Qué es lo que te parece extraño? Sucede todos los días en esta ciudad de mierda, en donde estamos a merced de los delincuentes. Tu hermano está secuestrado, su vida corre peligro. ¿No me crees? —las venas del cuello saltadas, los puños cerrados enterrándose las uñas, los ojos tiznados de lágrimas y rímel corrido.

—Sí, claro —tartamudeó—. Lo que no entiendo es lo que está pasando. ¿Qué quieres hacer?, ¿qué quieres de nosotros? —volvió a preguntar Camilo, con la misma mirada desconfiada que ponía cuando eran niños y creía que le habían tomado un juguete: apretando los labios, entrecerrando los ojos, conteniendo el aire para que no se le escapara el llanto y seguir preguntando.

—¡Ayuda! —reclamó Livia, indignada—. David es su hermano y yo no tengo dinero para el rescate —mirando a Camilo y después a cada una de sus cuñadas—, lo único que hay de valor en mi casa es el retrato de la abuela Lucía. Tenemos que vender ese retrato. Es lo único que lo salvaría.

Esa información no sólo sorprendió a Lucía, todos miraban a la cuñada con la incredulidad de quien es atacado por la retaguardia. Fue Rogelio el que volvió a intervenir.

—Los que se llevaron a David son organizados y saben lo que quieren, pero no se van a tocar el corazón —aclaró dando el puntillazo—. Este trámite —lo llamó así, como si fuera un negocio— no puede tardar más de siete días —se detuvo un momento—, si no, corren el riesgo de ser descubiertos y entonces quizá quieran deshacerse de él. Lo importante es conseguir el dinero rápidamente, para que estén tranquilos y suelten a David.

—¿De cuánto estamos hablando? —preguntó Blanca: ceño fruncido, sonrisa hacia abajo, parecía la más vieja de todas las hermanas. ¿Sería el miedo?, ¿estaba pensando en lo que le costaría?

—La cantidad necesaria la podemos obtener con el retrato de la abuela Lucía —continuó Rogelio, siguiendo el rumbo de sus ideas, como si fuera muy sencillo lo que estaba a punto de decir—, eso dijo David, y parece que hay un comprador muy interesado, pero... —acotó lentificando la velocidad de sus palabras, ¿vergüenza?— tengo entendido que es propiedad de todos ustedes.

—¿Eso fue lo que te explicó David? —preguntó Blanca con desconfianza. Y Lucía no pudo más que estar de acuerdo, el asunto era muy extraño— Suponiendo que todos estemos dispuestos a vender el cuadro —continuó severa y a Lucía le molestó un poco que su hermana menor tuviera esa pose de superioridad, pero no dijo nada, en realidad era útil lo que estaba diciendo—. Los retratos de familia son los más difíciles de vender, valen, pero nadie los quiere comprar, además, ¿con qué rapidez se podría hacer esa transacción? Se requiere que el comprador venga, revise la pieza, se hagan avalúos, todo eso toma tiempo.

La sapiencia de Blanca molestó un poco a Lucía, pero rápidamente se tranquilizó por que, el hecho de que Blanca dominara el tema, no tenía tanto mérito, Blanca estaba acostumbrada a vender cachivaches viejos, por eso sabía de ese fenómeno de los retratos y las obras de arte familiares.

Livia se enderezó, alineó los hombros, apretó la boca, parecía más controlada, quizás esperaba ese tipo de cuestionamiento y, sin embargo, no podía disimular la angustia, el miedo que marcaba cada uno de sus rasgos. Explicó que ya todo estaba arreglado. Que fue gracias al reportaje de la revista.

—No se si lo vieron —dijo, quizás un poco avergonzada ante su auditorio, y después continuó—: hay un coleccionista interesado, uno que busca sólo retratos de familia... no sé —a Lucía le sorprendió el esfuerzo que Livia hacía por ordenar sus ideas, dar la información claramente—. El cuadro no sólo esta certificado, también está valuado, la operación puede ser muy rápida —la última frase la dijo con urgencia, con miedo; Lucía lo veía claro, lo sentía, su cuñada estaba viviendo una tensión enorme.

—Claro, el problema es que la pintura ya está enumerada en los bienes de la herencia —Aurora cambió el espanto por el pragmatismo y, levantándose de la silla, con las palmas en la parte de atrás de la cintura y la boca seca, continuó—: No se puede vender sin nuestra autorización, David se encargó de complicar más las cosas —comentó, y esa amargura tan suya, le salía por esos ojos pequeñitos.

—Ya está todo listo —aclaró Rogelio—, podemos conseguir el dinero para rescatar a David en cuatro días: ustedes y Livia, que tiene facultad de representar a David, firmarán una autorización para que el juez permita la venta de la pintura —sus manos continuaban escondidas dentro del portafolios a medio abrir, como si ocultaran algo—. Ningún coleccionista comprará la pintura así, si no le garantizamos que el cuadro es un auténtico Dr. Atl, y eso se logra con el certificado que consiguieron David y Livia. Tenemos que garantizar, también, que no carga con ningún proceso judicial, y eso lo respalda el permiso que otorgue el juez para su venta, liberándolo de la masa hereditaria. El coleccionista se comprometió a ejecutar el pago en cuanto la pieza salga de la ciudad camino a su museo, asegurada, evidentemente, y con los documentos que abalan la compra.

Parado junto a la chimenea, Camilo seguía la conversación con ojos turbios, la mano derecha girando nerviosa el encendedor. Ya no tenía la expresión incrédula del chico al que le escondían su juguete favorito, ahora estaba jorobado, como si el susto lo hubiera encorvado. Tlacuache protegiéndose de un ataque en el basurero.

Camilo preguntó algo a Rogelio, pero Lucía no lo escuchó, porque en ese momento sintió el terror que Livia ya no podía disimular en sus ojos, en sus manos, en sus labios mudos, en toda su piel, el pánico ante la grieta que amenazaba abrirse bajo sus pies, succionándole al esposo, la familia, la vida completa. Por un segundo, Lucía intentó ponerse en el lugar de Livia, calculando que ese miedo que ella sentía se podría parecer a algo que ella misma habría experimentado antes, pero no pudo, el miedo de Livia era profundo, un miedo que surgía de lo más hondo, un miedo palpitante. Livia estaba aterrada ante la posibilidad de perder la mismísima mitad de su alma.

Fue cuando Lucía supo que no, ella no podía entender la pena de su cuñada. Ni aunque estuviera en su mismo lugar, con el esposo secuestrado, Lucía sentiría lo que ahora sentía Livia, porque ella no sabía lo que significaba amar tanto a un hombre. Ella no era esa mujer, como Livia, como seguramente era Blanca, como lo había sido su madre, quizás su abuela...

—Dime dónde puedo firmar —Lucía reaccionó sin dudar y arengó a sus hermanos con la seguridad que no había tenido antes—. Esto es serio, lo importante es David, su vida, su familia, eso es lo que hay que proteger. Firmemos lo que tengamos que firmar —Lucía jamás imaginó que pronunciaría esas palabras—. Deshagámonos por fin de ella —algo de triunfo escapaba tras su expresión de angustia.

Los otros tres parecían asombrados de escuchar lo que Lucía ofrecía, y ella no se detuvo a calcular si estaban o no de acuerdo con ella y, como si su descubrimiento fuera igual de válido para todos, se dirigió a Rogelio:

—¿Estás seguro de que podrás deshacerte de ella? —se detuvo, agitó la cabeza, como si con ese gesto el error saliera de su conciencia, y continuó—: Quiero decir, ¿estás seguro de que conseguirás esa cantidad de dinero para rescatar a David? Eso es lo más importante.

Camilo fumaba un cigarro tras otro, la mirada encendida al tiempo que removía con los dedos un poco de tabaco que se le había detenido en la lengua. Aurora se secaba la transpiración de las palmas de las manos en los muslos del pantalón, como si quisiera controlar, con ese acto, la angustia que se le desbordaba por el cuerpo y comenzó a caminar otra vez dando vueltas por la estancia. Blanca, desde la mesa, los miraba a todos expectante.

—¡No podemos perder tiempo! —gritó Livia con espanto, como si ellos fueran unos monstruos de los cuales defenderse y no los cuñados que tanto conocía.

Blanca, silenciosa, se acercó a la mesa con las manos cruzadas en la espalda (niño que se aproxima al bufete de postres para saber sus opciones), donde Rogelio los esperaba con los papeles ya extendidos en cuatro diferentes montones, y tomó una hoja.

—¿Desde cuándo tenías estos documentos listos?

—La mayoría son formatos estándar que ya tenemos preparados —Rogelio se enderezó, abrió los ojos admirado, seguramente no esperaba esa pregunta.

—¿Por qué no venden otra cosa?, ¿por qué tiene que ser nuestra pintura? —preguntó Aurora, quizá reforzada por la suspicacia de Blanca.

—Porque eso es lo que tenemos para vender —respondió Lucía desesperada—. Es David, es nuestro David de quien estamos hablando. Sólo dios sabe lo que esos malditos serían capaces de hacerle y en qué condiciones está en este momento. ¿No lo entienden?, ¿qué hubiera querido mamá?, ¿y papá? y nosotros, ¿qué es lo que queremos nosotros para él?

—No te creo —gritó Camilo, pero no a su cuñada, sino a su hermana—, tú que llevas meses resentida, que crees que por una especie de justicia divina esa pintura te pertenece; ahora resulta que, de la nada, ya no te importa deshacerte de ella. ¿Qué vas a conseguir con todo esto?

—Salvar la vida de mi hermano, ¿no es suficiente? —sorprendida con la reticencia de los otros, Lucía miraba a Blanca y a Aurora buscando eco, pero la actitud distante de Blanca, el nerviosismo de Aurora, no le parecían buen augurio—. No los entiendo... Aurora —llamó una vez más—, es David —la miró suplicando—. Sólo nos tiene a nosotros —Lucía no tenía dudas.

—Sí, claro —soltó Aurora, con el asombro de quien despierta de un mal sueño—, todo por salvarlo, claro, la pintura y todo —concedió.

Lucía abrazó a Aurora, aliviada. El angustiante apremio del peligro y la muerte las unía, gracias a él, las hermanas se apartaban, por un momento, de la imagen inalcanzable de la abuela Lucía y se acercaban a la realidad imperfecta de su amor fraterno.

Aun así, algo no estaba bien. Algo en el semblante de Aurora regresaba y la tensaba, como una especie de ola que reincidía en una mueca de desagrado, de desconfianza. Lucía supo que la molestia de Aurora ya no era contra ella; sin embargo, tenía miedo de averiguar qué la atribulaba. Necesitaba su apoyo.

Miró a Camilo y a Blanca con la urgencia del condenado que depende del juicio de unos extraños para obtener su libertad. Ellos no parecían haberse conmovido con el inusitado encuentro de las hermanas. Tenían una actitud muy extraña: ¿dónde estaba Camilo, el hermano alivianado que dejaba todo pasar y no se aferraba a nada?, ¿dónde estaba su hermana menor, tan solidaria con los más necesitados?, ¿cómo había pasado la historia sobre ellos, que ahora eran capaces arriesgar la vida de su hermano por ganar una competencia? Por no perder unos pesos.

Livia comenzó a llorar, el aire se le cortaba en pequeños espasmos, obligándola a detenerse, abrir la boca, aspirar, levantar los hombros y volver a sollozar. Lucía estaba tan conmovida de sentir esa fragilidad en una mujer tan poderosa; David para Livia era más que su esposo, su proveedor, el padre de sus hija, David era la otra parte de ella y se la estaban arrebatando, ¿cómo no iba a sentir miedo?, ¿cómo no iba a hacer todo en su poder para rescatarlo?. Lucía también estaba decidida a hacer lo que fuera por su hermano.

—Todo va a estar bien. Vas a ver —le repetía al tiempo que miraba a sus hermanos con reproche—. Cálmate ahora, es nuestro hermano, no lo vamos a desamparar. Todo va a salir bien.

Sin embargo, cuando miró a Camilo con el ceño fruncido, lanzando como bocanada el humo del cigarro; cuando percibió a Blanca con la frialdad de quien analiza un problema grave, pero ajeno; cuando notó en Aurora ese gesto de desagrado que regresaba, comenzó a dudar si entre ella y sus hermanos les quedaba el amor suficiente para hacer a un lado el escepticismo, confiar, salvar al hermano.

Camilo

Camilo salió de la terraza con pasos largos, la atravesó sin pensar hasta que, al llegar al otro extremo, se topó con la oscuridad del jardín, el bosque que le seguía acechando con sus árboles negros, como brazos que querían jalarlo. Se detuvo, dio la vuelta, caminó hacia el otro extremo de la terraza haciendo a un lado las sillas que, sin verlas, se le atravesaban de repente.

El esfuerzo no calmaba sus nervios. Dio un pitido largo al cigarro, expulsó el aire, pensaba en David, no podía creer que estuviera en ese peligro, que alguien hubiera querido llevárselo, y sintió mucho miedo ante la posibilidad de perderlo para siempre, miedo de su muerte.

Llegó al otro extremo de la terraza con los ojos llenos de lágrimas, se dio la vuelta, y fue Bruno el que cayó en su conciencia, ¿hacía cuántos días se había ido? Había decidido hacerlo a un lado, olvidar todo el evento, y ahora se daba cuenta de que no había dejado de pensar en él, de sentir su ausencia, de extrañarlo. Las lágrimas empezaron a salir apresuradas, silenciosas. ¿Por qué no había ido a despedirlo al aeropuerto?, ¿por qué no le había dicho que lo amaba, que él siempre sería su padre?

Nuevamente, el final de la terraza lo detuvo, frente a él, la oscuridad del bosque y era como si Camilo supiera que, atravesando esa frontera, no habría retorno. Dio la vuelta, siguió caminando, aunque le hubiera gustado salir corriendo, llegar adonde estaban esos malnacidos y destruirlos con sus propias manos, rescatar a David, librarlo de la muerte, de tanto miedo. Eso era una estupidez, él lo sabía, pero en ese instante no había cosa que deseara más.

Otra vez el límite. Volvió sobre sus pasos, largos, fuertes. Por qué no le rogó a Clara para que se quedara, por qué no le suplicó, le ofreció que él haría lo que quisiera, lo que ella quisiera, con tal de tenerla aquí, a ella, a ella también y a Bruno, por qué no fue más insistente, más agresivo. ¿Por qué nunca quería ganar?

Dio la vuelta, sus pasos resonaban en el piso. No, no tenía caso, no podía haber hecho nada, porque Clara no lo hubiera escuchado, porque a ella ya no le interesaba Camilo, quizá nunca le interesó y sólo esperó encontrarse a ese gringo para llevarse a su hijo. Lo engañó, y él, tan estúpido, se dejó engañar.

Una silla se le interpuso, como si a propósito hubiera querido impedirle que siguiera y recordó las carreras, esas que corrían él y David para ver quién era el más rápido, para llamar la atención de la madre siempre distraída: David empujándolo al suelo un segundo antes de que Aurora diera el banderazo de salida, sin que nadie lo notara, hacía trampa, tomaba la delantera y se ganaba el aplauso, el festejo de la madre que, de cualquier forma, siempre contaba con el triunfo de su hijo mayor.

Lanzó la silla más allá de la terraza, escuchó como calló rodando y se golpeó aquí y allá. Tomó su teléfono, llamó a ese abogado súper agresivo que había contratado y, tras un apresurado "disculpa que te moleste a esta hora, pero tengo un problema", le explicó la situación y, eludiendo la vergüenza, le expuso sus dudas respecto a toda la historia del supuesto secuestro y vender el retrato y firmar en caliente todos esos documentos. El abogado le confirmó que la situación era inusual pero le preguntó, con la libertad quizá que le daba la urgencia de la respuesta:

—¿Estás seguro de que tu hermano sería capaz de jugar con

algo así? En cuestión de herencias he visto elefantes volar, pero esto ya me suena un poco extremo... muy, muy arriesgado digamos —se detuvo, quizás él era capaz de ver los hechos con más frialdad—. Sin embargo, es tu hermano, tú lo conoces, hablamos de un problema de vida o muerte, ¿en verdad crees que él intentaría esta trampa?

La duda del abogado cayó como un balde de agua fría, sobre la suspicacia efervescente de Camilo. Se dio la vuelta, seguía caminando con pasos largos por la terraza, una mano en el bolsillo del pantalón, la otra sujetando su teléfono. Él no quería hacerle un daño así a su hermano, pero necesitaba defenderse, aunque fuese sólo esta vez, que no le viera la cara. Porque Clara se había ido y él no había podido hacer nada y, ahora sí, ahora sí podía hacer algo y ganar o, por lo menos, no dejar que se lo chingaran una vez más.

—No sé, en este momento no sé nada —le contestó y dio la vuelta antes de llegar al límite de la terraza—,pero gracias, después te hablo, gracias.

Al terminar la llamada, regresó a la sala sin saber bien lo que haría. Entró y, al darse cuenta del silencio pesado que reinaba, soltó el veneno que le estaba quemando el alma. Les explicó sus dudas, las dudas que quizá todos tenían: la posibilidad de que David los estuviera engañando y, al escucharlo, la boca de Livia se tornó lívida y sus ojos negro desierto parecían más hundidos en las cuencas. Fue Rogelio el que, evidentemente asombrado por lo que estaba escuchando, se apresuró a defenderlo.

—Yo no sé cuánto conozcas tú a tu hermano, o qué problemas tengas con él, pero yo podría poner las manos al fuego por su decencia. No creo que los esté engañando para quedarse con el retrato.

—¿No lo crees, o no lo sabes? —preguntó casi a gritos.

La actitud bravucona de Camilo entretuvo la respuesta del

abogado, pero en cuanto éste recuperó las palabras, se apresuró a argumentar:

—He trabajado con él más de quince años y nunca lo he visto, ya no digas realizar una trampa o un asunto ilegal, ni siquiera entretener la idea, mucho menos algo así, tan peligroso.

—¡Por dios, Camilo! —rugió Livia—, estás poniendo en juego la vida de mi esposo, del padre de mis hijas, de tu hermano.

La carrera, el empujón, la mamá abrazando a su hijito con la boleta de calificaciones en la mano y Bruno, su hijo... se perdía a la distancia.

Aurora ya había regresado de la cocina. Por su parte, Blanca junto a la mesa del comedor, con uno de los documentos que había llevado Rogelio para firmar en la mano, miraba a los hermanos y sus reacciones a distancia, como si estuviera protegida tras de un cristal. Ella también dudaba, claro que sí, aunque no lo dijera, o si no, ¿por qué revisaba los papeles?

—Se los ruego —volvió Livia sin exigir, por primera vez, suplicando—, es David, es él quien está en peligro, ayúdenme a rescatarlo.

—Que nos la pague —propuso Blanca, todavía con el documento para ceder los derechos en la mano—. Que nos pague a cada uno lo que tocaría en valor económico por el retrato de la abuela Lucía —lo dijo así, con la simpleza con la que se separan las semillas buenas de las envejecidas—, con su parte de la herencia y con su casa, con lo que pueda, que pague hasta el último centavo de su rescate... nosotros no tendremos prisa —Camilo la miraba hablar y era como si las palabras que salían de la boca de Blanca fueran de otra persona, como si alguien más frío, más calculador, se expresara a través de esa boca de niña que gritaba desde el árbol para que la bajaran. Sin más le preguntó:

—¡¿Te das cuenta de lo que estas proponiendo?! —Camilo calculó que quizá ella era la única aliada que le quedaba — David siempre se queda con todo, ¿qué no lo ves? Puede que todo esto sea una mentira, quizá está en la playa con sus amigos y nosotros le cedemos hasta las nalgas. Y él nos está robando descaradamente.

—Por eso, Camilo, piensa —Blanca tomó aire, ¿de dónde sacaba tanta tranquilidad? —, si nos la paga, entonces no nos está robando, además, es lo justo. Es nuestra, ¿no es cierto? Esa pintura era parte de nuestra herencia, como lo especificó David mismo, así que si con eso pagamos su rescate, él tendrá que devolvernos a cada uno lo que nos toca.

Blanca tenía razón, ¿cómo no se le había ocurrido? Pensó Camilo. Cooperarían, como era su obligación, como él mismo deseaba hacerlo, pero, por primera vez, protegido. En esta ocasión Camilo no perdería.

Livia, urgida por encontrar una salida, sin detenerse en pensar lo que ese requisito implicaba, se apresuró a ofrecer:

—De acuerdo, nosotros les pagamos cada centavo, todo con tal de rescatarlo —cayendo en cuenta, quizá, de lo que ese compromiso significaba, terminó mirando a Blanca— así tengamos que sacrificarnos los próximos años, no importa, lo apremiante es rescatarlo.

—Es lo justo —determinó Blanca, que le sostenía la mirada a su cuñada, con una frialdad que provocó en Camilo un escalofrío. Blanca sin rastro de compasión o ternura, como si no fuera la vida de su hermano la que estaba en juego, como si no fuera algo urgente y desesperado lo que estuvieran intentando—, nosotros nos deshacemos de un objeto tan preciado por que se trata de nuestro hermano, y lo hacemos como hubieran querido papá y mamá, pero él tiene que pagarnos por eso —Blanca se apresuró a aclarar—: Livia, nosotros también queremos que David salga con bien de ésta, pero ustedes fueron los que se pusieron en riesgo, ustedes salieron en las revistas de sociales e inventaron toda una historia de alcurnia alrededor de la pintura del Dr. Atl. Una fantasía. Evidentemente, más de alguno creyó que eran millonarios y ahí tienen las consecuencias. No es nuestra culpa.

El rencor en la mirada de Livia nunca había sido tan claro como en ese momento:

—¿Estás diciendo que esto que nos pasó es por mi culpa?

—No, eso lo estás diciendo tú.

¡Blanca se daba cuenta de que en este momento podrían estar torturando a David?, ¿que la vida del hermano sí dependía de unos desgraciados que no se tocarían el corazón para acabar con ella?, ¿de dónde sacaba tanta frialdad? La más pequeña de sus hermanas le provocó miedo, y Camilo deseó nunca tener que atravesarse en su camino.

Desde el bolsillo del pantalón de Blanca se escuchó el timbre de su teléfono celular, seguramente era el Francés, pensó Camilo casi molesto, como aquel al que le interrumpen la escena amorosa de la telenovela.

—Ah, Antoine —saludó casi decepcionada—, es David, mi hermano —comenzó a explicar, al tiempo que se alejaba caminando hacia la cocina—; es mucho, no tienen lo suficiente para pagar —aclaró más adelante con voz exaltada.

A Camilo le extrañó que su hermana hablara en español con Antoine y notó que su expresión no había cambiado a la dulzura al recibir su llamada; pero no hizo caso, no necesitaba entretenerse en esas ideas. Repasando las condiciones de Blanca, agregó:

—Ah, Rogelio, que se certifiquen ante notario el avalúo del cuadro y el precio de venta —había un placer de revancha en esa solicitud—, así estaremos seguros de que nos desharemos del retrato por un valor justo.

—¿Lo único que te importa es el dinero?, ¿qué te paguen tu parte? —preguntó Lucía, incrédula, enojada.

—Créeme, hermana —respondió Camilo con la indignación de quien se sabe víctima de una injusticia—, lo que menos me importa es el dinero —aclaró, y caminó hacia la chimenea con la barbilla levantada, no estaba dispuesto a dar explicaciones.

Aurora fue hacia el ventanal de la terraza enfrentado a la boca negra del bosque, parecía inquieta, como si la solución no la hubiera convencido del todo o, peor aún, le avergonzara; Lucía no dejaba de mirarlo, indignada, pero Camilo no le hacía caso. Livia y Rogelio esperaban, mientras Blanca, ya en francés, suavemente, continuaba la llamada con el marido.

Si se pudiera detectar el instante exacto en el que una placa tectónica se separa de otra provocando un quiebre irreparable, ése sería el instante que estaban viviendo Camilo, Aurora, Lucía y Blanca. Pese al acuerdo alcanzado, o quizá por la naturaleza del acuerdo, los hermanos ni siquiera cruzaban miradas. Cuando Blanca terminara su llamada, escucharían lo que Rogelio tenía que decirles, cómo y cuándo se reunirían de nuevo para firmar los papeles, y después separarse y desear que David recupere su libertad.

Aunque los hermanos no se recuperen unos a otros.

Quizás el amor que les quedaba ya no era suficiente.

Blanca

—T'es sûr? —preguntaba Blanca, y la voz alterada de él seguía escuchándose a través del teléfono, mientras la expresión de ella mutaba del miedo al asombro—. Está bien, sí, yo le digo...

Terminó la llamada y sus ojos encendidos reflejaban los cientos de ideas que brincaban dentro de su cabeza. Miraba hacia el suelo, caminaba sin sentido, como si hubiera olvidado en dónde estaba, "Está loco, claro que no", balbuceaba al tiempo que se mordía la uña del dedo índice. "¿Cómo vamos a darlo todo?, ¿y después qué vamos a hacer? ".

Fue cuando Lucía se acercó a ella, quizá conocía esa expresión de desconcierto en su hermana, quizá sabía cómo ayudarla a calmarse, lo había hecho muchas veces antes, de niñas, cuando la intimidad de la recámara compartida les daba la oportunidad de acompañarse.

— ¿Qué sucede, Blanca? —le preguntó bajito, para que sólo ella escuchara.

—Es Antoine —respondió, aliviada de poder sacar sus ideas en voz alta, quizás así lograría ordenarlas—, ofrece todo el dinero que tenemos en la cuenta de banco, todos nuestros ahorros para ayudar al rescate de David —y mirando a Lucía, buscando apoyo, argumentó—; pero es muy poco, ni siquiera sirve para la mitad del rescate, ¡¡cómo se le ocurre!?, ¿verdad? —hablaba con Lucía, pero se preguntaba a sí misma— Qué ¿no se dará cuenta de que él es el primer perjudicado? Adiós Suiza y toda esa locura...

Lucía la miraba extrañada, seguramente no entendía todo lo que decía Blanca, quizá no había pensado en la posibilidad de juntar el dinero entre los hermanos, ¿o qué tenía que ver Suiza en esto?, ¿los europeos no dan todo por vivir en México? Lo único que pareció desplegarse con nitidez en su mente fue una idea.

—¿Me estás diciendo que tu esposo está dispuesto a dar todo lo que tiene para salvar a nuestro hermano? —se detuvo, la miró fijamente, como si tratara de entender a través de la expresión turbia de Blanca— Antoine, el Francés, ¿darlo todo por uno de los tuyos?, ¿por uno de nosotros?

El asombro y la admiración en los ojos de Lucía entraron profundo en Blanca y fue esta admiración la que iluminó el regalo único que estaba recibiendo: Amor fraternal en su mas puro estado, lealtad incondicional hacia ella, hacia la familia. Fue con esa claridad que también le llegó el baño tibio de la vergüenza. ¿Cómo es que ella no había sido capaz de esa entrega? Abrió la boca buscando decir algo, argumentar, pero las palabras no salían, la nobleza del acto las callaba todas. Sólo pudo caminar hacia su cuñada y, de la manera más humilde que pudo, le informó:

—Dice Antoine que tenemos doscientos mil pesos en el banco, es todo lo que tenemos, que puedes disponer de ellos mañana a partir de las nueve de la mañana.

La expresión de Livia se suavizó acuosa, no fue capaz de pronunciar una palabra de agradecimiento, como si se atoraran todas en su garganta apretada, y Blanca, conmovida, no sabía si tranquilizarla o pedir disculpas. Se miró a sí misma, como el avaro de los cuentos, dispuesta sacrificar sus amores con tal de conservar unas monedas...

—Dice Antoine que para eso está el dinero. Que en una familia lo primero es protegernos los unos a los otros. —repetía, mecánicamente, las frases de su marido. Eso que Antoine le estaba enseñando.

En la mente de Blanca, el departamento de muros amarillos, su hijo en el regazo del padre mirando las imágenes de Suiza. Antoine comiendo unos tacos de carnaza, "los que crecimos en el circo siempre volvemos a él". La oportunidad del circo Knie de Suiza que por fin había llegado a su vida, esa que Antoine soñaba con aceptar y, por ese acto de generosidad, se perdería, quizás, irremediablemente.

Antoine estaba dispuesto a darlo todo, hasta la seguridad de su futuro, por salvar a un Martínez Alcázar. "La famille il faut la proteger, les uns les autres". Blanca recordó a Antoine llegando relajado y festivo a su casa de soltera, pantalón de rayas y camisa de lunares; su madre o sus hermanas mirándolo de soslayo, como se evita a un loco en la calle. ¿Qué habrá visto en ellos que su familia no alcanzó a ver en Antoine?. ¿Quién era el que debía enseñar lo que significa el amor, la entrega, la solidaridad?

En ese momento de revelación, Blanca buscó a sus hermanos esperando que la acompañaran en el asombro: Aurora, que parecía conmovida, sólo comentó: "Dile a Antoine que muchas gracias", se veía sincera, pero al instante regresó a Rogelio, para que les explicara el siguiente paso. Camilo, que asintió con la cabeza, apoyando el comentario de Aurora, tampoco cambió de ánimo, sacaba su cajetilla de cigarros como si quisiera asegurarse de que seguía ahí, y la volvía a guardar en su bolsillo. Incluso, el asombro de Lucía no había sido tan radical como el de ella. Era como si todos, en el fondo, no se sorprendieran de la generosidad de Antoine, como si ya la hubieran intuido. Eso avergonzaba más a Blanca.

Por fin, Rogelio cortó el silencio, siguió adelante:

—Creo que es muy generoso por parte de tu esposo, pero ya que todos están de acuerdo en vender la pintura, probablemente no va a ser necesario, Blanca —mientras recogía los documentos de la mesa—. Aunque todavía no es prudente negar cualquier ayuda. Pero será mejor que nos demos prisa, tengo que redactar nuevas cesiones de derechos, de acuerdo con las condiciones que acaban de poner.

—No le va a pasar nada —afirmó Blanca, que seguía procesando el escenario que, ante sus ojos, había despejado su marido—. A David no le va a pasar nada, ¿verdad? —necesitaba reducir la angustia que acababa de entrar completita en su ánimo—, venderán la pintura del Dr. Atl, pagarán el rescate y todo terminara ahí, ¿no es cierto?

—Eso es lo que vamos a intentar —continuó el abogado, probablemente asombrado de ese cambio en el ánimo de Blanca—. Por lo pronto, los citaré mañana en las oficinas del notario para firmar y apresurar el papeleo. Livia contactará temprano al comprador. No tenemos tiempo que perder —hacía el recuento, agobiado—, necesito consultar leyes, preparar documentos y, mañana, rogar a notarios, convencer a secretarias y violentar el sistema lo más que sea posible, para que las resoluciones salgan rápidamente.

Livia se levantó con la boca apretada, los ojos hinchados y turbios, angustia e ira contenidas, se acercó a Blanca:

—Dile a tu marido que muchas gracias por su generosidad. Nunca lo voy a olvidar —y sin despedirse salió de la casa.

—Si necesitas algo más, sólo pídelo, por favor —dijo Aurora, y agregó—: Todos queremos rescatar a David, todos. Cualquier cosa que necesites sólo pídelo.

Con las cejas levantadas de indignación y el asomo de una mueca burlona, esa que se pone cuando lo que se presenta no es suficiente, Livia continuó su camino.

—Yo me voy contigo, Livia —anunció Lucía.

Blanca también quería irse de ahí. Caminó hacia la puerta, buscó su bolso hindú con aplicaciones, ese en el que unas horas antes había guardado aquel tesoro: La fotografía que la mamá le había reservado, empacada, lista para llevársela. Esa imagen en donde se les veía a todos los Martínez Alcázar unidos, felices. Como estaban las cosas ahora, parecía una escena tomada en otra dimensión.

Aurora tampoco se despidió, giró sobre sus talones y huyó a su cuarto, parecía enojada. Ni qué decir de Camilo, que salió de casa al mismo tiempo que Blanca, sin pronunciar palabra. Pero eso no le importó a Blanca, lo único que ella quería era llegar a su casa, con Antoine, verlo, sentirlo, estar cerca, muy cerca.

—¿Cómo le hice para que te enamoraras de mí? —preguntó, mirándolo con ternura, después de dejar su bolso en cualquier lugar y sentándose junto a él.

—¿Toloache? —respondió, gutural, y con todas las erres suavizadas, continuó—, eso dice una marchanta del mercado: "Güerito, ¿qué toloache le dieron para atraparlo?, ¿o será que le cortaron una alita? —y después soltó una carcajada.

Como nunca antes, Blanca estuvo segura: quería estar con él, adonde fuera, en donde estuviera.

Esa noche no pudo dormir, ni las que siguieron tampoco. Seguro ninguno de sus hermanos lo había logrado, y hubieran querido estar juntos: los cuatro abrazados, protegiéndose de sus miedos, como cuando niños a media noche cuando los poderosos truenos cimbraban los vidrios, iluminando la noche, dejando a su paso una estela de sombras tenebrosas, acechando las ventanas, los muros de su cuarto, sus camas.

¿Dónde estaba David?, ¿atado de pies y manos?, ¿hincado en el suelo?, ¿en un calabozo?, ¿con frío?, ¿con miedo?, y ellos, ¿lograrían salvarlo?

Camilo

A las seis treinta de la mañana, tirado en la alfombra de la oficina, Camilo abrió los ojos con espanto y, antes de entender que era el teléfono lo que lo despertaba, vio nítidamente a David, ¿estaba soñando con él?, se veía sucio, con la ropa rasgada, heridas abiertas, arrinconado en un lugar oscuro. Su corazón acelerado no le permitía entender en dónde estaba, hasta que escuchó, ahora sí, el timbre del teléfono y contestó, era Rogelio, el socio de David, que lo citaba en las oficinas del notario Francisco Rodríguez para firmar la documentación:

—Todo está preparado de acuerdo con sus requerimientos —informó, como si así garantizara su cooperación, y agregó—, agradeceré tu puntual asistencia para dar velocidad a los trámites que nos ocupan. No olvides traer tu identificación oficial.

Lo único que Camilo quería entender era si lo que estaban haciendo sería suficiente para rescatar a su hermano. Saber si tenía que hacer algo más. Saber si habían tenido noticias, cómo estaba David. Pero el abogado, cortante, dio la información y terminó la llamada.

En punto de la hora acordada, Camilo cruzó la puerta de las oficinas en avenida Tepeyac, la recepcionista parecía esperarlo y, sin demora, lo encaminó hacia una habitación, ocupada casi por completo por una enorme mesa con sillas de respaldo alto y, en ellas, el Francés sentado en la cabecera, con los hombros un poco caídos, camisa rosa buganvilia y sombrero panamá, como siempre, silencioso, atento a todo lo que sucedía a su alrededor. A los lados estaban sentadas sus hermanas, cada una más lejos de la otra, desaliñadas, quizá sucias: con ropa deportiva, Lucía miraba su teléfono; Aurora apretaba el cierre de su bolsa; y Blanca, con un tamborileo de los dedos, golpeaba la mesa y, cuando no atendía al esposo, miraba al infinito; Livia sin una gota de maquillaje y una moño rígido en el cabello, se notaba ansiosa de que todo terminara pronto, temiendo quizá que en el último momento alguno se arrepintiera. Por último, Juan Carlos su cuñado, derecho como tabla, bien planchado, severo, solícito con Lucía. El trámite estaba a punto de realizarse.

—¿Se sabe algo de David? —preguntó Camilo a su cuñada, y más tardó en soltar la última palabra, que en arrepentirse de haber formulado la pregunta.

—No —respondió escueta, con la mirada clavada hacia el frente, en un enorme librero habitado de carpetas con miles y miles de expedientes que, seguramente, respaldaban cientos de litigios e historias.

Camilo volvió al miedo, a la duda de si su hermano saldría bien librado de esa locura. Un escalofrío lo recorrió completo.

Todo se activó cuando llegó el notario, un hombre joven y delgado, con corbata roja y el saco que caía como capa sobre los hombros, el cabello todavía húmedo y la actitud ligera, casi festiva, de quien viene de hacer deporte. Era amigo de Rogelio y, por eso, les había hecho el favor de recibirlos tan temprano.

Al mirar a los hermanos con esos semblantes angustiados, sombríos, el notario cambió su expresión por una precavida, como si hasta ese momento estuviera aterrizando en ese día y en ese lugar, y ubicándose en la gravedad del momento o la solemnidad del trámite, con una formalidad que no parecía venirle de forma natural, comenzó a explicarles las características del acuerdo que estaban a punto de firmar, sus derechos y sus obligaciones.

La civilidad distante entre los hermanos no dio para que se miraran unos a otros. Era como sintieran vergüenza, una incomodidad tan grande, como si cada uno evadiera la acusación en los ojos del otro.

El trámite se desarrolló sin interrupciones. El notario leyó el documento, nombró uno a uno a los presentes y les pidió que plasmaran su firma. Después de explicarles los pasos que seguiría el proceso y darles una tarjeta para que le llamaran si tenían alguna pregunta, les deseó éxito en el rescate y se despidió con la frialdad y el pragmatismo de alguien consciente de una gravedad que no le toca.

Unos minutos después salieron de la oficina del notario y, ya en la calle, en la banqueta, Rogelio les explicó lo que seguiría a continuación.

—Calculo que ya no necesitamos encontrarnos nuevamente —aclaró, pensando, quizá, que esa noticia sería bien recibida por los Martínez Alcázar—, pero si surge algo más, yo me comunicaría con ustedes...

—Por favor, Livia —suplicó Aurora—, mantennos informados, todos queremos saber qué sucede con David.

—Sí —respondió Livia apretando los dientes—, yo les aviso. —Camilo no le creyó. Después, ella, deteniéndose en Antoine, con la deferencia que nunca antes había tenido para él, dijo—: Gracias por todo —se notaba que, tras esos labios tensos, había muchas palabras que querían salir, pero que estaban atrapadas, ¿miedo?, ¿indignación? Después de agradecer al Francés, los ojos se le llenaron de lágrimas y sólo atinó a abrazarlo y apretar todos los músculos de su cuerpo para tomar distancia, enderezarse y seguir su camino en busca del auto.

—Todo va a salir bien —alcanzó a decir Antoine, con ese acento que nunca se le había quitado, pero ya no importaba.

A Camilo se le enfrió el corazón al recordar que Antoine estaba dispuesto a dar todo lo que tenía por apoyar a Blanca, por cuidarla, dar todo por la familia de ella, como si fuera su familia. Y sintió un gran respeto y algo de vergüenza.

Recordó esa plaga de los secuestros que tenía aterrada a la ciudad. Su cuñada había hecho las cosas correctamente, estaba bien aconsejada. Todo el proceso para ceder los derechos, vender el retrato, no había sido un engaño, como él había temido. No era David el que estaba intentando chingárselo una vez más, David estaba en peligro.

Tenía tantas ganas de aclarar las cosas, de salir exonerado, aunque él mismo no había hecho nada para perjudicarlo, era sólo el juego estúpido, ése en el que siempre se habían perdido: David queriendo ganar siempre, Camilo cansado ya de dejarlo.

En esos momentos de angustia, Camilo quería lo mejor para David, estaba dispuesto a donar su parte del retrato, no le interesaba recibir el dinero, lo único que le interesaba era saber que no se lo habían fregado, otra vez. No perder, sólo eso.

—Yo no me puedo separar de ti —explicó Lucía a su cuñada—; yo voy contigo, quiero saber lo que pasa con David.

—Yo también quiero ir —suplicó Aurora—, para que no estés sola.

—Por ahora es mejor que Livia esté tranquila, ¿no es cierto? —dijo Rogelio, y Livia, con el cuello tenso y los ojos secos, asintió con la cabeza, quizá ya se habían puesto de acuerdo ella y el abogado—. Livia quiere estar en compañía de sus hijas. Además, es importante ser discretos, no llamar la atención.

—¿Tus hermanos ya lo saben? —le preguntó Aurora.

—No —respondió Livia, y su mirada destelló otro tipo de amargura—, ellos están de viaje, no saben nada. Pero no los necesito

—aclaró, y Camilo detectó esa expresión autosuficiente que, en estas circunstancias, parecía tan falsa.

—¿Tus papás? —preguntó Lucía, como echando mano de cualquier recurso para garantizar que su cuñada no esperaría en soledad.

—No necesito a nadie —sentenció con la boca recta, las manos apretando las llaves, lista para subirse a su auto. Los hermanos no insistieron—, mis hijas y yo esperaremos a David. Él va a volver.

—Claro, claro —acotó Lucía.

Cuando Camilo subió a su auto, lo único que había en su ánimo era angustia, desasosiego. No dejaba de pensar en David, calcular en dónde o cómo estaba, y tenía mucho miedo de no volverlo a ver. A partir de ese momento, lo único que deseaba era recibir una llamada anunciando que David, su hermano, había regresado.

Cuatro días después, días en los que Camilo no dejó de pensar en David, sin poder tomar su teléfono, del que no se separaba, para marcarle a su cuñada. Cuatro días en los que, pese a no querer saber de ellas, buscaba a Aurora, a Lucía y hasta a Blanca, y sus hermanas se limitaban a darle la poca información que tenían, evitando toda intimidad, cualquier gesto de ternura.

Cuatro días de angustia en los que ni siquiera la soledad de su oficina lo tranquilizaba; hasta que recibió la llamada de su cuñada, pero no para darle la noticia que tanto ansiaba, sino para pedirle que fuera, esa misma tarde, a su casa, que necesitaba su presencia para que atestiguara la salida del retrato de la abuela Lucía de su casa y de su vida.

—Todo está debidamente documentado, Livia. No necesito más; yo no quiero tener nada que ver en eso —le aclaró Camilo.

—Mira, Camilo —Livia hablaba, y su voz veloz y cortada hacía más dramática cada una de las frases—, estoy haciendo todo lo posible por rescatar a mi esposo y al hacerlo tengo que cumplir con las condiciones que ustedes impusieron para ayudarlo, y no quiero que después haya ninguna duda de lo que sucedió con el retrato de la abuela Lucía: en cuánto se vendió y quién lo compró, etcétera —y esperando un momento, como si requiriera toda su amargura para decir lo que tenía en mente, continuó—: Tú te atreviste a sospechar, a poner en duda la decencia de tu hermano y la mía, ahora necesito que vengas y confirmes por ti mismo que estamos haciendo las cosas como se acordaron y que ni yo ni él queremos engañar a nadie.

Camilo no contestó, le molestaba tanto ésa actitud de su cuñada, finalmente él había pedido lo justo y ésa petición no había interferido en el rescate, así que ¿de qué se quejaba? Sin embargo no dijo nada porque pudo imaginar lo que Livia estaba sintiendo en ese momento. Porque por primera vez se podía poner en su lugar y calcular lo terrible que sería para ella perder a su esposo.

Camilo llegó a casa de su hermano y, por un momento de fantasía, imaginó que le pedirían hacer algo, y él estaba dispuesto a hacer lo que fuera: se vio llevando un rescate a un callejón oscuro, se vio llegando a un hotel de paso en un pueblo perdido, el haría lo que le pidieran, no le importaba arriesgarse con tal de proteger a David. Pero nadie le pidió nada.

Sus hermanas ya habían llegado y, paradas en la sala, veían cómo unos hombres con guantes blancos descolgaban el retrato de la abuela Lucía —con el collar de perlas que en una de las vueltas cercaba su cuello, con la mirada penetrante que tanto impresionaba a propios y extraños—, lo colocaban sobre la mesa del comedor y lo cubrían cuidadosamente con papel y plástico.

Camilo nunca había apreciado esa pintura. Sin embargo, ahora la percibía de otra manera, era la representante de una parte de su vida, tenía la sensación de que era su infancia la que se sofocaba tras esos papeles, apretada por esos plásticos de burbujas y enclaustrada en ese cajón de madera. Su historia. La historia de él y de sus hermanos. La historia que ahora había terminado de la manera más dolorosa, como ladrón que escapa por la puerta trasera.

Una vez más, como lo había hecho mil veces los días anteriores, Camilo se preguntaba en dónde estaba su hermano, cómo lo estarían tratando; si tendría hambre o miedo

Acompañando a los cargadores, como deudos caminando tras un ataúd, todos salieron a la calle para ver cómo entraba la enorme caja en una camioneta blanca que la llevaría a su destino: la Ciudad de México.

—¿Quién es el comprador? —preguntó Blanca, intrigada.

El comprador no estaba, pero Lucía le señaló a su representante, un hombre espigado con bigote angosto y muy negro, labios delgados entumidos y la típica pose despectiva del que, sintiéndose superior en una materia, mira con displicencia a cualquier mortal. Cuando cerraron el camión, el hombre se despidió de cada hermano con un apretón de manos y la distancia de su brazo. Antes de subirse a la camioneta se detuvo en Livia, la miró largamente, le besó la mano, le dijo algo sólo para que ella escuchara, parecían amigos, conocidos, ¿cómplices? Camilo se sintió molesto por esa familiaridad. Pensó en Clara, en Bruno, y temió que los estuvieran engañando a todos.

Al darse cuenta de que nuevamente desconfiaba, sin razón, Camilo volvió a la vergüenza. Livia estaba muy demacrada, había perdido varios kilos, eso era evidente.

—Y... —intentó Camilo con cuidado— ¿han sabido algo de David?

La mirada desolada que su cuñada le lanzó se mezclaba con la angustia de tantas noches. No fue necesaria la respuesta, Livia se dio la media vuelta y regresó a su casa, cerrando tras de sí la puerta. Camilo miró a sus hermanas, ellas no sabían nada y no decían nada.

Camilo no volvió a preguntar, ni ese día ni ningún otro. Cargado de indignación, intentando ignorar la vergüenza, tomó sus llaves y sin despedirse se subió al auto y se fue.

Volvió a su oficina, con cajas de comida vacías y luces apagadas, volvió a la angustia y al deseo de hacer algo, lo que fuera, volvió a sentirse tan impotente.... Si le pasaba cualquier cosa a su hermano... no, no quería ni pensarlo.

Tres días más tarde, en su casa, casi de madrugada, Camilo recibió una llamada de Rogelio, el socio de David, anunciándole que su hermano había vuelto. No fue a buscarlo, a abrazarlo como hubiera querido. Rogelio tuvo mucho cuidado de prevenir que lo hiciera, le aclaró que David deseaba estar tranquilo en su casa, con su familia. Y Camilo hubiera querido preguntarle que qué era él si no familia. Su hermano, ni más ni menos. Pero no lo hizo.

Terminó la llamada y continuó mirando la pantalla de su celular, como si tuviera algo pendiente que decir, pero sin nadie del otro lado a quién decírselo. Se levantó, salió de su recámara, ya no podría seguir durmiendo. Se sirvió un vaso con agua y caminó sin saber bien en dónde sentarse o cómo quedarse quieto, fue cuando se topó con su pintura favorita, ese enorme cuadro de Roberto Rébora: mil líneas de colores que forman un entramado y atrás de todas, la silueta de un hombre apresado por ellas.

Quizá fue a causa de la claridad de mente que se experimenta después de liberarse de una angustia enorme, pero esa mañana Camilo miró diferente a la pintura y descubrió algo de aquel hombre atrapado atrás de una cuadrícula de líneas de colores. Con su dedo comenzó a seguir una de las líneas, era una roja sangre, horizontal, un poco desvanecida en las puntas, pero intensa, había varias líneas de ésas, paralelas, que cruzaban la silueta del hombre, como barrotes de una jaula. Fue recorriendo con su dedo una por una, eran de un rojo muy vivo, como el pintalabios que su madre utilizó siempre, su sonrisa complacida que solo miraba a David, ¿en verdad solo lo miraba a él? Sintió un escalofrío, dejó de tocar la línea roja,

Esa mañana sin más que hacer, con la mente despejada casi en transe, escogió la línea amarilla brillante para seguirla con el dedo: transversal, intensa, decidida, furibunda. Era una lanza atravesando el espacio, destruyendo el aparente orden geométrico, ésta no encerraba al hombre de la imagen, al contrario, lo apuntalaba, lo sostenía, era sólida como su determinación a no competir por el amor de su madre y su furia por no tenerlo como él quería, como él sabía que merecía...

Ante esa certeza, Camilo se espantó y se separó de la pintura, miró a su alrededor, con vergüenza, como si temiera ser descubierto. Estaba solo, en su casa, seguro en ése silencio, él y el hombre apresado atrás de la cuadrícula de colores. La volvió a mirar ¿a quién había castigado con esa ralla amarilla, tan necia? ¿a su madre? ¿a David? ¿a él?

Tomó aire, necesitaba seguir, sabía que podía hacerlo, se detuvo en las líneas azul noche oscura, aunque estas no atravesaban toda la pintura, sí alcanzaban a cercar la silueta del hombre, eran más intensas, más profundas que las demás, como si las acabaran de trazar y todavía estuviesen frescas: intenso y fresco como la furia que le inspiraban Clara y el Jayson ése, ¡pendejo!, por robarle su paternidad y lo maravilloso que hubiera sido su vida con Bruno, así como la había soñado, como la tenía planeada, como debería de ser: él un padre modelo, como su padre, viviendo con su hijo, los dos en Guadalajara. Todo se había ido al carajo y por eso no le había llamado a Bruno, no sabía nada de él desde hacía varias semanas. Pero... ¿A quién estaba castigando con ese silencio?

Un poco espantado, se levantó, le dio la espalda a la pintura, se pasó la mano por el cabello, bajó la cabeza, trató de pensar en algo distinto, tanta línea lo estaba poniendo nervioso. Sin poder evitarlo, volvió a enfrentar al hombre encarcelado, necesitaba una respuesta y descubrió que, atrás de cada línea azul, roja, amarilla, hasta blanca, había una línea de color humo, opaco, sin estridencia pero presente en toda la composición. Atrás de cada barrote, de cada lanza, de cada rencor, de cada duda, atrás de todo, el pardo y constante miedo.

Camilo bajó los brazos se separó de la imagen sin dejar de verla, esa pintura lo representaba con una exactitud que nunca había descifrado y hasta pensó en hablarle al artista para agradecérselo. Siempre había creído que ésa era una de las virtudes del arte: verse a uno mismo sin sentirse expuesto, pero nunca lo había experimentado con tanta claridad.

Se sentó, ¿esa prisión tendría alguna salida?, ¿una puerta secreta? Sería tan maravilloso escapar. Sus ojos analizaban cada trazo, cada posibilidad y de repente comprendió: las líneas de colores con su carga intensa y vibrante, que atravesaban al hombre emulando barrotes, no estaban sujetas a nada, flotaban como rallos de luz fosforescente, que aunque exigen ser vistos, no pueden detenerlo. Eran un mensaje, seguramente el hombre, atrapado atrás de ellas, solo tenía que dar un paso, atravesarlas, dejarlas atrás y ser libre...

Limpiándose unas lágrimas que se escapaban sin pedir permiso, Camilo soltó una carcajada de alivio, la libertad de su hermano ahora también era posible en él. Lo único que tenía que hacer era dar ese paso, caminar, dejar atrás los barrotes que él mismo se había construido. Excitado, fue hacia la cocina, se sirvió más agua y dio un trago largo, al limpiarse la boca con el brazo, sintió una ráfaga de miedo: "Si me despojo de todo ¿qué me queda?" respiró profundo, llenó el pecho, lo soltó y sin saber de dónde le llegó la respuesta: El amor es lo único que queda.

Su corazón comenzó a acelerarse, miró el reloj, ya eran las siete de la mañana, era buena hora, sin dudarlo, volvió a su teléfono, buscó el número y llamó:

—¿Bruno? — preguntó emocionado —¿te desperté?, sí, soy yo, papá...

Aurora

Aurora miraba desde la ventana la copa del único árbol destinado a darle verdor a su nuevo departamento. Todavía no entendía bien cómo haría para acostumbrarse a vivir en la ciudad, lejos del bosque. Atrás, Hermelinda sentada en la mesa del comedor, tomaba un té de hierbas.

—Sólo falta una ropa que no supe en dónde acomodar en tu clóset, la dejé en la silla —le dijo Hermelinda; Aurora no respondió— ¿Estás segura de que quieres dejar el escritorio ahí?

—Sí, estoy segura —Aurora levantó los ojos al cielo.

Hermelinda no había dejado de insistir con lo del escritorio, "Mejor acomódalo junto a la ventana para que veas claramente", le recomendó, "acuérdate de que las buenas cosechas se agradecen y después se abona la tierra para la siguiente", pero Aurora, cansada de esas metáforas agrarias, no quiso darle explicaciones. Decirle que es de mal gusto no tener una sala adecuada para recibir visitas —aunque no fueran muchas y no la visitaran seguido—. Un escritorio a media sala no se vería muy elegante.

Con la luz horizontal de la tarde, Aurora miró sus nuevos muebles y, sin saber por qué, contó los lugares que tenía, si cabrían todos sus hermanos ahí. Con emoción vio que sí, que si utilizaba las sillas del comedor y los sillones podría sentarlos a todos en la sala, pero la emoción le duró poco tiempo porque recordó que después del secuestro de David, una reunión como ésa era impensable.

Cada que recordaba a su cuñada llegando a la casa de Pinar pidiendo ayuda, aterrada, "Tenemos que vender el retrato de la abuela Lucía" la vergüenza le comprimía el corazón por ese momento de duda en el que, sin pensar en los riesgos a los que estaba sometido su hermano, ella tardó en dar su aprobación, decir que sí, que ofrecía todo con tal de salvarlo. Eso era lo que realmente quería hacer y se sentía tan ajena a aquella mujer desconcertada y obtusa que no tomó las riendas del asunto desde el primer momento.

Cuando todo pasó, David tampoco fue capaz de agradecer el gesto, llamar y decir: "estoy bien, gracias por venderla". Aurora pensaba que eso también era soberbia, porque a final de cuentas, sí le habían ayudado. Ella hasta le mandó decir que no quería que le pagara nada. Si no hubieran vendido la pintura, David quizá no viviría ahora para guardarles ese rencor que, junto con su esposa, seguramente, amasaba todas las noches.

Eran casi las ocho de la noche, Aurora no quería pensar más en culpas. Se sentía con toda la energía para seguir trabajando, para terminar de instalarse en esa nueva vida. Fue a su cuarto, donde estaba la ropa ésa, la que Hermelinda no había sabido en dónde guardar, abrió las puertas del clóset, seleccionó el cajón, acercó unos ganchos por si necesitaba colgar algo y alistó una bolsa para desechar aquellas prendas que ya no servían.

Con manos diestras comenzó a sacar, una a una, las prendas. Lo primero fue el vestido anaranjado, ese que había utilizado en la fiesta de cumpleaños del padre, el vestido que era de su madre y que ella, en un acto de valentía, se había puesto, sintiéndose tan bien en él, pese a que era de un color que no acostumbraba. Acariciándolo, calculando cuándo se lo podría poner de nuevo, lo dejó extendido sobre la cama. Continuó hurgando, siguieron unos pantalones con acolchado para andar en bicicleta y un traje de neopreno para nadar en aguas heladas.

Aurora entendía por qué Hermelinda no había sabido dónde guardar todas esas cosas, y más cuando se topó con un paquete envuelto en papel rosa, delgado y suave. Casi emocionada por lo inesperado del hallazgo, lo rasgó para averiguar su contenido y se encontró con tres bragas de encaje, de colores vino, azul noche y perla, eran muy delicadas y despedían un olor a rosas. Extrañada, las miraba como si éstas fueran capaces de explicarle de dónde habían salido, hasta que recordó: las compró el día en el que decidió que le daría entrada a Alejandro Lepe. Aurora sonrió con nostálgica ternura al recordar sus ilusiones en ese primer momento, cuando imaginó la emoción excitante del romance, el orgullo de sentirse deseada y, sobre todo, la libertad de dejar fluir toda la pasión que, ella sabía, tenía guardada.

Nada fue como se lo imaginó. Ella nunca pudo concertar una cita, prepararse con ropa sensual, ni siquiera bañarse antes de verlo; sus encuentros, apresurados y casuales, le exigían la renuncia al coqueteo, le negaban el placer de la anticipación, el gozo de saberse la protagonista del romance y no sólo la receptora de una descarga apresurada. Nunca estrenó esas prendas porque se veían a ratitos, a escondidas, cuando sus horarios coincidían y la esposa no estuviera vigilando.

Mirando sus dedos a través de esos encajes, Aurora pensó que en realidad no le importaba, a ella le venía bien tener una relación así, que no le exigía ni siquiera ponerse prendas sensuales. Mucho menos tiempo o algún otro esfuerzo. Vivía tan ocupada con su trabajo, las clases y tantos proyectos. Con las prendas hizo una bola tinto azul y perla y las lanzó sobre la cama.

Para la muerte del padre, Alejandro se había portado bien. Le envió flores con ese mensaje tan lindo y estuvo muchas horas en el sepelio. Aunque casi no la abrazó ni estuvo cerca, claro, no podía, porque todo el hospital estaba presente. Eso también fue bueno, muy práctico, porque él no le estorbó en nada, Aurora estuvo tan solicitada ese día y los días siguientes, que casi se le olvidó que estaba de luto. Nunca pensó recibir tantas muestras de cariño, hasta de personas que ni se imaginaba.

Cada que recibía una llamada, cada que otro ramo de flores entraba por la puerta o Hermelinda sabía de la invitación de un colega o una amiga para conversar, para acompañarla, aquélla le decía eso de que era tiempo de cosecha. Y se lo repetía tanto que Aurora ya no sabía cómo hacerle saber que sí, que sí la entendía, que había trabajado y ahora las personas le correspondían.

Pero los últimos días, Hermelinda había cambiado su discurso, hablaba de ceremonias antiguas para agradecer las cosechas, preparar la tierra para la siembra. Justo cuando cargaban el escritorio que ella quería poner en la ventana y Aurora en el fondo de la estancia, fue cuando Hermelinda le contó de una ceremonia de agradecimiento de la cosecha, en donde esperaban el amanecer, preparaban una bebida con maíz, y Aurora, sintiendo que sus brazos se le iban a despegar del cuerpo por cargar el escritorio, lo único que quería era que llegaran al lugar y soltar la carga.

Aurora miró las bragas sobre la cama. Para su fortuna, Hermelinda no sabía nada de Alejandro Lepe; no hablaba con ella de eso, así que no se referiría a él con alguna metáfora agrícola como plaga, o siembra estéril. Sonrió, algunas veces le parecían casi infantiles las metáforas de Hermelinda, tan simples.

Se acercó a la cama, tomó la braga tinta, contrastaba tan bien con el color de su piel, estaba segura de que se le vería muy linda. Miró su reloj, quizá todavía estaba en el hospital, quizá todavía podía...

—Quiero verte —le dijo en cuanto escuchó su voz.

—Estoy terminando mi guardia, veámonos donde siempre, tú dime en cuánto tiempo llegas —fue todo lo que dijo él, no hubo un qué bueno, no hubo un qué quieres, sólo su disposición a estar presente cuando Aurora lo buscó, y por eso se sintió tan comprendida, tan compenetrada con ese hombre que, en el fondo, quería lo mismo que ella.

—Me vas a tener que esperar, llegaré en dos horas —dijo ella y aguardó su reacción.

—De acuerdo, allá nos vemos — sólo esas palabras prácticas y precisas, pero a Aurora le parecieron perfectas.

Se bañó con la calma que no había tenido en años y estrenó la braga tinta —que resultó más incómoda de lo que se había imaginado, porque el elástico se le clavaba en la cadera, y la parte de abajo del calzón se le metía entre las nalgas, pero no le importó porque pensó que el pequeño sacrificio valía la pena para provocarlo a él, para ayudarle a extraer toda su pasión, esa que seguramente no surgía con su esposa. Peinó con empeño su cabello rebelde, se perfumó y llegó al hotel todavía un poco más tarde de lo que le había ofrecido a Alejandro.

Él abrió festivo la puerta, y ella tenía tanta prisa por sentir, hambre de descubrir una sensación de ingravidez que levantara, no sólo su momento, sino todo el día, que tomó el control: No lo dejó hablar, primero le quitó la camisa de cuello en V y pasó los dedos por esos hombros todavía fuertes y, tras de ellos, la boca tibia.

A medida que ella repasaba su cuerpo, la sangre de él fluía ansiosa por las venas. Aurora lo podía sentir. Alejandro intentaba tocarla como tantas veces había hecho; utilizar sus dedos diestros de cirujano, de curandero. Algo había de compensación, algo de súplica que se expresaba en esa premura, Aurora lo sabía, pero le alejaba las manos, una y otra vez, hasta que, para controlarlo, lo sujetó con mano firme en el centro de su cuerpo y comenzó a deslizar con seguridad su puño cerrado, en un movimiento rítmico, presionando sólo lo justo y viendo como a él le crecía la fuerza.

Alejandro estaba listo, pero ella no alcanzaba a entrar en la sensación de vértigo que estaba buscando y, al contrario, de repente sintió como si se distanciara y se mirara a sí misma en una película vulgar, pornográfica: dos amantes desahogando sus urgencias en un motel barato; ella pone las reglas, él se deja someter. La armonía forzada, la satisfacción fingida.

Siguió intentando. Necesitaba concentrarse, tenía que gozar, era su momento, su derecho. Lo empujó a la cama, sin desvestirse aún, sólo se quitó las bragas (de seguro, Alejando no alcanzó a notar la delicadeza del encaje tinto, el olor a rosas) y se trepó en él, se acomodó y lentamente fue entrando con más fuerza, más hondo, mientras Alejandro, sumiso ante las exigencias de ella, imposibilitado para tocarla, cerraba los ojos, se estremecía y apretaba los labios, como queriendo contener la explosión que se le venía.

Un entrar y salir rítmico de sus caderas fue lo que siguió, con la cabeza girada al techo, el labio inferior sujeto en una mordida y, en la parte de atrás de su cabeza, Aurora intentaba recordar en qué película había visto a una mujer haciendo un gesto similar. El cabello erizado, revuelto, los ojos cerrados y a cada embestida, el golpe, la profundidad y la intensidad iban creciendo; ella gozaba la fuerza de ese miembro hambriento. Sin embargo, no quería que la tocara, no podía permitirlo.

Ella sobre él, con más fuerza y más ritmo, tomaba todas las decisiones. Se deslizaba, se elevaba y volvía a hundirse, hasta que dejó salir, como en una de esas películas que había visto, un gemido de placer, tenue, ronco terciopelo, pantera meciéndose. Fue cuando se dio cuenta de que estaba fingiendo y, lo peor de todo, es que no entendía, ¿a quién engañaba?.

Ajeno a lo que ella pensaba, a lo que sentía, abriendo los ojos asombrados, como si se deslizara a toda velocidad por un tobogán, e incapaz de sostener un segundo más, Alejandro se dejó ir, vibrante, liberado.

—Esto es, esto es — dijo en un susurro. Al escucharlo, Aurora se detuvo, lo miró con la distancia del científico que analiza su experimento, ¿extrañeza?, ¿desilusión? ¿asco? Quizás él notó su mirada y se apresuró—, no te apures, te voy a compensar, ahorita, o más tarde, si quieres dormimos juntos, en tu casa, donde quieras —la sola idea de que ese hombre entraría a su departamento nuevo le revolvió el estómago. Inconsciente, Alejandro continuó—. Claudia está de viaje con los niños y regresa hasta el fin de semana.

Con la contundencia de una fogata crepitando a la que una ola de mar suprime, Aurora lo miró sin pasión ni enojo (la doctora llegando a una conclusión, a punto de dar el diagnóstico). No le quedaba más que separarse de él. Estaba completamente vestida. Alejandro, desnudo, se acodó en la cama.

—No, espera, hablemos, ¿de qué quieres hablar? Platícame de la pintura ésa, o.... —niño buscando la respuesta que agrade a la maestra—. ¿Quieres que veamos un partido de basquetbol?

—No me gusta el basquetbol; en realidad, no me gusta ver deportes por televisión —declaró como desafiándolo.

Alejando no insistió. Ella entró al baño con las bragas en la mano y salió unos minutos después, sólo para tomar su bolso y decirlo...

—Esto no va a volver a suceder —ante el asombro de él, aclaró—: No me busques más. O más bien, no me esperes más—. Sin esperar a su respuesta, abrió la puerta y salió del cuarto.

En el auto, camino a su casa, Aurora se sentía libre. Encendió la música y comenzó a cantar una canción antigua que le gustaba y no había escuchado en mucho tiempo.

Una hora después, Aurora sacaba de su departamento una bolsa con el letrero: "ropa", y la puso a un lado del bote de reciclaje. En ella estaban las bragas nuevas, porque no eran cómodas y no pensaba volver a torturarse con ellas; también estaba el vestido anaranjado que nunca volvería a usar porque el color no le gustaba tanto.

Cuando regresó al departamento empujó los muebles haciendo paso para jalar el escritorio y ponerlo junto a la ventana, aceptando que ése era el mejor sitio, ahí recibiría toda la luz, miraría la copa de su árbol personal. Sobre su nuevo lugar de trabajo acomodó la computadora, la lista de sus alumnos de la universidad y una invitación para presentar una ponencia en un congreso. Al terminar tomó distancia; desde la puerta miró la estancia, el escritorio junto a la ventana y se sintió complacida. Estaba lista para vivir, para disfrutar su nuevo espacio, se sentiría cómoda, segura, también invitaría a sus amigos, sería un buen lugar.

Satisfecha se tiró en el sillón, mirando hacia la ventana, pensó en Camilo ¿qué diría de su departamento? Seguramente le gustaría, era moderno y funcional. Lucía llegaría y le cambiaría las cosas de lugar: el florero lo pondría en la mesita de arrimo y la cajita de mamá, en el centro de la mesa, a ella le gustaba hacer esas cosas. Blanca estaría sorprendida, no creería que ella, Aurora, viviera en un lugar tan pequeño. David no diría nada, él no se fija en muebles, decoración y esas cosas.

Como si se hubiera descubierto haciendo algo prohibido, Aurora se enderezó con los ojos abiertos como platos, ¿para qué pensaba en sus hermanos? Ella ya no tenía nada que ver con ellos. Se levantó, se sacudió la ropa, como quien se quita polvo que se pega y sin más, se fue a su cuarto.

David

Ese sábado perezoso, David revisaba el periódico pero le costaba trabajo enfocar las letras, cada vez le parecían más pequeñas, sólo veía bien con el ojo derecho, porque el izquierdo, después del secuestro había quedado frágil, quizá fue un golpe que le dieron al subirlo a la camioneta, quizá fue el trapo infecto con el que lo tuvieron vendado, pero desde aquel día veía borroso con ese ojo y lo más incómodo era que en los momentos más inapropiados soltaba lágrimas, lágrimas hurañas, impertinentes, podía ser a cualquier hora, día o noche, la única variable —ya lo había notado David, pero no lo compartiría con nadie— dependía de si lo que veía, o lo que pensaba, le conmovía o le parecía bello o frágil, entonces su ojo lloraba.

—¿Dónde quedó la sección de deportes? —, dijo en voz alta, aunque nadie lo escuchara e intentando apartar la mente de aquel recuerdo, buscaba encontrar la noticia sobre la polémica que había en los medios desde la semana pasada por la contratación de un nuevo técnico de la selección mexicana de futbol.

Pese a que lo intentó, no pudo evitarlo. "Un año y siete meses", se dijo para sí, aunque esa cifra no la repetiría en voz alta. Hacía un año con siete meses que esos hombres decidieron tomar control de su existencia, robarle la paz. Sus problemas de visión se lo recordaban. Un año y siete meses desde aquella tarde en que salió de su oficina con la esperanza frágil de encontrar una solución, complacerlos a todos o, por lo menos, convencerlos de que era lo justo. Esa tarde, esos hombre se cruzaron en su camino; más bien, lo estaban esperando: Le cerraron el paso, rompieron los vidrios de su auto, y antes de que pudiera protegerse, lo sacaron. Él, que no era pequeño, salió como bulto en volandas, para aterrizar en el piso de aquella camioneta.

No quería recordar. No debía hacerlo.

Cerrando su ojo derecho palpaba la superficie en busca del periódico. Lo tomó todo y lo bajó a su regazo, levantó una sección a la altura de su cara, enfocaba su ojo sano y al ver que no era la que quería, la regresaba a su lugar, barajaba a ciegas el periódico y sacaba otra y otra más, hasta que encontró la sección de deportes. Nada del nuevo técnico. En cambio, un grupo de atletas mexicanos con espinillas adolescentes y entusiastas sonrisas, miraban a la cámara para despedirse antes de tomar el avión que los llevaría a los Juegos Panamericanos: "LISTOS PARA LA GRAN PRUEBA". Decía el encabezado. David no se detuvo a leer, siguió buscando.

El piso de tierra, no había ventanas, ¿a qué olía el trapo? David nunca supo si era un establo o sólo cuatro paredes estériles y oscuras en medio de la nada. Ahí esperó, amarrado de pies y manos, con ese trapo asqueroso cubriéndole los ojos, día y noche, ahí esperó sin hablar con nadie, comiendo sólo una vez al día durante siete días...

David empujó su silla para atrás y se levantó; no encontraba la noticia que buscaba. Sacó un pañuelo de su bolso (llevar pañuelo era una costumbre de viejito, pero para él se había vuelto indispensable), tapó su ojo para contener el lagrimeo que aquel recuerdo propició, caminó dos pasos hacia el jardín. El ambiente fresco de la mañana le hacía bien. Tenía que ayudar a la mente a detener su descarrilamiento. Evitar que el miedo le arruinara el día. Se pasó la otra mano por el pelo que, tan sólo unos meses después del secuestro, se había llenado de canas.

Tenía 47 años.

Se prometió a sí mismo no volver a reconstruir esos días. Erradicar la sensación paralizante del horror, el desamparo, la impotencia.

Livia, sus hijas; ellas lo habían rescatado del espanto de seguir viviendo.

—No voltees, güero, si quieres contar ésta —dijo el hombre siete días después, con aliento alcohólico y voz de fumador, al tiempo que le jaloneaba el maldito trapo de los ojos y lo sacaba a patadas de la camioneta—; jala pa' donde se ven las chimeneas, allá está el camino a Guadalajara.

Él ya aterrizaba con la cara y las rodillas a la orilla del camino, la sangre le corría por la ceja izquierda, quizá ahí fue donde le terminaron de joder el ojo, mientras escuchaba cómo la puerta de la camioneta se azotaba a sus espaldas y el motor arrancaba dejándolo envuelto en una nube de humo y tierra, desorientado, pero libre.

Tenía que detenerse, ni una evocación más, no debía recordar. Tomó un pedazo de pan dorado perfecto, empezó a untarle mantequilla. Lo único que le faltaba para cerrar esa historia era terminar de liquidar la deuda con sus hermanos, la parte del rescate que, por la venta del retrato de la abuela Lucía, le debía a cada uno.

Ese retrato, por el que, por un momento, él hubiera sido capaz de hacer cualquier triquiñuela para quedárselo, y ahora tenía que pagar hasta el último centavo, aunque cada uno de sus hermanos, ya le había dicho que no querían que les pagara nada. Sin embargo, él necesitaba hacerlo, porque al tiempo que escuchaba esa oferta, recordaba a Livia diciéndole:

—Nunca me imaginé que entre tus hermanos pudiera existir tanta avaricia, tal pobreza de alma —acusó cuando fue capaz de contarle lo que sucedió aquella noche del secuestro, en la casa de Pinar de la Venta—. Aunque sabían que tu vida estaba en peligro, dudaban, no querían venderla, digo, vender el retrato David. Era indignante —narraba la esposa entre lágrimas y un rencor macerado por muchas historias.

A David le dolía tanto escuchar ese recuento, no lo podía creer, como si fuera de otra familia y no la suya; ellos que habían sido los mejores hermanos, los más cercanos. David dio una enorme mordida al pan, masticaba con fuerza. Él había sido un buen hermano, como sus papás le enseñaron, como su mamá hubiera querido, en cambio ellos, cuando los necesitó no estuvieron, o estuvieron con condiciones.

—Cuando llamé a Blanca —trataba David de desactivar el veneno de su mujer — me dijo que no quería que le pagara nada por la pintura. Que ella no contaba con ese dinero y que Antoine y ella no lo necesitaban. Y tú y yo sabemos que ellos son los que más lo necesitan —. La justificaba a ella, a todos.

—Yo sé que te duele, pero ésa es la verdad, tú no viste a Blanca como yo David —argumentaba Livia con datos irrefutables, ¿qué podía decir él, si no estuvo presente?—. Tu hermanita dudó en ayudarnos. Hasta me acusó de que todo había sido mi culpa por aquel reportaje en la revista —y desplegaba la última prueba con un aire de revancha—; seguramente te liberó del pago porque Antoine se lo pidió a ella. Ese francés fue el único dispuesto a dar todo lo que tenía por tu libertad. ¡El único decente! —acusaba a gritos, sin detenerse a pensar lo que dicha acusación repercutía en su esposo.

—No es francés, es suizo —le aclaró David, porque no sabía cómo contradecirla, o, más bien, no sabía cómo callarla. Algo en el reclamo de Livia estaba mal y él no podía explicarlo, no podía defenderse, defenderlos.

—Bueno, eso no importa, lo importante es que él fue el único que se interesó en tu seguridad y ofreció todo lo que tenía para ayudarte, para ayudarnos.

—Si ofreció su ayuda con tanta generosidad, lo mínimo que podemos hacer nosotros es llamarlo con el gentilicio correcto, ¿no crees?

David sabía que Livia tenía una tendencia a dramatizar y exagerar las cosas. Una vocación de víctima combinada con una de ave Fénix que no se deja vencer, y eso, de cierta forma, le agradaba. Admiraba su entereza para ver el daño en toda su extensión y después protegerse, levantarse. Tras el secuestro, esas virtudes se habían potenciado. Su vida y la de sus hijas habían vuelto a la normalidad y estaba decidida a que la vida de David también retomara su curso exitoso; sin embargo, siempre tenía en el radar a alguien en quien apalancarse para cimentar su necesidad de ser víctima, su entereza para levantarse y ahora los hermanos de David eran los designados para infligir dicha tortura en ella.

David siempre había sido capaz de matizar las acusaciones de su mujer, sopesar sus quejas y hasta torear los fantasmas que, por el hecho de compartir la vida, según ella, también lo acechaban a él. Pero este evento del rescate; la venta de la pintura; la cesión de los derechos, aderezada con las sospechas; las avaricias; las oposiciones abiertas de sus hermanos... esta historia parecía indefendible.

Seguir la vida después del secuestro había sido difícil. Producir, proveer, proteger... era como un mantra que David ejecutaba sin problemas desde que puso un anillo en el dedo de Livia; sin embargo, ahora le parecía una tarea imposible. El saco, la corbata y el pago de la hipoteca le habían dado identidad; mirar a esas dos chiquitas, programar las vacunas, las universidades y el éxito de su despacho, eran el sentido a su existencia. Metas que tenía todo para alcanzarlas, pero ante la certeza nueva de su propia vulnerabilidad, esas metas carecían de solidez, perdían importancia.

Y ese ojo llorón que no dejaba de molestarlo.

—Necesitas ayuda para superar esto —propuso Livia, ejecutando un plan de acción que tal vez ella misma se había trazado—; es más, hasta yo buscaré ayuda, ¿no es algo que siempre me has sugerido? Bueno, ahora podemos hacerlo los dos.

Mayé se llamaba la terapeuta que Livia encontró para su marido, y éste, dócil y necesitado de resurgir como ella, comenzó a ir a consulta. Nunca supo si la mujer era más joven o más vieja que él: Tenía el cabello negro y muy lacio sujeto en una cola de caballo que le caía sereno hasta la cintura, la mirada dulce de una niña que sólo ve la belleza del alma, pero la suspicacia de vieja que conoce todas las miserias humanas... y no se espanta.

La terapia le hizo bien, poco a poco fue enfrentando el miedo que le había quedado impregnado en la piel. Aunque su ojo llorón no perdía la oportunidad de recordárselo, David habló de lo que significaba la hombría. Los términos de la valentía. De la capacidad para cuidarse a él y a su propia familia. De la necesidad de dejar volar a sus hijas. De sus habilidades como abogado, el hambre de triunfo y lo difícil que puede ser la competencia.

En una sesión, cuando David creía que ya había tocado todos los puntos frágiles de su alma, cuando pensaba que no tenía miedo de tratar ningún tema, apareció nuevamente el retrato de la abuela Lucía.

—Esa pintura ha sido muy importante en la historia de mi familia —David declaró con la distancia legal del caso, pero se detuvo, sacó el pañuelo y se limpió el ojo llorón, guardó silencio, lo regresó al bolsillo—, y estoy agradecido —giró su mirada al suelo, como si callara algo o como si quisiera interpretarlo—, ya entendí que gracias a ella se pudo pagar mi rescate y gracias a ella también comprendí el poco amor que nos queda a mis hermanos y a mí —levantó la cara como desafiando a Mayé para que le dijera otra cosa, alguna de esas teorías que inventan los psicólogos, para convencerlo a uno de que todo lo que se dice está mal.

Una veta de astucia se iluminó tras esos ojos de niña, acompañada de una mueca de compasión y le pidió que ahondara en las ideas que acababa de expresar. Fue una sesión larga, confusa.

David seguía con la boca llena de pan con mantequilla cuando llegó ante él un plato con huevos revueltos con jamón que le había pedido a la señora que les ayudaba en la cocina. David no se detenía en aprenderse el nombre de las personas que trabajaban en su casa, porque duraban muy poco tiempo, solo se aseguraba en ser amable y esperar que ella o él, sí resistieran la presión de su mujer.

Siempre volvía a aquella sesión con Mayé, mirándose a sí mismo, repitiendo las palabras de su mujer, repitiendo las acusaciones de Camilo, la reticencia de Aurora, hasta la torpeza de Lucía y la avaricia de Blanca. No se ahorró ningún adjetivo. No evitó ningún juicio. Sentado en un trono de indignación, sentenció a cada uno de sus hermanos:

—Dime David, antes del secuestro, ¿Qué era lo que querían hacer con el retrato de tu abuela Lucía?

David hubiera querido olvidarlo, como si esa parte del juego fuera una que ya no contaba, una especie de calentamiento para entrar en lo que sí era realmente importante, pero Mayé insistía, preguntó de una forma y de otra, y a David no le quedó más que explicarle y explicarse a sí mismo en el proceso, todo lo que él había hecho o estaba dispuesto a hacer.

—Si pudieras verte desde afuera, sin emoción, ¿cómo te verías?

David frunció el ceño, bajó la mirada, ¿cómo se veía a sí mismo? Él no había jugado con la vida de sus hermanos. Era sólo un retrato lo que quería. Sin embargo...

—Supongo que sí, algo me avergüenzo ahora —declaró, y sus dos ojos necesitaban ese llanto que nunca se había permitido.

—El amor humano no es perfecto —dictaminó Mayé, lanzándole un salvavidas.

—No es perfecto, pero el amor de ellos se puso a prueba y fallaron. Yo soy Abel, y no tengo uno, sino cuatro caínes a mi alrededor —concluyó con una sonrisa amarga—. Todos querían acabar conmigo, aplastarme.

—¿Dices aplastarme como si se tratara de una competencia? —le preguntó Mayé con esa mirada generosa que no ve pecados, sino caminos del alma.

David sonrió enternecido.

—¿Qué, no son así las relaciones de hermanos?, ¿la primera gran competencia?, ¿el primer podio o el primer último lugar de la vida?

—Y, ¿cuál es el premio?

—Está claro, ¿no? —dijo David asombrado de lo evidente de la pregunta—, el amor de los padres.

—Tu eres papá, tienes dos hijas, tú dime ¿los papás quieren solo a los hijos que ganan? —volvió a preguntar, sin esperar respuesta, guardó silencio un momento y continuó — hablando de tu experiencia con tus hermanos, si ya no tienen que luchar por el amor de los padres, entonces, ¿qué sucede con la relación de hermanos? ¿cuál es la prueba? ¿cuál es el premio?

David no supo contestar, y esa pregunta quedó circulando en su mente: en la relación entre los hermanos, si no hay competencia, si no hay prueba, ¿qué es lo que queda?

Ese sábado, perezoso, mientras David buscaba esa nota sobre el entrenador de la selección de futbol, Carmen, su hija menor, vestida para ir al entrenamiento de futbol, con la camiseta de su equipo, que siempre llevaba muy holgada y unos pantalones cortos que le llegaban hasta las rodillas, escondiendo su figura bien proporcionada atrás de tanta tela, llegó hasta la mesa del desayuno agitando las llaves de su auto, parecía ansiosa, David calculó que quizás ese día tendría partido y eso siempre la tensaba. La chica lo besó apresurada en la mejilla, se sentó a la mesa, se sirvió jugo de naranja y dio un trago largo hasta acabarlo, con la premura de un náufrago que lleva días sin beber agua y David secándose el ojo llorón, puso toda su atención en ella.

—LISTOS PARA LA GRAN PRUEBA —leyó Carmen en voz alta—. Si sólo ellos supieran cuál es el verdadero premio de esas competencias, la pasarían mejor —David, asombrado, puso toda su atención en la hija.

—¿Cuál es el premio? —preguntó, intuyendo que quizá por boca de Carmen encontraría su respuesta.

—Papá — dijo ella levantando los ojos al cielo, como si fuera de lo más sabido eso que estaba a punto de decir — si no eres feliz sin el trofeo, tampoco lo serás con el trofeo.

David la miró asombrado.

—¿Entonces para qué jugar? ¿Para qué competir? —preguntó queriendo que ahondara más en esa idea.

—¿Tú sabes lo difícil que es entrar a estos equipos?, ¿la cantidad de gente que quisiera estar y no llega?. Es tan especial pertenecer, entrenar, divertirse, sufrir juntos, sacar lo mejor, exigirse al límite ¡jugar!. El mero hecho de ser los protagonistas de semejante evento, es ya ganar. Es el amor por el deporte, eso es lo único que queda —concluyó emocionada.

—El amor es lo que queda —repitió David.

Lucía

Pocos días después de que David regresara, Lucía le anunció a Juan Carlos que terminarían su matrimonio. Intentó evitar un evento dramático, deseaba que ni siquiera fuera emotivo, por eso escogió una tarde de domingo, cuando Juan Carlos volvía del club, después de haber jugado golf más de cuatro horas, con sus bermudas ajustadas color verde menta y su camisa amarillo pollo que hacía juego, apenas la saludó con un beso indiferente, casi al aire, Lucía le informó que se iban a divorciar, que tenían que ponerse de acuerdo, para ver cómo vivirían de ahora en adelante, porque ella ya no sería su esposa.

Juan Carlos todavía no había dejado el bolso de golf con sus catorce palos en el suelo, y frunció el ceño, le pidió que repitiera lo que acababa de decir, y Lucía, sentada en la mesa de la cocina, con una taza de té frente a ella, se lo repitió con voz calma y mirada fría.

No estaban ninguno de sus tres hijos en casa, fue por eso que Lucía escogió ese momento, calculando que Juan Carlos, a quien no le gustaba que violentaran sus rutinas, quizá se alteraría un poco con la noticia. No se equivocó.

Sin embargo, Lucía no había previsto que ella misma se pondría nerviosa, el rompimiento era solo una consecuencia natural, sobre todo cuando se dio cuenta de que ella no era una mujer feliz, que su matrimonio no era uno ejemplar, que ella no amaba a su marido y que su marido no la amaba a ella, entonces ¿a quién estaba engañando? Y ante esa certeza ¿qué estaba esperando?

Fue difícil ponerle palabras, no herir, no ofender, no hacerlo más doloroso, enfrentar el asombro de Juan Carlos, quien lo recibió como una agresión, algo que ella le hacía a él para lastimarlo, para atentar contra su vida tan bien estructurada. Fue hasta ese momento que Lucía se preguntó ¿qué significaba para Juan Carlos estar casado con ella? No lo sabía bien, quizá nunca lo supo. Esa era una razón más para terminar el matrimonio.

Empezó por preguntarle, con una sonrisa de amarga sabiduría, con quién andaba: "Martín Caraballo, ese hijo de puta siempre te ha echado el ojo ¿ya se animó a hablarte? ¿o fuiste tu quien lo buscó?". Abriendo los ojos de asombro, Lucía se dio cuenta de que nunca había notado que Martín la mirara de forma especial, es cierto que era amigable y atento, pero nunca una insinuación.

Quizá fue la expresión de vacío de ella y al no recibir la respuesta que esperaba, Juan Carlos comenzó a exaltarse, acusarla a gritos, fruncía el ceño, la señalaba con el dedo, caminaba de un lado a otro sin poder detenerse, Lucía, nerviosa al sentir tanta furia, apretó los labios, en guardia, sin quitarle la vista de encima, no contestaba, no se enganchaba, hasta que Juan Carlos terminó pateando su bolso de golf, que unos segundos antes ya había tirado al piso y se fue a su habitación y no volvió a hablar con ella hasta la mañana siguiente.

Un mes tardó Juan Carlos en procesar la información, un mes en el que pasó de las súplicas para que reconsiderara, a las predicciones aterradoras para el futuro de Lucía, a la idea de que era mejor así, él se merecía una mujer más acorde a su nueva vida y sus ambiciones. Frente a la furia de su marido, Lucía permaneció firme, fría. Fue un mes en el que estuvo en casa, viéndolo salir y entrar, sin preguntar porqué no había llegado la noche anterior o si no iría a trabajar ese día. Quizá Juan Carlos se dio por vencido cuando comprendió que Lucía tenía la resignación de quien ve venir una catástrofe inminente y casi la desea, no le interesa resguardarse. ¿cómo pelear contra eso?

Si hubiera sido más calculadora, habría seguido con Juan Carlos, él se lo explicó con todas sus letras: "Si te divorcias de mi, no vas a estar mejor y sí más pobre ¿en verdad eso quieres?". Sí, lo quería, era de lo único que sí estaba segura, no le importaba pagar cualquier precio, pero necesitaba acabar con la farsa, de su vida, de ella, de su historia.

Sin embargo, en la soledad de la noche, cuando nadie la veía, Lucía reconocía el miedo, su futuro le provocaba desconcierto, angustia, no solo por cuestiones económicas; de qué viviría o en dónde, esos eran asuntos apremiantes, pero lo que más angustia le provocaba era imaginar su vida: cómo sería ahora que ya no tenía héroes, ni caminos seguros, ni certezas y sobre todo, ya no tenía sueños ¿Donde estaría lo deseable, lo bello? ¿En qué podía creer ahora que todo se había derrumbado?

Fue el retrato de la abuela Lucía el que le ayudó a encontrar eso que le estaba faltando. Se topó con él en la habitación de su hijo Juanca, un sábado que entró con unos pantalones que habían puesto, por equivocación, en su propio clóset. Ahí estaba, sobre su mesa de noche, una fotografía del retrato de la abuela Lucía. Lucía lo tomó con el asombro de quien encuentra algo suyo en el espacio de otro.

—¿De dónde sacaste esto? — le preguntó al hijo, que entraba atrás de ella.

—Macarena mi prima, sacó una copia para cada uno de los primos —dijo, como si fuera lo más natural.

Lucía no podía quitar la vista de ese cabello bien sujeto en un moño, los trazos atrevidos azul y rosa que lo definían y la mirada tan determinada de su abuela, sin olvidar, el exquisito collar de perlas. Por atrás de su hombro, Juanca comentó:

—Mi abuelo siempre hablaba con la pintura —su voz parecía esconder una sonrisa divertida. Lucía se sorprendió.

—¿Cómo lo sabes? —era justo lo que ella estaba pensando.

—Porque me tocó verlo —contestó Juanca, atento todavía a la imagen— hablaba en susurros cuando pasaba a su lado.

—No era con tu bisabuela con la que hablaba —aclaró Lucía volviendo a la imagen—. Hablaba con mi madre.

—Yo sé —dijo el muchacho orgulloso—; él me lo dijo — se sentó junto a ella en la cama, los dos mirando el retrato — El abuelo sí que estaba muy enamorado —continuó con ilusión—. Cómo la debió extrañar, que hasta le hablaba al retrato de su suegra como si fuera ella —. Se levantó de la cama y divertido, continuó—: Tengo un amigo que sus abuelos se llevan tan mal, que pueden pasar semanas sin hablarse... algunas veces tienen que llamar a sus hijos, sólo para que vallan a su casa y le digan al otro lo que ellos no se pueden decir: que la licuadora tiene un corto, que no la utilice, o que la basura orgánica se saca los martes, no los jueves. —soltó una risa tierna, ¿desahuciada? Y después de un suspiro largo, regresó a la cama, a mirar el retrato como lo hacía su abuelo —yo quiero encontrar una mujer así y estar enamorado de ella siempre, como mi abuelo estuvo de mi abuela. ¿qué tengo que hacer?— dijo en voz alta, quizá no buscaba una respuesta.

Con la fotografía aún en la mano, Lucía soltó aire burlón y respondió:

—No se hijo, la verdad es que en este momento de mi vida dudo de todo —y miró a Juanca con algo de ternura y más de tristeza y después sonrió.

—Bu-bu-bueno mamá, —tartamudeó el hijo — pero tu los viste, tu creciste viéndolos ¿no? —dijo señalando la fotografía como prueba irrefutable— ¿quién sino tu y tus hermanos saben si fue cierto ese amor?

Asombrada por la insistencia de su hijo, Lucía miró nuevamente el retrato como tantas y tantas veces lo había mirado, ella también añoró la belleza y la felicidad que prometía esa imagen, ella también fue la hermosa Lucía, ella estaba preparada para que un hombre se enamorara de ella para toda la vida.

La amargura apretó su corazón, al mismo tiempo que, sin darse cuenta, arrugaba con sus dedos nerviosos la fotografía. Ella estaba deshaciendo su existencia, hasta los cimientos, porque no estaba dispuesta a participar, fomentar ni pretender ninguna fantasía más, ninguna farsa. ¿Qué le podía decir a su hijo del amor de pareja? Si ese era el concepto que le parecía más evasivo, más extraño. Miró a Juanca, su escuálida barba adolescente, sus ojos limpios, él necesitaba coordenadas, quizás un salvavidas ahora que también su propia vida se estremecía con la de sus padres. Lucía se detuvo antes de dar una respuesta:

Estaba bien prevenirlo, ponerlo en guardia, que no se arriesgue como lo hizo ella, que afronte la realidad y aprenda a manejarla desde joven. Soltó la fotografía y la puso sobre su muslo, para alisarla con las dos manos, escoger sus palabras. Lo primero que le iba a recomendar es que no esperara las famosas mariposas en el estómago, pero una voz atrás de ella le recordó que ella nunca sintió mariposas en el estómago por Juan Carlos. Se detuvo, levantó la mirada, sobresaltada, como si la hubieran regañado, volvió a tomar aire, miró al techo. Ahora tenía claro que la belleza física no era importante, una chica inteligente, de buen carácter, mesurada en su hablar y saludable. Eso tenía que buscar Juanca para vivir una buena vida de matrimonio, pero, ¿Qué no había sido así como ella escogió a su esposo?.

Se detuvo nuevamente, otra vez se estaba equivocando. Volvió al retrato de la abuela Lucía, recordó las últimas palabras de don David, revelándoles los sacrificios de doña Raquel por complacer a la hermosa e insatisfecha Lucía. Él no solo entendió esas ausencias de su madre, ese afán por ser, aparentar y recibir admiración de los otros. Él pasaba de la superficie, a la herida. Sabía lo que el corazón de su madre necesitaba y también eso amó de ella.

Por otro lado, cuántas veces la madre tuvo que soportar el carácter mercurial de don David, sus castillos en el aire, sus malos negocios, tantas promesas incumplidas y su discapacidad social ¡casi se queda sin amistades por su culpa! Ninguno de los dos era perfecto y sin embargo...

No quería dejarse llevar por la fantasía, Lucía hacía memoria de alguna frase destilando amargura, algún portazo marcando una renuncia, algo que le hiciera intuir otra verdad, pero lo único que descubría —y eso ahora lo veía claramente— era que ellos siempre encontraron el camino de regreso, el camino al otro, al perdón, a la alegría.

De un recuerdo brincó a otro y a otro más, a cuando era niña, muchas veces descubrió, las miradas de David y Raquel que se encontraban cómplices de algo que no compartían con los demás. La palabra que empezaba uno y terminaba el otro cuando estaban regañándolos. Los domingos en la noche, cuando ya los habían mandado a dormir, leían el periódico, en un silencio largo, mientras se pasaban uno y otro las secciones que ya habían leído, en una especie de coreografía bien coordinada. Por las tardes salían con sus perros y regresaban renovados, más felices, quizá por haber caminado, quizá solo por haber pasado un rato juntos. Ese era el mundo de sus padres, era solo de ellos, un mundo que nadie más podría habitar, un mundo que habían construido sin instructivos y en él se refugiaban, gozaban y se amaron toda la vida. Esa mañana, con su hijo a un lado, Lucía lo recordó, ella había sido testigo de que el amor, la armonía, la felicidad de pareja sí era posible.

—Mira hijo, no se si tenga que ver con lo que tienes que hacer y más con lo que tienes que ser, ¿me explico?— Juanca miró a su mamá levantando las cejas, esperando quizá que continuara —creo que tenía que ver con lo que daban y lo que esperaban recibir ¿me explico?

—No entiendo —dijo el hijo y ahora sí parecía confundido.

—Que se amaban hijo —dijo llanamente— y sobre todo, quizá esto es tan importante como lo primero, que decidieron seguirse amando todos los días. Todos —trató de resumir Lucía y al decirlo, sintió como nunca antes que sus palabras eran ciertas.

—Pero no me respondiste. ¿qué es lo que tengo que hacer para encontrar una mujer y permanecer enamorado de ella siempre? Como el abuelo.

—No se hijo, yo me estoy divorciando de tu padre —respondió con esa amargura nueva que le ayudaba a pasar los días. Pero se detuvo, esa no era toda la respuesta, su experiencia de vida le había dado una certeza más— lo único que si te puedo recomendar, es que seas honesto contigo, con lo que te pide el corazón, que no trates de ser lo que no eres. Así seguro vas a encontrar lo que necesitas.

Enfrentó a su hijo con la mirada llena de esas historias y sus certezas. Parece que la respuesta dejó conforme al hijo porque se levantó de la cama, cambió de tema, tenía que salir, algo de un partido o un amigo, Lucía no puso mucha atención, ella dejó el retrato de la abuela Lucía donde lo había encontrado, ya no le haría falta. Se levantó de la cama, salió del cuarto, satisfecha.

Sentía una energía palpitante, necesitaba compartir su descubrimiento con alguien. Pensó en tomar el teléfono, hablarle a una amiga, pero ¿a quién llamar? ¡Silvia?, ¿Dora? No, ninguna de sus amigas le creería, porque ellas nunca lo habían visto o si lo vieron, ya lo habían olvidado, como ella. Todas estaban un poco desilusionadas del matrimonio, como ella también y si Lucía les contaba la historia de sus padres, de su amor que sí era real, ellas quizá recordarían que "no hay muerto malo, ni novia fea".

Las únicas personas que entenderían en toda su dimensión esa verdad, eran sus hermanos, ellos sabían que Lucía no mentía, porque lo había experimentado, quizá de formas distintas a ella, más o menos romántico, pero cada uno se había beneficiado de ese hogar y de esa armonía y de algún modo, con su presencia todos ellos lo habían protegido. Ése era también su milagro.

Pero Lucía y sus hermanos no se veían, así que no podrían compartirlo. "Que desperdicio", dijo abriendo la puerta de la casa ya vacía en ese momento "¿Qué se hace con el amor que nos queda?".

Blanca

Más tardó en solucionarse lo de el secuestro de David, que Blanca en emplearse al máximo para organizar su partida a Suiza. Se sentía humilde ante el corazón enorme que había descubierto en su esposo. Incrédula de que un alma tan limpia fuera capaz de amarla con tal entereza. Hasta fue capaz de ver más nítidamente otras muestras de amor incondicional que él había tenido con ella desde el primer día y no pudo más que ceder el resto de su alma a ese hombre que ya la había tomado toda.

Se organizó en unas cuantas semanas. Vender los muebles no fue problema, hasta aquellos que rescató de casa de sus padres —los que no tenían un valor significativo para anexarlos a la masa hereditaria, como decía David—, también se vendieron pronto. Las esculturas de papel maché, las llevó a una tienda de antigüedades y les sacó más de treinta por ciento de lo que le ofrecían en una boutique de Tlaquepaque. Hasta pintó el departamento de Santa Teresita, para quitar los muros amarillos que tanto había disfrutado. Como si al borrar su tono cálido, encapsulara sólo para su familia todo el amor y el cuidado que ellos habían generado en ese lugar.

Pese a su disposición, dejar Guadalajara también fue un desgarramiento. Su jefe en la Secretaría se molestó cuando ella le presentó la renuncia: "¿Qué vas a hacer allá además de aburrirte?", espetó decepcionado, y varias compañeras también manifestaron su desilusión. Blanca no escuchaba ni daba explicaciones. Estaba decidida. Pese a ello, le costó trabajo decir adiós a los artistas a los que representó durante años. Entre todos organizaron un convivio en una sala de juntas donde Blanca trabajaba, llevaron tamales, cervezas y agua de Jamaica, y con el calor de la despedida, varios brindis a su salud se ofrecieron.

—Me duele que te vayas —le dijo Pablo, el violinista de la plaza Morelos, levantando su botella de cerveza para hacer un brindis—, pero después de tanto que hemos pasado juntos, ya somos familia y uno le desea lo mejor a su familia —y con emoción casi teatral gritó—: ¡mi hermana se va a Suiza, salud por ella!

Aplausos. Más de alguna lágrima salió de aquellos con los que Blanca había depositado, por años, todos sus afanes de solidaridad, estéticos y humanitarios. Y ahora lo sabía bien, de los que había aprendido mucho más a cambio.

Saliendo de aquella fiesta de despedida, con una especie de bola de migajón en la garganta, que dolía pero le contenía el llanto, Blanca recordó a sus hermanos, los verdaderos. Iba camino al departamento vacío, en donde ya Antoine y Gill la esperarían con el equipaje listo y el ánimo dispuesto para despegar a una nueva vida.

Cruzaba avenida México con las luces de los autos iluminando su silueta, y ella mirando al suelo, recordándolos, y no pudo, como otras veces, apartarlos de su mente. Pensó en cada uno: David, Aurora, Camilo y Lucía, y la certeza de que no los volvería a ver durante mucho tiempo... quizá nunca más.

Algo terminó de quebrase durante el secuestro de David. Algo que no alcanzaba a entender. La actitud de su esposo, generosidad absoluta, fue como un espejo y su propio reflejo no le gustó. Tenía vergüenza de ella misma y también de sus hermanos. Como familia siempre se habían sentido superiores moralmente al resto de los amigos y parientes, pero en el momento más trágico no actuaron así, actuaron con cobardía, con envidia, no hubo caridad, no hubo respeto, no hubo compasión de uno para otro. Y recordaba una frase que no sabía en dónde había escuchado "El que se cree el bendecido, se descubrirá como el peor de los pecadores".

Casi en la puerta del departamento encontró una salida a su angustia: Hermelinda.

—Qué gusto que me llamas mi Blanquita ¿Cómo está ese niño hermoso que tienes? —contestó familiar y abierta como siempre.

La desilusión en la voz de Hermelinda se escuchó, a penas unos minutos después, cuando Blanca le explicó el motivo de su llamada.

—¿Les podrías avisar a mis hermanos? —le pidió.

—Los avisos los tiene que dar el que avisa...

Blanca, con la respuesta lista —conocía a Hermelinda y sabía que le diría alguna cosa extraña, como ésa—, le comentó que era difícil comunicarse con ellos ,"en más de un sentido", que David había cambiado todos sus números a partir del secuestro; Aurora se había mudado de casa y ella no sabía adónde; Camilo estaba intratable; y Lucía, bueno, Lucía como siempre, vivía en su mundo.

Hermelinda no insistió y Blanca sintió alivio cuando, al despedirse, la otra le deseó toda clase de bendiciones, le aseguró que su padre estaría orgulloso de ella y le informó: "yo les aviso a tus hermanos, no te preocupes". La bola de migajón que volvió a aparecer en su garganta y los ojos indiscretos que se llenaron de lágrimas, le dificultaron el "Gracias" que logró salir tímido de su boca a modo de despedida.

Después de ese intento por despedirse de toda una parte de su historia, se sentía triste, pero esa tristeza también era, para ella, una prueba de todo lo que estaba dispuesta a hacer por su marido, por esa familia que habían escogido y esa vida que harían juntos. Al llegar a su pequeño departamento, que ya no tenía muebles, ni esculturas de papel maché, ni siquiera los muros amarillos, encontró a Antoine y a Gill compartiendo un pedazo de pizza en la caja:

—Pedimos de la que te gusta, ven, todavía está caliente.

Blanca entró, se sentó en el suelo, tomó un pedazo de pizza y se llenó la boca de queso; la salsa de tomate se escapó por la comisura de sus labios, mientras Antoine la miraba, extrañado:

—¿Hablaste con alguno de tus hermanos?

—No —respondió Blanca con la boca llena, sabiendo que no lo engañaría.

—Mmm —Antoine frunció el ceño, parecía extrañado, como el matemático al que no le resulta el teorema— ¿Vas a despedirte de ellos?

—No —mirando la caja vacía, preguntó con desilusión— ¿sólo pidieron una pizza?

Antoine no insistió y Blanca le agradeció la discreción, tanto como algunos meses después, cuando sin que ella lo esperara, le explicó a un amigo de la infancia sus teorías respecto a la familia de Blanca, aclarando para ella, esa parte de la historia a la que Blanca no conseguía darle forma.

Todo empezó en el supermercado Migros, de Rapperswile, una tarde en que descubría, en la sección de verduras, unos champiñones con color fosforescente y formas psicodélicas, pero cien por ciento naturales (rápidamente se habituó a esa costumbre tan local de comprar la comida de cada día), cuando un hombre corpulento y algo pesado se acercó a ella:

—¡Blanca Martínez Alcázar! —gritó sorprendido—, ¡qué casualidad encontrarte aquí!

Fueron unos segundos, el hombre la abrazó efusivo, sin notar la conmoción de Blanca, hasta que se identificó, era Jerónimo, un vecino de Pinar de la Venta. Blanca lo reconoció, pero no recordaba el apellido, sólo que era amigo de sus hermanos, con el que varias veces habían hecho excursiones por el bosque.

Con la emoción de sentir un poco del calor de su patria, Blanca no dudó en invitarlo a su casa, segura de que Antoine disfrutaría mucho con un mexicano sentado a su mesa.

Esa noche, Antoine preparó su receta de fondue suizo "Porque en Suiza, el fondue es cosa de hombres", siempre explicaba. llevaba tres quesos: Vacherin, Appenzeller y Gruyère añejo. El clima era perfecto para eso y él también estaba ilusionado con esa cena.

Todo estaba listo en la pequeña mesa redonda, individuales amarillos, platos y la olla con el queso, custodiada por tres tenedores largos. Gill se había dormido temprano. En cualquier momento, Jerónimo tocaría el timbre.

—¿Cómo se apellidaba?, ¿Cáceres?, ¿Solares?, creo que vivía en la casa de techos volados, donde había un pino a media cochera —calculaba Blanca, que ya había cortado el pan y lo ponía en una canasta—, pero no le voy a preguntar, sería muy descortés de mi parte.

—Ya lo recordarás —la tranquilizaba Antoine—. Con este frío, el fondue es lo mejor para entrar en calor —explicaba entusiasmado, mientras le daba vueltas a la pasta cremosa—, lástima que la noche ya cubre el bosque y no se ve más que negro en la ventana.

Comentó él, y cada uno, sin ponerse de acuerdo, miró hacia la tarde oscura tras la ventana, el invierno que habían resistido ya por varios meses; pensaron en Guadalajara y su temperatura templada todo el año y sintieron vergüenza por lo que su invitado percibiría del lugar, como quien mira el sillón roto, antes de que llegue la visita y no tiene manera de ocultarlo.

Cuando llegó Jerónimo, la oscuridad del invierno, el frío de la tarde, todo se olvidó. Risas, bromas, la emoción del rencuentro, la fortuna del azar. Jerónimo les explicó que estaba en Suiza paseando antes de regresar a Guadalajara, que había venido a una exposición de máquinas en Alemania y decidió conocer un poco Suiza. "Es tan pequeño que en unos días es suficiente", aseguró, inconsciente.

Por su parte, Blanca y Antoine le contaron sobre el circo y las oportunidades de trabajo y de vida a las que por ser suizos tenían acceso. Sin muchos rodeos llegaron al tema para el que este tipo de encuentros está destinado: la historia en común.

Antoine no se decepcionó cuando la conversación se volcó en una zona a la que él era ajeno: la infancia de Blanca. Menos aún al verla brillar, evocando recuerdos, como hacía mucho tiempo no lo hacía, cuando explicaba como subían muy alto en los árboles y desde ahí conversaban por horas; la vez que se quemó un pino en el terreno de al lado y el susto de haber ocasionado un incendio en todo el bosque; aquella fiesta del día de los enamorados, donde todos terminaron con betún embarrado "en las partes más insospechadas".

—Me acuerdo muy bien de tu casa —agregó Jerónimo—, de la cocina, el jardín, la puerta grande, en la sala había una pintura impresionante. Creo que nunca había visto un cuadro tan grande, era tu abuela, ¿no es cierto?

Blanca afirmó con la cabeza. Evocar el retrato de la abuela Lucía le traía sensaciones dulces y amargas. Jerónimo no se detuvo:

—Tu casa era la más divertida de Pinar de la Venta, en ella siempre sucedía algo: David, Aurora, Camilo, Lucía y tú eran la mejor pandilla.

Al hablar con él, Blanca intentaba hacer memoria: ¿Cáceres?, ¿Solares? ¿Méndez? Pero el otro, inconsciente, seguía con el recuerdo:

—¿A qué horas se ponían de acuerdo?, ¿practicaban por las noches? —Blanca soltó una risa melancólica, pero él hablaba en serio, o quizás expresaba una duda de infancia que no había podido resolver—, mi hermano y yo salíamos siempre sorprendidos de su casa y a veces un poco en depresión.

Blanca no sabía cuál era el hermano del que hablaba.

—¿Por qué en depresión? —preguntó Antoine, que no perdía detalle.

—Verlos era como darse cuenta de que uno vivía afuera de la diversión, del juego, de las grandes ideas. Los demás no éramos ni tan originales ni tan ocurrentes y, sobre todo, nunca tan unidos —emoción ante la certeza—; ustedes no necesitaban nada más. Ni otros amigos ni otros escenarios. Juntos eran como un seguro contra el aburrimiento y la tristeza —Blanca sonreía suavemente, cada vez más conmovida, no por lo que fue en su infancia, sino por lo que ya no era—. Es más, en aquella época, mi madre nos amenazaba con prohibirnos ir a casa de ustedes, como castigo si la desobedecíamos en algo.

—Sí éramos muy unidos —aclaró con una amargura que le sorprendió a ella misma—, y después todo se fue desgranando, mis hermanos mayores empezaron a crecer, ya no jugaban, ya no eran divertidos, se fueron a sus romances, sus universidades, sus trabajos. Cada quien a lo suyo y que se salve el que pueda... luego empezaron los malos entendidos, pero no había tiempo ni espacio para curarlos, tampoco para dejarlos ir.

Antoine lo notó y se levantó nervioso, como buen maestro de ceremonias que quiere disimular el tropiezo en el espectáculo, caminó a la cocina, al tiempo que anunciaba que traería un poco más de vino blanco.

—Porque el fondue solamente se puede tomar con vino blanco —repitió, queriendo cambiar el tema, sin importarle que ya había mencionado esa regla tres veces.

Jerónimo, incauto, seguía hablando de lo que le interesaba. Quizás era la infancia compartida lo que le daba cierto derecho, o esa envidia siempre reprimida, del niño que quiere el juguete más caro y sabe que nunca se lo van a comprar. Y, sin tiento, le preguntó a Blanca:

—Pero aún así, eran tu familia, no entiendo —le dijo así, sin rodeos—, ¿cómo le hiciste para dejar a tus hermanos y venirte a este país... —Miró por la ventana, eran las cinco y media de la tarde y la noche ya había vestido todo de negro— tan frío?, ¿tú vivías en México, no? —le preguntó a Antoine con una expresión mezcla de extrañeza y asco, como si tampoco creyera que él hubiera sido capaz de regresar a ese congelador, después de haber vivido México.

Antoine tomó la palabra, quizá porque Blanca no sabría que decir, quizá porque llevaba intuyéndolo mucho tiempo y esa pregunta superficial le daba la oportunidad para decirlo y necesitaba sacarlo, ponerlo sobre el tablero, mostrárselo a ella. Regresando a la mesa, con la botella de vino blanco prometida, la olla de fondue casi vacía, migas de pan dispersas entre los manteles amarillos, tenedores rendidos, platos sucios, al tiempo que rellenaba cada copa, lo dijo:

—Mi padre me contaba que hace muchos años, había en el circo un domador de leones, ruso: Hombre grande, ojos casi blancos de tan claros, silencioso, cabello largo, barba tupida y brazos musculosos —al mismo tiempo que servía el vino, Antoine gesticulaba para evocar la altura, la fuerza, fruncía las cejas y mostraba la barba —, que venía de Siberia; Era la estrella de el espectáculo, tenía un número con cuatro leones que brincaban entre aros enormes, rujían al público y luego se sometían completamente a él, como gatos siameses. Esos animales era lo único que le importaba a Jasha, así se llamaba el ruso enorme, sus majestuosas bestias llegaron para él casi recién nacidas, del sur de África. Comía, dormía, vivía prácticamente con ellos —Antoine ya había tomado posesión del escenario, sin soltar la botella de vino blanco, gesticulando hasta con su enorme nariz; se movía entre las sillas y en la pequeña estancia— no tenía esposa, hijos, esas bestias eran más su familia que la familia del circo. Hasta que un día, durante una noche de función, se dio cuenta de que no podía someter a sus leones como lo había hecho siempre, los enormes felinos movían sus melenas a destiempo o se negaban a brincar o a rugir cuando él les ordenaba —Antoine levantaba los brazos, agitaba la cabeza emulando a un león—. Quizá los leones, que habían estado desde pequeños con él, se aburrieron del numerito y querían hacer algo distinto o quizá lo estaban viendo envejecer, debilitarse y no veían el sentido a seguir ese espectáculo. Lo que era claro era que: El gran Jasha y sus feroces bestias, así se llamaba el espectáculo, —Antoine desplegaba los brazos emulando una marquesina—, ya no podían seguir. Fue cuando Jasha decidió matarlos. —Antoine se detuvo, miró con severidad a su auditorio al que tenía cautivado, Blanca y Jerónimo casi no parpadeaban siguiendo la historia—, el dueño del circo se alarmó, trató de persuadirlo, decirle que no era necesario el sacrificio, que podían mantener a esos hermosos animales, utilizarlos como atracción, o adiestrarlos para otro espectáculo; Los leones por su parte, seguramente presintieron algo diferente en su amo, porque empezaron a portarse más extraños aún fuera del espectáculo, alguno dejó de comer, otro le gruñía, en general estaban más ariscos. Eso quizá fue peor porque entonces Jasha ya no tuvo dudas y sin más, una noche, cuando todos dormían, los fue matando uno por uno con un balazo en la sien. Dicen que al día siguiente se fue del circo y nunca más volvió a domar leones.

Asombrada, Blanca miraba a su marido intentando entender lo que había escuchado, mientras Antoine, que ya había regresado al lugar original y estaba a punto de servir la última copa, la suya, se detuvo, incorporándose para mirarla muy atentamente.

—En el circo Knie no hay animales —argumentó Blanca para desacreditar toda la historia de un plumazo.

—Fue hace muchos años, cuando sí había —se defendió Antoine.

—Bueno, pero... —Blanca intentaba ordenar sus ideas— eso no

importa. Toda esta historia ¿qué tiene que ver con lo que nos preguntó Jerónimo? y ¿cuál personaje soy yo?. ¿Jasha el domador? ¿el dueño del circo? O ¿los leones?

—¿Cuál personaje quieres ser? —respondió Antoine lanzando una sonrisa liberadora y por fin se sentó, tomó su copa y dio un sorbo largo.

Jerónimo, el vino, el departamento, Suiza, México, todo desapareció, sólo quedaban Blanca, su alma descubierta y Antoine presente.

La cena terminó poco después de esa pequeña historia. Jerónimo anunció su partida, a la que los anfitriones no pusieron ninguna resistencia.

Quizás era la distancia que baja las defensas; la tranquilidad de no tener que tomar una postura; la libertad de no ver, ni escuchar, ni discutir, ni pedir perdón y, quizá más difícil, la libertad de no perdonar. En esa distancia fue cuando la historia para Blanca empezó a cobrar una luz distinta. Los días que siguieron a esa cena casual fueron difíciles para ella, porque hasta ese momento pudo entender cuál había sido la principal renuncia al haber dejado de compartir la vida con sus hermanos.

La marea subiendo sin remedio
antes compañeros ahora juez y acusado.
no te veo, no te entiendo
descubrir ajeno algo que fue tan propio.
imágenes que se reflejan en la misma agua.
sin tocarse
no te veo, no te entiendo
ejércitos gemelos peleando contra quimeras
y nosotros, ¿qué haremos con el amor que nos queda?

Hermelinda

En los muros desnudos, sólo la huella polvosa de los cuadros. Las ventanas sin cortinas, cerradas. El piso surcado de pasos, los últimos. La casa de los Martínez Alcázar finalmente estaba vacía y era como si el espacio sangrara abandono.

Ninguno de los hermanos quiso encargarse del desgarro final. Fue Hermelinda quien vio deshojar la casa de su contenido. Ella supervisó a los cargadores que pacientemente transportaban una silla, una caja, las patas de una mesa. Ella vio desfilar cada uno de los muebles y cerró la puerta sabiendo que nunca regresaría.

Ninguno regresaría.

Después del rescate de David, los asuntos legales y de herencia se desarrollaron ágilmente, como si todos quisieran que se acabara y olvidarlo pronto. No ver, no volver a ver. Vendieron lo que pudieron y, lo que quedó, lo regalaron al asilo de Los Niños del Padre Cuéllar.

Hermelinda supo del regreso de David por Aurora y nunca olvidaría la expresión con la que la recibió, aquella mañana, en esa misma casa. Aurora ya estaba sentada a la mesa, con una taza de te frente a ella, mirando por la ventana el amanecer en el bosque. Tenía una tranquilidad y una dulzura que sorprendieron a Hermelinda.

—¿Qué sucede? —preguntó Hermelinda sin preámbulos.

Fue cuando Aurora aliviada, feliz, le explicó a Hermelinda que su hermano ya había sido liberado, que estaba bien y con su familia.

—Pero, ¿cómo está de ánimo?, ¿de salud? —preguntó ella,

interesada en entender la situación. Sin entender ¿porqué no estaba ella con su hermano?

—No sé, no lo he visto —en ese momento, sus ojos se llenaron de nubes—, sólo recibí la llamada de Rogelio, el socio de David, para avisarme que todo había pasado y que mi hermano estaba ya descansando con su familia, que cuando se sintiera mejor él me llamaría.

—¡¡No le dijiste que querías verlo!? —preguntó, sorprendida.

—No —respondió Aurora secamente y después dio por terminada la conversación—, hoy quiero desayunar unos huevos rancheros con frijoles. Tengo un hambre, como si no hubiera comido en diez días.

—Claro, ahora te los preparo — dijo, calculando que si, que quizá llevaba diez días casi sin comer.

Lo mismo sucedió con los otros hermanos, Hermelinda lo intuyó cuando David la buscó para pedirle si podía supervisar la mudanza, que ella sola se encargaría de todo, que, por supuesto, se le pagaría por el servicio. Hermelinda aceptó sin dudarlo.

Hubiera querido preguntarle cómo estaba o como se sentía, pero David era tan seco y cortante que no daba espacio para ninguna ternura. Algo en su mirada de sobreviviente le habló de una ofensa imperdonable; algo en el silencio de los otros delató un campo de batalla desierto, ¿quién había ganado?

Para esa última encomienda, Hermelinda necesitaba ayuda, y a la única que encontró disponible fue a Karina, su hija. No era una buena opción, Karina siempre se sintió amenazada por el tiempo y el interés que los Martínez Alcázar obtenían de su madre: "Tu otra familia", le reclamaba, con una sonrisa que disimulaba mal la tristeza.

—Voy a cerrar la casa de mis patrones, ¿vienes conmigo? —se lo pidió con precaución.

—¿Cerrar la casa de los Martínez Alcázar? —preguntó,

sorprendida—. Por su puesto que voy —respondió sin dudar, para sorpresa de su madre. Esa misma tarde, pidió permiso en el taller de Tatuajes en donde trabajaba. Ella, que no faltaba al trabajo ni los domingos.

Pese a que Hermelinda sabía que Karina no la ayudaría a barrer, limpiar o acomodar nada, porque todo lo que tuviera que ver con ese tipo de actividades, en general, con el trabajo que su madre había realizado toda la vida para los Martínez Alcázar, le parecía despreciable ,"Cosas de mujercitas", e instalaba una mueca de asco cuando la obligaba a hacerlo. Sin embargo, Hermelinda contaría con esa presencia poderosa y atenta que la haría sentir más cómoda.

Así fue, Karina entró a la casa de Pinar vestida toda de negro, con un tatuaje de gárgola gótica en el cuello y paso lento, mirada desafiante. Como le pidió su madre, supervisó a los cargadores, que diligentes iban y venían con muebles y cajas, reduciendo a un camión la casa y toda la historia de esa familia a la que ella no pertenecía. Ni siquiera cuando terminaron, cuando les dio la propina que su madre le había indicado, Karina tuvo una frase amable. Más que supervisar una mudanza, ella parecía querer asegurarse de que todo se fuera, de que todo se acabara en la casa de los Martínez Alcázar.

—Es hora de irnos —le dijo con un aire triunfal, que Hermelinda casi desconocía.

—Todavía tenemos que esperar a que vengan por ése —dijo ella, señalando el candil de ocho brazos y miles de cuentas de cristal suspendidas, aquel que doña Raquel seleccionó para ese lugar, y antes de la fiesta del padre Hermelinda había limpiado cuidadosamente. "A ver si ahora sí se reflejan", le dijo a su patrona, pero Aurora no la entendió. Era normal, a Aurora le tomaba tiempo entender algunas cosas.

Karina bajó los brazos, resopló, salió de la casa hurgando en los bolsillos de su holgado pantalón y sacó una cajetilla de cigarros que, pese a estar algo magullada, aún conservaba tres que resistían el embate. Encendió uno dando una pitada profunda, exhalando después fuerte, con la exageración de quien busca expulsar, más que el aire, una molestia.

Quizá fue por la fuerza de la costumbre, o como un pequeño tributo a aquel espacio que la cobijó tanto tiempo, pero sin necesidad de hacerlo porque nadie volvería a esa casa, Hermelinda tomó una escoba y comenzó a barrer la terraza.

Cuando ya la última hoja se juntaba con el resto para ser recogidas sonó el timbre que, por el vacío de la casa, se escuchó como nunca, hasta en el más olvidado rincón. Eran ellos. Tres hombres gruesos y de baja estatura, con overoles grises que, tras un breve intercambio de palabras, entraron a la casa cargando cada uno, una pequeña escalera: cruzaron el recibidor, la sala, y llegaron al candil, que los esperaba suspendido al techo en medio del comedor. La pieza de cristal intuía su destino, o eso pensó Hermelinda porque brillaba con más determinación que antes. Era lo único que parecía continuar con vida en esa casa.

Sin ponerse de acuerdo, los tres de gris acomodaron cada uno su pequeña escalera y mientras uno lo descolgaba del gancho que, al centro de la losa lo había sostenido por años, los otros dos lo recibían.

Llevado por esos tres hombres oscuros, el candil de largos brazos levitaba, mientras sus cristales tintineaban temblorosos. Así atravesó el comedor y pasó frente al muro de la chimenea, despojado del retrato de la abuela Lucía, llegó al recibidor mientras sus gotas se ponían nerviosas y se golpeaban unas con otras lanzando gritos agudos. Conmovida, Hermelinda se apresuró a abrir las dos hojas de la entrada principal para aligerarle el paso. Que nada lo quebrara, que nada le doliera.

Los cargadores, solemnes y bien coordinados, lo llevaron hasta un pequeño camión que estaba listo para recibirlo, con las puertas de la cabina abiertas. Adentro sólo se veía oscuridad, un hoyo negro que esperaba para succionarlo. El tintineo de cristal era ahora un llanto quedo; sin embargo, continuaba brillando, lanzando destellos blancos, violetas, amarillos, con sus largos brazos y sus gotas nerviosas, parecía un ángel condenado que, transportado por tres diablillos, entraba al infierno.

La maniobra también fue eficiente. Al centro de aquella cabina había un gancho que esperaba al recién llegado, y en cuestión de tres movimientos, los diablillos escondieron aquel brillo castigado bajo unos mantos y lo encerraron con candado y todo. Hermelinda, mirada nostálgica, se había despedido del luminoso aquél durante el proceso; quizá llevaba meses diciéndole adiós a todos sus reflejos. Uno de los diablillos, el que manejaba el camión, se acercó, y con el tiento del que sabe que hará algo doloroso, pero necesario, le pidió una firma, y al obtenerla inclinó la cabeza cortésmente, se alejó y entró a la camioneta para arrancar el motor y salir muy despacio por la cochera.

Hubo un momento, cuando estaban a punto de meterlo a la cabina, en que Hermelinda quiso detenerlos, suplicarles que dejaran que esos destellos siguieran brillando, pero se contuvo, no por miedo, sino porque sabía que ya era tarde, no había más que hacer y se conformó con presenciar lo inevitable... desde lejos.

Karina, recargada en su auto presenció la última parte de la maniobra, y después de que el brillo del candil se apagó, cuando la camioneta se alejó trató de llamar la atención de su madre, comentar algo de las plantas que, medio secas por falta de riego, todavía estaban hermosas. Podrían llevarse alguna, trasplantarla, pero Hermelinda no la escuchó, miraba hacia la huella dejada por el camión, como si hubiera descubierto algo.

—¿Qué sucede mamá? —le preguntó, cuando comprendió que no podía alejarla de aquellos pensamientos.

—Va a seguir brillando —dijo con cierto alivio.

—¿El candil? —preguntó Karina sólo por seguir la conversación.

—Sí, va a seguir brillando —tras esa aseveración, Hermelinda por fin miró a su hija y hasta sonrió.

***

Hermelinda no se adaptaba a las reducidas dimensiones del nuevo departamento de Aurora, por eso quizá casi se tropezó con ella que, más temprano de lo habitual, salía de su recámara:

—¿Qué sucede? —preguntó al descubrir su semblante preocupado.

—Acompáñame a un brindis.

—¿Yo?, ¿para qué? Más ayuda el que no estorba.

—No quiero ir con mis amigas.

—Pues qué bueno, si vas sola mejor, no necesitas estar como fruta mosqueada —siguió su camino con la escoba en la mano quien quita y así alguien por fin se te acerque—. Estaba convencida de que Aurora no tenía marido porque no quería, y desde que murió don David le insistía en que buscara alguno.

—¡No, no entiendes! —gritó Aurora, desesperada, y la siguió extendiéndole la invitación que había recibido:

**El Instituto Cultural Cabañas, la colección
Blastein y más de treinta coleccionistas privados,
se complacen en presentar la exposición
El DR. ATL Íntimo
De acuerdo con la relevancia del evento, y
para estrechar lazos entre los coleccionistas y los
estudiosos de arte de nuestro país, tenemos el
honor de invitarlo al brindis de inauguración que
se realizará en el patio mayor de este Instituto,
el día 28 del presente mes a las 20:30 pm
Guadalajara, Jalisco, julio de 2019**

Hermelinda leyó la invitación y miró a Aurora todavía sin entenderla:

—¿Y yo, qué haría ahí?

—¿Qué no ves? —exclamó sorprendida Aurora, que quizá tenía la oculta certeza de que Hermelinda entendía y sabía todo—, van a presentar el retrato de la abuela Lucía. Mira al reverso de la invitación, lo que está escrito a mano, lee, mira —insistió impaciente.

Estimada Doctora Aurora Martínez, tenemos entendido que la pintura estrella de esta muestra: La Bella Lucía, perteneció originalmente a su familia. Como usted podrá imaginar, es de sumo interés para los estudiosos de la obra del Dr. Atl conocer un poco más sobre el proceso de creación de esta pieza tan sobresaliente y la relación del artista con su familia, por ello nos encantaría contar con su presencia en este evento privado.

Atentamente,

Carlos Ashida, director del Instituto Cultural Cabañas.

Después de leer el mensaje, Hermelinda miró a Aurora buscando la manera de negarse, pero ésta la interrumpió:

—Va a estar mi abuela Lucía... es decir —y se corrigió al comprender la torpeza del comentario—, va a estar su pintura, nuestro retrato de la abuela Lucía, ¿qué no ves?

—Si, eso es lo que dice. ¿Qué tengo que ver yo? A mí ni me gustaba.

Sorprendida ante esa revelación, Aurora tomó aire y le explicó:

—No he dejado de comprar libros de arte, litografías del Dr. Atl, buscando en sus trazos algo que me recuerde la imagen de mi abuela Lucía —se detuvo, avergonzada como cuando se revela un secreto y con una sonrisa amarga, agregó—: todo fue tan rápido que ni siquiera pudimos mandar a hacer una réplica.

—Qué horror, nada más eso hubiera faltado —declaró Hermelinda liberada.

—Muero por ver la pintura una vez más, pero seguramente también invitaron a mis hermanos, ¿ya entiendes? No quiero ir sola, por favor, acompáñame. La vemos, le tomo una foto con mi celular y nos vamos —era un súplica desesperada.

—Pues si tus hermanos van a estar ahí, no entiendo para qué me quieres —fingió Hermelinda, aunque comprendía bien el miedo de Aurora—, pero puedo ir contigo, no para ver a la mujerota esa, sino para ver a tus hermanos.

El 28 de julio a las siete de la noche, Hermelinda y Aurora circulaban por avenida Hidalgo, rumbo al centro de la ciudad, para encontrarse por última vez con el retrato de la abuela Lucía.

Desde que emergieron de la escalera del estacionamiento comenzó el asombro, pues ante ellas, el majestuoso edificio colonial se vestía de largos lienzos, como enormes columnas desplegadas por toda la fachada, con la firma del artista en negro sobre pinceladas de color rojo sangre, amarillo girasol, blanco nube, azul pavo real, recordando sus colores intensos y sus trazos decididos. Unos hombres las recibieron después de la escalinata, a cada costado de la puerta principal, esperando la invitación que las autorizaba a asistir a tan exclusivo evento. Cruzaron el patio y las manos de Aurora apretaban su pequeño bolso negro, como si pudieran exprimirle algo de calma.

—¿En dónde estará la pintura? —le preguntó a Hermelinda, sin esperar respuesta, calculando, urgida.

Mesas con manteles blancos, torres de canapés y fuentes artificiales adornadas con luces indirectas, decoraban el enorme patio. Una legión de meseros circulaba con charolas llenas de copas, mientras los invitados sonreían, hablaban con discreción, sin dejar de mirarse, como validándose unos a otros. Hermelinda se puso en guardia, entre esas personas tan tiesas, se sentía fuera de lugar.

Aurora parecía despreciar todo el evento. Ya dos veces le habían ofrecido algo de beber y las dos se había negado. Hasta que se decidió: mirando de frente la segunda puerta del lado derecho, ésa era la sala más importante, seguramente calculó que ahí estaba lo único que habían venido a buscar: el retrato de la abuela Lucía. La verían, le tomarían una foto y se irían, le había explicado desde antes a Hermelinda, así no se toparía con sus hermanos y no tendría que forzar el saludo, fingir simpatía, ser educada.

Al cruzar la puerta de cristal y una cortina negra que le seguía, se toparon con ella, no colgaba de un muro, se erigía desde el centro de la sala en un pedestal, rodeada únicamente de paredes color tinto, lámparas iluminando desde el techo y el suelo. El retrato de la abuela Lucía era el centro de todo lo que ahí sucedía, "Como siempre", dijo Aurora con ternura, imaginando quizás el orgullo de su madre, si lo hubiera visto.

Afuera se escuchaba gente hablar, algo de música; evidentemente, el evento se desarrollaba de forma exitosa y lejana.

Hasta que a sus espaldas escucharon a una mujer que, con voz un poco tensa, recomendaba a los que, como ellas, se saltaron el protocolo y entraron directo a la sala, que se dirigieran a la capilla del Instituto, para dar por iniciado el evento. Pero Aurora decidió ignorarla, y Hermelinda ¿qué iba a hacer? sino cobijarse con ella en la penumbra que la sala generaba, iluminando sólo a la abuela Lucía.

—¿Te fijas, Hermelinda? —le comentó con una mezcla de ternura y tristeza—, una vez más me escondo tras la sombra que deja la belleza de mi abuela.

El escondite no funcionó. Una mujer que entró a la sala decidida y hurgando en la oscuridad hasta encontrarlas, la llamó:

—Doctora Martínez, usted me faltaba. Ya estamos todos —dijo la imprudente.

Aurora abrió la boca, como niña descubierta en falta, sin saber qué decir,

—¿Todos? ¿quiénes son todos? —le preguntó a Hermelinda.

—Señora Blanca Martínez, señora Lucía Martínez — dijo extendiendo el brazo, invitándolas a pasar.

—Sí, soy yo —informó Lucía, con el cabello rubio, maquillaje muy ligero y unas zapatillas bajas. Hermelinda calculó que seguramente con ellas caminaría con más decisión, o más velocidad, no sabía bien.

Las hermanas se miraron sin saludarse, como si se hubieran visto hacía un minuto o, peor aún, como si fuera a iniciar una batalla y estuvieran midiendo al enemigo. Todas le hicieron un gesto amable a Hermelinda quien no sabía a quién saludar primero, si a Blanca, que tendría unos seis meses de embarazo y una sonrisa dulce, poco habitual en ella, o a Lucía que se veía tan liviana, aliviada.

—Perdón —dijo la señora con ánimo de dirigir la improvisada reunión, ignorante de la energía que se movía alrededor de ella—, pero pasen, no se queden ahí, pasen —y con la sonrisa de lo obvio, comentó—: evidentemente, no necesitan presentaciones: licenciado David Martínez, arquitecto Camilo Martínez, pasen, pasen por favor, no se queden ahí.

Camilo venía de la mano de una mujer. Hermelinda no la había visto nunca, aunque en un momento dudó si era Clara, la mamá de Bruno, porque se le parecía mucho en el cabello negro y el semblante feliz, pero no, no era ella. David, acompañado por Livia, era el que se veía más cambiado, con sus ojos secos cual limones viejos y el cabello casi blanco. Cómo había envejecido.

—Primero que todo quisiera presentarme, soy Olga Maldonado, representante del coleccionista que adquirió el retrato de su abuela. No habíamos podido contactarnos con ustedes, así que pedimos al museo que nos hiciera favor de invitarlos porque queríamos conocerlos —aclaró con los ojos chispeantes, como quinceañera antes de iniciar su primer baile—, pero, permítanme, ¿por qué no tomamos unas imágenes con ustedes frente al retrato de su abuela?

Los cinco se acomodaron sin necesidad de que nadie los orquestara y, hasta ese momento, Hermelinda descubrió que comenzaron a relajarse, como si la proximidad de uno con el otro, les diera más fuerza, entonces aparecieron miradas de orgullo, una que otra sonrisa.

—En estos casos uno siempre quiere encontrar parecido de los descendientes con la pintura en cuestión —dijo la mujer con mirada inquisidora, sin saber bien dónde encontrar lo que buscaba—, no se, no se, creo que la que tiene más de ella es... —se detuvo dubitativa— pues las tres mujeres, cada una con algo de su abuela —exclamó asombrada, y a las tres hermanas pareció agradarles el comentario, como niñas, cuando tras un pleito llegan los padres a repartir justicia por igual y cada una, pese a la pérdida, queda conforme con el veredicto—. Bueno... aprovechemos el tiempo. Ésta es la última parte del recorrido, así que antes de que lleguen todos, quisiera preguntarles sobre la relación de su abuela con el Dr. Atl —cejas fruncidas, ojos entornados, había llegado al punto que en verdad le interesaba—, debió de ser un romance muy especial —quiso especular, ¿poner las palabras en boca de los hermanos?—, ahora sabemos que Nahui Ollin no fue el único amor apasionado y algo loco del Dr. Atl. El maestro tenía un temperamento irreductible y fogoso —era tal su certeza, como si hablara de alguien a quien ella misma había conocido—. Díganme, nos pueden platicar a qué se dedicaba la bella Lucía, ¿al modelaje?, ¿la pintura?, ¿ustedes saben? Y disculpen que les pregunte así —se justificó con la certeza de quien tiene derecho—, pero estamos hablando de un personaje histórico y la apasionada relación con su abuela.

Los cinco hermanos se miraron unos a otros sin saber qué contestar, ¿su abuela Lucía tuvo una relación apasionada con alguien que no era el abuelo?, ¿de qué estaba hablando esta mujer?, ¿de dónde había sacado semejante cuento?, ¿qué habría dicho doña Raquel si escuchara esas historias?

Quizá fue el desconcierto que adivinó entre sus interlocutores, pero la mujer tuvo que extenderse en sus teorías, insistir en la información:

—Todo está ahí, en la pintura —y al ver, quizá, que los hermanos continuaban extrañados, apresuró una explicación—: Cuando esta pieza tan maravillosa llegó a nosotros, era la tercera vez que cambiaba de dueño y nunca le habían dado mantenimiento, así que nos vimos en la necesidad de desmontarla, cambiarle de marco, ustedes saben, sacar todo su potencial —aclaró disimulando un leve gesto de desprecio—. Al hacerlo, descubrimos escritas, en la parte posterior de la tela, estas palabras del puño e inspiración del Dr. Atl:

¿Cuántos años tendría esta muchacha, diez, quince, veinte, un millón? Tiene la edad de todas las mujeres trágicas: la edad del amor, de la pasión, de la inteligencia —la edad de una estrella fugaz en una límpida noche—, la edad de un Sol que arrastra en el espacio los planetas esclavizados.

Es la bella Lucía.

Dr. Atl.

Hermelinda también leyó el texto y miró la expresión de los cinco hermanos, hasta ese momento comprendieron por qué el cuadro estaba colocado en el centro de la sala: para que se viera la parte de atrás, con esa especie de dedicatoria, y hasta ese momento también comprendieron por qué los organizadores los habían invitado. Querían una nota llamativa para la publicidad de su exposición y hasta de la pintura. Un romance apasionado y contestatario siempre incita la imaginación del público.

—Nuestra abuela fue una mujer de gran carácter —comenzó David, tímidamente, quitándose un pañuelo con el que se tapaba el ojo izquierdo que lagrimaba y lo guardó en su bolsillo—, tenemos entendido que esta imagen fue pintada sin el consentimiento de nuestra bisabuela, o por lo menos parte de ella, quizá sólo al inicio —los otros cuatro seguían sus palabras, impulsándolo; David tomaba más y más fuerza, hasta que se enderezó—, también sabemos que entre ella y el artista no hubo más que una relación de pintor y modelo.

Todos en pijama, cabello alborotado en unos, la almohada marcada en la cara de otros, aguantando el aire, un segundo antes de cantar las mañanitas a papá.

—Estamos seguros, hasta donde se puede estar seguro en este tipo de circunstancias, de que en ese intercambio no hubo más que pinceles y lienzos —aclaró Camilo divertido — que todos los descendientes de mi abuela, lo son también de mi abuelo — y soltó la carcajada. Mientras Aurora, Lucía y hasta Blanca no sabían si reprenderlo con la mirada o festejar la ocurrencia.

Ahí estaban los cinco, protegiéndose unos a otros, dispuestos a darle a mamá la misma versión de cómo se quebró su perfume.

Lucía, sin dudar, tomó la palabra:

—Claro, en aquel tiempo, ese tipo de intercambios tenía un protocolo establecido, sobre todo en una familia como la de nuestra abuela. Además, ella se casó con el abuelo Manuel y tuvo a su primera hija, Victoria, varios años después —su tono de voz atiplado, era desafiante, pero tranquilo y miró a Camilo con un suave reproche.

Los brazos extendidos, gritos de emoción, todos en la banca aplaudiendo escandalosos cuando el hermano, por fin, anotó una canasta en el partido.

—Además, creemos —se aventuró Blanca— que el Dr. Atl y mi abuela nunca estuvieron solos... no se hubiera visto bien en la Guadalajara de esa época, usted sabe, bueno, en realidad, ni siquiera se vería bien en estos días —y sonrió escondiendo el sarcasmo—, ya ve como somos aquí.

Los cuatro, ayudando a la hermana a terminar su presentación de la escuela.

—Así es —zanjó Aurora, porque seguramente le parecía muy estúpida la discusión—, lo interesante aquí es la belleza de la obra, ¿no le parece? La pieza habla por sí sola y no creemos que necesite de más historias.

La primera que llega a la base: uno, dos, tres por mí y todos mis compañeros.

A lo lejos ya se escuchaban los aplausos que daban por concluido el discurso inaugural y las puertas se abrían dejando pasar a fotórafos y curiosos que, al ver a los descendientes de la bella Lucía al pie de la imagen, se lanzaron con grabadoras y preguntas, unas más atrevidas que otras, y los cinco hermanos Martínez Alcázar, como verduras recién echadas a un caldo, flotando bullangueras y frescas, explicando a unos y a otros, lo poco que sabían del retrato o de su abuela.

Hermelinda gozó esa escena, era como reencontrarse con el río caudaloso que sólo crece en primavera: Ahí estaban cantando en el auto, compás y ritmo articulado. Allá se perseguían por la casa, un zapato volaba a modo de proyectil, un grito ahogado lo detenía del otro lado... ¡corran!, ¡dejen eso, que papá ya viene! El agua canta al golpear con las piedras, baja clara, sabiendo que la esperan.

Los reporteros, quizá cansados de no conseguir una nota que sacudiera los encabezados de sus artículos, decidieron acudir tras otras obras y otros coleccionistas que también podrían tener anécdotas que contar. Seguros de que el famoso Dr. Atl, siempre daba de qué hablar.

—No sé si con razón o no, pero hoy hemos salvado la reputación de una dama —dijo Camilo para que sólo sus hermanos escucharan, y todos asintieron divertidos.

Tú eres el semáforo, tú y tú empujan los carros, yo soy el peatón y tú... tú serás el tope.

Hermelinda notó cómo la tensión cambió, quizá al verse liberados de la presión, sin necesidad de unirse para salvar su historia, los hermanos se distanciaron del cuadro, cada uno por su parte, mientras llegaban nuevos invitados y rodeaban a La bella Lucía, leían las palabras del artista y manchaban la atmósfera, con sus conocimientos y sus dudas. "A mí en realidad no me parece tan guapa", comentaba alguno, inconsciente de que sus palabras llegaban a los oídos equivocados; "Una mujer, nomás por su bonita cara, no provoca semejante texto, algo tuvo que hacer...", aseguraba otro suspicaz con la mente cargada de imágenes y el ánimo de deseos; "Bonita, bonita, Nahui Ollin, ésta está bien a secas".

Indignada, Hermelinda calculó que con ese retrato siempre sucedería lo mismo: comenzaba siendo algo agradable y terminaba descomponiendo todo a su alrededor. Molesta, decidió salir de la sala, al patio central, entre las mesas altas y los meseros con copas de vino que seguían muy atareados. Esperó más de una hora, hasta que los vio cruzar la puerta. Eran los últimos, quizá, de todo el evento. Silenciosos, pies arrastrados, prudente distancia entre cada uno, verduras recocidas que salen del fondo de la olla; sin brillo, exhaustas. Así recorrieron el patio y así salieron del museo.

Con la incomodidad que provoca el haber estado muy cerca y permanecer tan lejos, soltaban palabras de cortesía, algún preámbulo incómodo antes de la inevitable despedida. En ese momento le preguntaron a Blanca para qué mes era su bebé, y también alguno comentó sobre el cabello tan rubio de Lucía o la pareja de Camilo: "Pues mira, aquí los tienes a todos, éstos son mis hermanos", le dijo Camilo a la mujer con la que estaba, alzando el brazo y moviéndolo en semicírculo para señalarlos. Todos sonrieron, amables, saludaron a la desconocida. Era la historia compartida la que los volvía a suavizar. Pero un minuto después, el silencio habitado de palabras no dichas, de dolores que parecían palpitantes, ocupaba el espacio y el corazón escocía, Hermelinda estaba segura... a todos.

—Pues esto ya se acabó —declaró David, y sacó de su bolsillo el pañuelo para secarse el ojo izquierdo que lagrimaba tanto, tomó a Livia de la mano, y con una ligera inclinación de cabeza se despidió de sus hermanos a la distancia. Evitaba, así, hasta el más mínimo contacto.

Los otros, hormigas agitadas en su ruta, se dispersaron, besos secos, frases cortas y cada uno en dirección opuesta.

—Fue mucho mejor de lo que me imaginé —declaró Aurora, satisfecha, ya cuando habían bajado las escaleras del estacionamiento, camino al auto—. El retrato de la abuela Lucía era la pieza más hermosa de la muestra, ¿no te parece?, ¿tú te imaginas lo que mamá hubiera sentido al verla ahí? Tan valorada.

—Pues a ella seguro que estas cosas ya ni le importan ¿qué no? —dijo Hermelinda, y continuó—: hay que comerse las frutas en temporada, para que estén más sabrosas —y después preguntó—: ¿Y estos hermanos no van a reunirse?, ¿festejar?

—¿Festejar qué?, ¿por qué?

—Como el padre del hijo pródigo, celebrar el reencuentro de lo que se creía perdido.

—¿Reencuentro? Ya no tenemos nada en común —Aurora hablaba fría, con autoridad, más como doctora que como hermana.

Hermelinda entornó los ojos, giró la cara, miró a Aurora con la extrañeza del viejo que al enfrentar la osadía del joven duda de su propia experiencia y hubiera querido preguntarle: "¿Qué no estabas tú también en ese museo?, ¿no viste lo que yo vi?", pero no tuvo tiempo, Aurora continuó hablando:

—Bueno, sí tenemos cosas en común, como el cariño al retrato de la abuela Lucía, llevamos el mismo apellido. A decir verdad —ahí su tono cambió, Hermelinda hubiera querido esperar de puntitas esa revelación, pero se desilusionó cuando Aurora declaró—, no sé si el amor que nos queda basta.

Hermelinda giró los ojos al cielo, volvió el cuerpo, continuó caminando hacia el coche, necesitaba pensar, pero no podía atender sus ideas porque Aurora la seguía con la ansiedad de quien, sin pedirla, desea una solución. Hermelinda repitió:

—Si el Amor que les queda... basta —detuvo su mirada sólo un instante, la depositó entera en la expresión vacía de Aurora — ¿Si el amor basta? — y sin esperar respuesta entró al coche y cerró la puerta.

Fin

Aclaraciones:

El retrato de la abuela Lucía, así como los personajes y en general la historia, son producto de la ficción.

La cita del Dr. Atl es una cita del libro Gentes profanas en el convento, de Gerardo Murillo, Dr. Atl.
Ediciones Botas, México, 1950, primera edición.

Colección Sudaquia

Otros títulos de esta colección

Colección Sudaquia

Fragmentario — José Urriola

Happening — Gustavo Valle

Ana no duerme y otros cuentos — Keila Vall de la Ville

Enero es el mes más largo — Keila Vall de la Ville

Una isla— Isabel Velázquez

Las bolsas de basura — Enrique Winter

Literatura olvidada — Carlos Wynter Melo

Nostalgia de escuchar tu risa loca — Carlos Wynter Melo

Bienmesabes — Lena Yau

Hormigas en la lengua — Lena Yau

Las islas — Carlos Yushimito

Nombres propios — Cristina Zabalaga

Barbie / Círculo croata — Slavko Zupcic

Médicos, taxistas, escritores — Slavko Zupcic

www.sudaquia.net